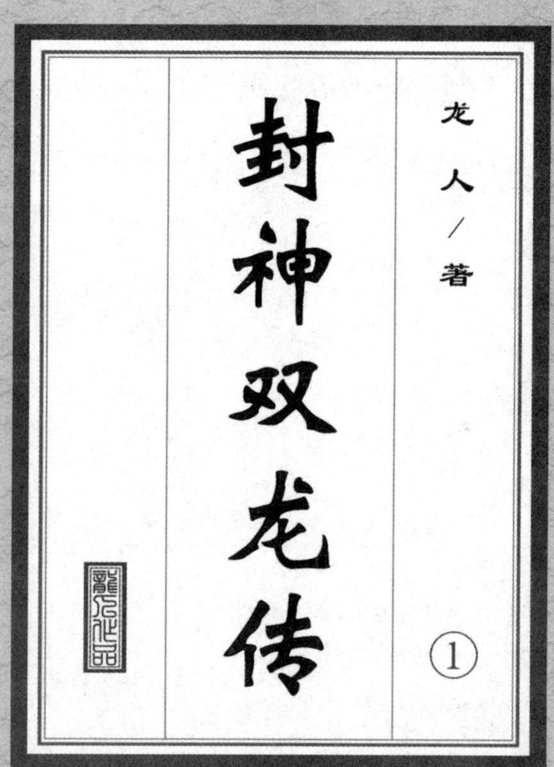

封神双龙传

龙人／著

①

二十一世纪出版社集团
21st Century Publishing Group
全国百佳出版社

图书在版编目（CIP）数据

封神双龙传：全 10 册 / 龙人著 . -- 南昌：二十一世纪出版社集团，2017.10

ISBN 978-7-5568-3102-9

Ⅰ . ①封… Ⅱ . ①龙… Ⅲ . ①侠义小说－中国－当代 Ⅳ . ① I247.5

中国版本图书馆 CIP 数据核字 (2017) 第 243767 号

封神双龙传　　龙　人著

责任编辑　敖登格日乐
出版发行　二十一世纪出版社集团
（江西省南昌市子安路75号　330025）
www.21cccc.com　cc21@163.net
出 版 人　张秋林
经　　销　新华书店
印　　刷　北京龙跃印务有限公司
版　　次　2018年1月第1版　2018年1月第1次印刷
开　　本　710mm × 1000mm　1/16
印　　张　160
字　　数　1728千
书　　号　ISBN 978-7-5568-3102-9
定　　价　498.00元（全10册）

赣版权登字—04—2017—744
如发现印装质量问题，请寄本社图书发行公司调换 0791-86524997

目　录

第一章　混世双奴

朝歌，殷商都城。

这日午间，在秋日烈阳的肆虐下，原本一座繁荣浮华的城池，显得毫无一丝繁荣气息，各处大街上行人稀少，沿街的商贩们更是撑棚遮阳偷暇闲寐，格外呈现出一种慵懒的颓唐。

远远地忽然传来一阵鞭笞声，东面青龙大街上迎面走来几个面相凶恶的中年大汉，正驱使着一群人往城西行去，只见他们手中的长鞭啪啪直响，随着不停的叱骂声时不时抽打在这些人身上。

这群人衣衫褴褛，露出的肌肤多是乌青的伤痕，手上脚上都拖着粗重的镣链，缓慢而费力地挪动脚步，谁如果走得慢了，身上立时便又多出一道鞭痕。只是众人神情呆滞无神，对袭来的鞭子有意无意地闪躲着，即便被打着也只发出哼哼声，仿佛命运的折磨已经让他们忘记痛楚，活着只是为了被摧残。

满街的行人与商贩见状都无动于衷，面上流露出习以为常的漠然。只因这群人的脸上都有着一个奇丑无比的身份烙印，这便说明了他们的身份——下奴。

下奴在殷商是指比一般奴仆还要下贱的奴隶。他们大部分是大将出征诸侯时掳回的战俘，专门从事最下等的粗活，被主人视之为猪狗，随意生死。甚至普通的平民百姓，也可出钱随意买卖下奴。

眼前这群人脸上都烙着一个“费”字，正是纣王宠臣大夫费仲的下奴。如今，纣王立了新皇后妲己娘娘，整日沉湎酒色，奉御宣中谏大夫费仲迎合天子与妲己娘娘之意，大肆搜罗民间美色、珠宝献媚。纣王高兴之余，便不时赐予费仲数目不等的奴仆，以赏其功。

此时，从略显冷寂的南城门处传来一阵悠扬的乐声，那乐声仿佛来自九天之外，又似乎出于苍穹之中，丝竹喧喧，鼓乐齐鸣，使得匆匆路人与街市摊贩纷纷注目，乃至老幼妇孺都蜂拥而出，驻足观看。

朝歌城的森严守兵首先强行将民众赶向街道的两边，空出街心的宽敞大道。虽说这多少引起了不满的喧嚣，但更勾起了大众的好奇心，都想知道究竟是谁来到朝歌，竟然摆出如此大的派头。

那几个驱赶下奴的凶恶大汉见这阵势，立时用手中长鞭狠命抽打在下奴们的身上，喝骂道："趴下！趴下！你们这些下贱东西，都他妈的给我靠墙趴下！"

下奴们脸上露出惊恐之色，乱了一阵都乖乖地靠墙跪趴下来，将头伏在泥土中，一动也不敢动。他们的身份只能让他们跪下，连像平民那样看一眼的资格都没有。但就在这群把头死死低趴的下奴中，却有两双不甘雌伏的眼睛在众奴中探了出来，偷偷向外窥视。

那宫廷乐队所簇拥的花铃凤辇从城门外姗姗而来，行列最前面是近百名骑在高头大马上的妙龄女剑手，她们五人成排并驾齐驱，英姿飒飒地行进城来，那娇柔中隐含刚毅的傲采英姿顿时吸引得大众万头攒动，纷纷挤向前去观望。

旋即，所有的民众又安静下来，但见群女拥蔟的花铃凤辇上朱帘轻卷，从中探出一张风华绝代的女人面孔——长发宫髻下的玉面五官娇俏可人、巧笑嫣然，尤其是柳叶弯眉下的一双妙曼凤目，仿佛于疲倦慵懒中呈现半睁微眯状，加上探领而出的小半截雪肤粉颈，不由引人遐思翩翩，格外散发一种诱人心魄的妖艳魅力。

仅只片刻，那名女子便放下朱帘，再次隐于凤辇之中。随着庞大的凤辇行列渐渐远去，再次引发民众又一阵议论纷纷——

"据说这个女人叫柳琵琶，不但人长得漂亮，而且弹得一手好琵琶……"

"你们知道么？听说这个女人还是妲己娘娘的姐妹！"

“哦？是吗？怪不得这么大的派头，也不知她进宫干什么来了？”

“哼，还会有什么事！瞧这凤辇与气派，八成又被咱们大王看上啦，肯定又是被册封为妃一类的……”

“……”

凤辇随着乐声消失，百姓们就三三五五地散了。而那些凶恶大汉则挥动手中的鞭子，继续赶着那群卑贱的下奴们往前走。只看在这群下奴中，方才偷眼窥望的两个少年正机警地躲闪着时不时抽过来的鞭子，互相低声对话——

“小倚，刚才那阵势你看见没有？我可是看见那车上娇滴滴的大美人了，哇噻！真他娘的比于八说的美女还要美，直看得我心痒痒的，要是她能嫁给我……”

“小阳，你别做白日梦了，也不想想自己什么身份，竟然还梦想着娶老婆？”

“现在是下奴，难道永远都是下奴吗？花子爷爷不是说过，当年咱们成汤王也被暴君桀王囚在夏台做下奴，后来还不是奋起伐桀做了天下之王。还记得幼时也有相士说我们天生奇相，谁能肯定我们‘混世双宝’会有什么际遇……哎哟，他娘的！好痛！”

恶狠狠的鞭子擦过背脊，少年忍痛不敢回看，只听凶神恶煞般的声音响起：“你们找死啊，快点赶路，谁要再敢唧唧歪歪，小心老子抽死你们，一群猪狗不如的东西！”

“小阳，没事吧？”

“还好……”

“谁叫你光顾说大话，鞭子到眼前也不知道躲，这应了那相士的话，命途多舛、漂泊流离，此生注定倒尽大霉，所以你胡思乱想才会遭报应，真是活该！”

“嘿……”

挨打的两名少年一个叫耀阳，一个叫倚弦，都是十七八岁的年纪。两人自幼遭父母遗弃，好在相依为命，一直以乞讨偷窃维持生计，谁料一次流浪在许侯国时，恰巧遇上许侯国和离侯国交战，许侯国大败，两人遂被当成俘虏抓获，从此做了下奴。

后来，离侯国又被郴侯国所灭，两人又成了郴侯国的下奴。虽然好几次都逃跑成功，却因脸上留有下奴烙印，屡次又被抓了回去。如此逃逃抓抓，两人也算尝尽人间辛酸。但两人性情韧性甚强，虽然历经苦难，却并没有丧失信心，甚至私下还自嘲是“混世双宝”，颇有些自我慰藉的意味。

却说这两个宝贝前一个月还在薛侯国做下奴，谁知薛侯国自不量力，竟联络几家诸侯反抗大商，于是被纣王派太师闻仲所灭，这二人自然成了战俘被押回朝歌，赐予了费仲为下奴。

此时他们正做完费府某处的苦工，被管头们押着前往正在起造的一座新府邸干活。

费仲的新府邸位于朝歌城西，时方未时，天上烈日，流金烁火，晒得正在干活的下奴们汗流浃背，胸闷气促，然而在管头的鞭棍监工下，还要不停抬着巨木或石头四处忙碌。有的撑不住倒了下来，立时便有鞭棍相加，如果疼痛也无法让他们起身，那便表示死亡已经降临。

耀阳和倚弦正与十个下奴将那些棱角不平的巨石敲成四方状，用来奠基筑楼。趁着管头不注意，耀阳偷偷地问身边一名比他大五六岁的少年，道：“王奕大哥，昨天不是有百多号人派过来干活吗？怎么今天又要我们过来？难道人手还不够吗？”

王奕闻言脸色大变，四下偷瞄了两眼，颤声道：“小阳，我跟你们说了，你们可千万别说出去，听说……听说这里出了……妖怪！”

耀阳与倚弦对望一眼，倚弦勉强一笑道：“妖怪？王大哥，你不是在开玩笑吧？”

“谁骗你们？”王奕脸色都变青了，小声道：“你们不知道，这里的妖怪每天晚上都出来吃人，昨天晚上留在这里守夜的大黑他们都给吃了，听说满地都是人手人脚，还有肚肠……心肝……三十几个人就这么没了……”

旁边的下奴们听他这么一说，都被吓得脸色大变，顿觉天上的烈日仿佛变得阴冷无光，冷嗖嗖的。耀阳强装笑容，道："嘿，去他娘的，不就是个妖怪吗……"背地里却跟倚弦同时望天祷告，希望今晚千万不要被抽中守夜才好。

忽然，前方传来一阵吆喝之声，几个精壮汉子抬着三乘软轿到了眼前，身后还跟着数十人，前面轿上坐着的人，穿了一身金光闪闪的朝服，肥头大耳，面色白皙，一双眼睛小如绿豆，泛着凶狠阴毒的厉芒。

正在干活的下奴们，一听到管头的吆喝声，便全都跪了下来，谁也不敢仰视，因为来人正是操控他们生杀大权的主人、纣王宠臣奉御宣中谏大夫——费仲。

耀阳与倚弦二人虽然也随众人跪下，却在人群中悄悄将头抬起来偷看。只见随费仲坐在一顶软轿里的是一位身材丰腴的蛇腰美女，看得耀阳猛咽口水。另一乘软轿里坐的是一位黑衣道袍，怒眉鹰鼻的老者，身躯挺拔魁梧，目露诡魅莫测的异芒，予人一种阴狠冷煞的感觉。

耀阳与倚弦只觉得眼前一花，也没见黑衣人有什么动作，便兀自从软轿上掠至地面，却见他眼中精光一闪，四下查看一番，皱眉道："果然，妖气甚重！"

费仲忙问道："蚩真人，你看我这新府邸是不是真的有不干净的东西？我连请几位法师也赶不走，这几日已经吃了我百来个下奴了！虽然这群贱东西死几个也没什么，可是这地方却是本大夫花了大价钱买的，莫非犯了什么禁忌不成？"

"大人错了，此地本是大吉之地！"蚩真人微微一笑道，"只因此地正是龙脉凤气，故而引来妖孽借此地修炼。而破土动工正巧惊到了它们，所以才会四处伤人，不过都是一些小妖，不足为虑！只要本尊在此布下法坛，定然可以将这群妖孽一举歼灭！而且按我所传，以五行相生之格来布置此楼，青龙白虎盘其上下，朱雀玄武护其左右，定可保佑大人在朝中一人之下，万人之上，封疆晋侯！"

费仲闻言心情大爽，一掌拍在美人丰翘臀部上，大笑道："我费仲何德何能，哪敢企望封疆晋侯，只盼能够常侍大王前后，不让闻仲那老贼蒙惑圣听，有费某一席立足之地即可。”

蚩真人恭敬道：“蚩某人定当竭尽全力相助大人达成所愿！”说着躬身揖了一礼，阴鸷般诡异的目光中露出一丝不易察觉的笑意，道：“事不宜迟，大人不妨速速派人按我的吩咐布下五雷法坛！”

费仲大喜，抬起一脚便踹在身后一人的屁股上，喝斥道：“饭桶，还不快让人按照蚩真人吩咐，布……那个法什么坛，总之这里的一切都由蚩真人做主，你们看着办吧！”

那人吃了一脚，顺势倒在地上，连滚带爬地应道：“是，是！小人这就去办！”

耀阳与倚弦见状心头一乐，原来被踢那人一口黄板牙，满脸萎缩，正是他们的管头“绿毛龟”归老二，平时对他们大肆欺压，是一个穷凶极恶、卑鄙无耻的家伙。此时见他当场出丑的窘样，以及肥大的屁股上多出的脚印，兄弟俩心里早已笑翻了天。

费仲又与蚩真人相互说了几句客套话，便携着美人乘轿离去，前呼后拥摆足了排场。

归老二见费仲一行走远，甫一转过身来，正好看到在人群中略微扬起的两张笑脸，萎缩的脸立时变得凶悍起来，手中长鞭毫不客气地朝耀阳与倚弦身上抽下去，斥道：“你们两个废物，还不赶快过来！”

兄弟俩不由暗自叫糟，哪敢当众躲鞭子，只能硬着头皮挨了几下，嘴里喃喃细语将归老二祖宗十八代一一问候了个够，这才缓缓走了出来。

归老二领着二人行至第三顶软轿处，轿上置放的是一个奇形怪状的青铜台，其上摆放着各式各样的法器，色泽黝黑乌亮，在烈日炎炎之下，却分外予人一种阴森诡魅之感，让耀阳与倚弦不由自主打个寒战，暗呼厉害。

归老二手中长鞭一挥，狠声道：“放规矩一点，千万别弄砸了蚩真人的法坛，否则就算要了你们的小命也赔不起，知道么?”

兄弟俩非常不情愿地点点头，各自抬了法坛的一头，在归老二的领路下，一前一后轻手轻脚地往工场另一头行去。两人生怕打翻台上法器，走得格外小心谨慎。不知是否真是霉神附身，还是越小心就越易出事，耀阳在后面走不出几步，便因为法坛遮了路中碎石，脚下不自觉一绊，跌了个踉跄。

法坛就势晃了一晃，险些跌落撞地。好在倚弦与耀阳素来搭档惯了，见势不妙早已退步放低法坛，才堪堪避免了法坛倒台的危险。然而没等他和耀阳松口气，喝骂声已经在耳边响起，要命的鞭子已劈头盖脸抽了过来，两人吃痛不由相互缩成一团，跪爬一旁的王奕与众下奴看得连连摇头，暗叹两兄弟实在太倒霉。

“停手!”蚩真人行近兄弟俩身旁，震声喝止几名管头的狠手鞭抽，“算了，好在法坛并无缺损，快些准备下去，切勿耽误了布坛的良辰吉时!”

耀阳与倚弦看着几名大汉小心翼翼抬走法坛，不由拖着伤痕累累的身体，依旧蹲伏在一群下奴之中，虽然憋了一肚子气，但再也不敢多说什么。

望着耀阳与倚弦，蚩真人的一双鹜目骤然闪过一丝惊讶的神色，开始紧紧盯住二人一番审视，负于背后的双手不停掐算，如斯良久才露出一丝惊异莫名的神情，心下暗忖：“想不到此次朝歌之行，不但无意中获知千年至宝的下落，而且还能遇到此等天生异相之人，莫非真是天怜我蚩氏一族，予我这等千载难逢之机!”

蚩真人难得一见的欢喜神色一闪即逝，唤过恭敬的归老二，在他耳边细语片刻，便见归老二一脸谄媚地连连点头称是。

天际骤然飘过几块乌云，一时间遮住了午后艳阳的天空，秋风乍起，竟似乎凭空多添了一丝寒气。

天色渐渐暗下来，不一会儿便黑了，半弯月亮的光线朦胧地照在大地上，虫豸之声四起。

寂静的城西费府新邸中，耀阳一边拖动着镣链不停走来走去，一边坏笑着问道：“小倚，你说妖怪待会儿出来，会是什么样子呢？身高三丈，三个脑袋，还是别的什么怪模怪样？”

倚弦紧张地四处望了望，啐了他一口："去你奶奶的，在胡说什么，拜托，别在一旁瞎晃悠了，赶快查完，也好快快回去，要真是妖怪出来了，跟大伙儿在一起总也好过咱们只身犯险！"

"怕什么！那个蚩真人不是已经布了个什么五雷法坛吗？"正说话间，忽感夜风阵阵吹来，呜咽有声，仿似鬼哭一般，耀阳虽然嘴硬，此时也不禁打了个寒战，加快了前进的脚步，咬牙切齿道："都怪该死的'绿毛龟'，好像前世和我们有仇似的，竟然让我们来守夜。呸，老黄他们也不是好东西，去他奶奶的，自己怕死也就算了，却跟其他人合伙逼我们出来巡夜，活该他们让妖精吃掉才好！"

此时，二人已经离众人守夜的居处不远了，月光下，远近的一切事物仿佛都变得朦朦胧胧，看得不太清楚，倚弦忽然停下脚步，疑惑地问道："小阳，你听到什么声音没有？"

耀阳一愣，侧耳细细一听，随即一阵血腥味随风吹到，一种咻咻的气息声自前方传来，还不等兄弟俩反应过来，便听到有人惨叫："救命啊！有妖怪……"呼喊声还未落音，然后就此无声，仿佛被人一口咬断了咽喉，然后连头带没出口的声音一起吞落肚中，诡异可怖之极。

随后惨叫声此起彼伏，还带着撕裂筋肉的声音。刹时间，鬼哭狼嚎，阴风阵阵。

耀阳与倚弦二人直被吓得头皮发麻、双脚发软，正准备拔腿逃跑，忽见一人从居处狂奔而出，还未到二人面前，就歇斯底里地狂呼："有妖怪，妖怪吃……吃人啦！"

耀阳但见那人满面鲜血，正是刚才一脸凶狠逼他们出来查夜的老黄，只见他满脸惊恐，一路跌跌撞撞跑到耀阳跟前几丈远处，身后却骤然响起一声怪啸。

只听"蓬"的一声，临时用林木搭建的居处碎裂开来，一个怪物从中弹射而出，陡然出现在老黄身后，但见那怪物披着一头蓝发，一身黄毛，两只耳朵长约尺许，大头大眼，闪闪放出绿光，凹鼻朝天长有二尺，血盆大嘴露出四颗獠牙，上下参差交错。两手大如屏风，长垂及脚，怕是足有丈许长。

还没等兄弟俩出声示警，那妖怪已经一把捞起老黄，张开血盆大口，照准老黄软肋下一吸一呼，先将一颗心吸入嘴中咽下，随后用嘴咬开老黄胸膛，连吸带咬，将满肚鲜血，连带肠肝肚肺吃了个干净，四溅而出的鲜血直把耀阳与倚弦喷得满头满脸。

两人见了这般惨状，闻着血腥的恶心气味，双腿打颤，全身发软。跑吧，即便没有脚上镣链，怕也跑不过妖怪的捕杀。不跑呢，也只能呆站等死。想到这些，兄弟俩有一种穷途末路的感觉，冷汗浸湿了全身。

那妖怪终于吃完老黄的五脏六腑，将手中的死躯扔到一边，露出血腥大口狰狞地一笑，两只长毛大手向兄弟俩捞了过来。倚弦急中生智一个懒驴打滚，避了过去，耀阳则机警地三纵两跳，躲过那妖怪的捞抓。

然而兄弟俩自小吃用不好身弱体衰，与这庞然大物的妖怪相比，简直是天壤之别，避不了几个回合已然险相环生，眼见二人就要被妖怪逮着，忽听一阵奇异的啸声响起，妖怪闻音一震，竟然站住不动了。

耀阳睁开闭目等死的眼睛，奇道：“咦，它怎么不抓我们了？还在一边鬼叫什么？”

倚弦喘着气骂道：“去你的，都什么时候了，还敢饶舌说风凉话，还不快跑！”

兄弟俩顾不得全身酸软，低身抓起镣链撒腿就跑，转眼间便跑得不见了。牧野之中，只剩下那个妖怪呆呆地站在那里，咕噜噜直叫唤。

此时，两道身影从黑暗中无声无息地踱了出来，空气顿时变得肃杀起来，充满了似有似无的压力，方圆十丈外所有的蚁鼠虫豸仿佛感应到什么，齐齐噤声，黑暗中呈现出死一般的寂静，那妖怪更是一脸惊惧之色，浑身哆嗦着连大气也不敢喘上一口。

幽暗的月光下，映照出当先一人的怒眉鹫目，狰狞可怖，他整个人负手兀立，竟飘然悬浮于虚空之上，赫然是日间布坛除妖的“蚩真人”。在他身后是一名身形高瘦的中年男子，稀眉小眼山羊须，一脸恭敬之态。

蚩真人望着夜幕中两名少年愈跑愈远的身形，嘴角轻扯出难看已极的笑意。

中年男子不解地问道："公豹不明白，既然要造势让费仲重视尊者的地位，却为何偏偏放走这两个小子呢?"

蚩真人沉声道："这两人天赋异禀，此次计划若能得他们相助，定然可以事半功倍。所以本尊特意放走他们，这一切皆是天意使然!"

中年男子轻咦了一声，自动请缨道："不如就让公豹去跟踪他们，然后将二人手到擒来。"

"不用了，一切自有本尊安排!"蚩真人道："你只管加快'聚灵鼎'敛魂吸魄过程，只要在七月十四通过费仲请到妲己前去费府赏宝，本尊天衣无缝的计划便可成功实施!"

中年男子眉头一皱，道："近几日虽然可以敛取大部分新死下奴的魂魄，但是对于'聚灵鼎'来说，最好是用百年以上成形妖体作引，方能炼化出至强的'灵元血脂'，而最近'妖月梦冢'似乎已经有所觉察，我很难再从中骗来小妖用以炼脂。公豹就怕很难在七月十四前将'灵元血脂'炼就而成!"

蚩真人面色一青，道："本尊一向相信，以你申公豹之能，这点小事应该难不倒你才是!"语罢，蚩真人大袖一拂，右手掐成一个奇怪的指诀，随手五指一张一摄，离他们不远处的那只妖物顿时爆出一声惨厉的嘶叫，被强劲的魔能抓摄而起，抛向虚空之中。随着蚩真人五指凭空划动，一道道暗紫光芒一闪即逝，只见那妖物哼也来不及哼一声，便轰然落地，妖身四分五裂，一命归西了。

"现在不用本尊教你怎么做了吧!"蚩真人冷哼一声，身影隐没于朦胧月光与黑暗之间，消逝不见了。

中年男子从怀中掏出一只玉樽，施法将地上一堆妖尸收敛于玉樽当中，然后再用几个下奴的尸体幻化出方才那只妖物死去的模样，最后随之隐遁身形而去。

牧野之中的虫豸声又开始此起彼伏地鸣叫起来，似乎在倾述这半夜时分所窥之秘。

殷商都城朝歌共有四个城门，相对分别朝向青龙、白虎、朱雀与玄武四条正门大街，其间店铺林立，摊贩繁多，更不用说其中的偏街叉道，错综繁杂纵横交错，一切都显示出都城的秩序井然，繁华如锦。

“天命异馆”位于朝歌城朱雀大街的北向偏街上，素来以汇聚八方奇人异士而驰名。尽管现在已是未时，在秋日午后的炎炎烈日下，嘈杂的人群还是将这里围了个水泄不通。

据闻最近来了一名姓姜名尚的昆仑山相师，铁口直断料事如神，而且卦金低廉，却只赠有缘，一日仅卜三卦。于是，远近的贵族王室纷纷闻风而至，不惜一掷千金求赐一卦。

附近街市的闲散民众也开始渐渐喜欢上这里，七嘴八舌地寻找茶余饭后的话茬。此时，馆前的天卜供台上，居中名为“姜尚”的檀木牌下仅只摆放了一个环形卜扣，表示距离今日的三卦还剩下两卦，难免惹得围观众人一阵喧然。

“今天第一卦被姜相师选中的是谁呀?”

“听说是大夫尤浑的公子……”

“不，那位尤公子被姜相师赶了出来，最后进去的是一名母染重病的少年……”

“是么?看来这姜尚果然不畏权势，真异士也!”

“……”

正在众人议论纷纷之际，远方忽然传来一阵急促的马蹄声，伴随着粗暴的喝喊声：“行人回避!”

众人齐齐掉头向声音来处瞧去，只见一辆双驾华丽马车急驰这边，大声嘶喊之人是前辕一名面相狰狞的车夫，仅看马车的华丽装饰与车旁紧跟的十余随从，一望便知是豪门大户出游的家眷。

平民大众自是不想招惹他们，所以听闻其声便一早退向旁边。

“咴……”骏马嘶鸣，车行至“天命异馆”前戛然而止，分毫不移地立于原地一动不动，可见驾车大汉的驭马之术着实非同一般。

众人目光顿时全都停留在马车上，很想看看究竟是何方神圣。

驾车大汉一跃下车，然后打开车门，非常恭敬地说道：“请小姐下车!”

“你们先下去吧!”只听一阵犹如珠走玉盘、泉水叮咚般美妙无比、令人心生遐思的女子声音从车内传出。

“是!”驾车大汉应声带领一班随从退到车后，马车里首先弯身走出一个丫鬟装扮的妙龄女子，随后将手伸进车内，躬身扶出一位素挽贞髻、脸覆面帘的白衣女子。

随着这名女子的出现，一众人群的呼吸仿佛都在片刻间屏住了，但见那女子虽以面帘遮住面孔，却掩不住明眸流转的清澈灵秀，一袭洁白裙衣缎料精工、修裁得体，衬出其人玲珑妙曼的动人身姿，仅是不盈一握的柔腰和挪步踏落车辕时亵裙素裹的纤细美腿，就带给人视觉上很大的冲击。又见领路丫鬟眉清目秀面容姣好，更让人禁不住想象这小姐面帘后的容貌该是如何秀美出众。

此时，馆驿内的几位馆主已经携众出迎，列排站立在馆前台阶两侧，恭敬地将那女子迎入馆内，随后一名小厮拿着一枚环形卜扣，置在“姜尚”的檀木名牌之下。众人一阵哗然，不等他们再行议论，先前马车后的大汉已率人将众人一一驱散。

看着这班凶神恶煞，众人敢怒不敢言，不欢而散。

街道两旁的房楼阴影中，鬼鬼祟祟躲着两个乞丐模样的少年，头发散乱垂下来遮住了大半边脸，也遮住了脸上那“费”字烙印，正是耀阳与倚弦兄弟俩。

倚弦看着耀阳一副痴迷的表情，一动不动地注视那女子香踪杳无的门槛，气得给了耀阳一个响头，没好气地道：“人都走了还看什么，真是的!”

耀阳捂头叫痛，终于清醒过来，却仍不忘喃喃自语道：“哇……死了，死了！真是太美了!”

“哦？又死了?”倚弦摇头讪笑道，“唉，反正我也习惯了！只是这次连脸都没见就这么死，你也太没出息了吧!”

耀阳表情严肃，一本正经地说道："小倚，你什么意思嘛？别的不说，就只看那双眼睛，我就……这次绝对是真的！如果她能嫁……不，哪怕是让我给她做牛做马，我也认了！"

倚弦揪着耀阳的衣服，恶声恶气道："你少做梦啦！我们现在逃命都来不及，你还想这想那的，真是死星未退色心又起？如果再被人抓回去，打一顿倒是小事，如果费猪头让我们再去那鬼地方干活，我看你就和那妖怪去亲热吧！"

一想起昨晚妖怪吃人的惨状，耀阳心中生起一股寒意，激灵灵打个冷战，方才的惊艳之心立时消失得无影无踪。兄弟俩昨晚没命狂奔，终于在那妖怪爪下逃得小命，后来索性砸开脚上镣链，一路躲躲闪闪溜到朱雀街想趁机混出城去，正巧看到了方才命馆前这一幕。

就在此时，街头忽然涌入百十个手持长戈、身着"费府"标识的兵士，四处向路上行人盘问巡查，逐渐朝倚弦与耀阳二人这边行来。

耀阳与倚弦心里有鬼，早被吓得乱了阵脚，哪还有闲心胡扯，也不管那些兵士是何目的，撒腿狂奔，窜进旁边的小巷。谁知此处竟是一条死巷，兄弟俩左顾右盼，慌不择路地翻过一面不算高的石墙，落入那处院落的后园之中。

第二章　轮回之劫

“天命异馆!”

耀阳与倚弦一眼望见院中假山上刻的四个大字，二人不由吐了吐舌头，这才知道误打误撞进了“天命异馆”的后院。

异馆后院是一处布设精雅的石景小园，其间奇石嶙峋花草整齐，配上景山琼池与亭台小榭，池面佐以短短一截九曲石桥相连，远远望去，一条弯弯曲曲的青石小径接壤在馆楼之间，隐没于亭石池水之中。整园虽占地面积不大，却格外显得幽静别致。

倚弦自小流落街头，哪曾领略过这等石园幽境，所以当他首次置身此景中，顿觉眼前豁然一亮，忍不住想驻足观望一番，谁知耀阳一把将他拉入一块磐石后面，小声埋怨道：“小倚，我们现在正在逃难，可不是来看风景的，听说这天命异馆内遍布奇人异士，一不小心被发现就糟了……”

倚弦偏头见耀阳一脸紧张，气就不打一处来，道：“你还好意思说，如果不是因为你刚才只顾看热闹，耽误了时间，咱们犯得着这么冒险吗?”

耀阳做了一个小声点的手势，轻声赔笑道：“对，算我错好了！现在我们既然已经进来了，就当是随便玩玩呗，起码也不能砸了咱们‘混世双宝’的招牌，走哩!”

两人一推一搡循着青石小径，小心翼翼迈步踏足“天命异馆”后楼。

“天命异馆”是一座环形坚木方楼，高三层，首层为装饰讲究、精雅不凡的“迎客室”，二三层则分设大小不同的堂房，视不同居主性情装点各异，或明堂雅阁，或暗室深幽，或豪饰华丽，或素质淡雅。

好在异人奇士皆好清静，平素不喜被人打扰，所以除了馆楼前门有人伺守之外，楼间少有端茶送水之人。这倒方便了他们两兄弟，在馆内兜了两圈，没有被人发现。此时却从“迎客室”传来一阵脚步声，吓得兄弟俩顺着馆旁木梯往上跑，一路窜到了三楼的“藏道阁”前。

隔着门帘间隙，只见一道云雾缥缈的琉璃屏风迎门摆放，堂间宽敞明亮、清净整洁，摆放的物件极其简单随意，四处可见翻阅过的竹简书帛，堂内飘出檀香阵阵，混合着一缕淡淡茶香，令人感到心清气定。

“姜子牙？”耀阳望着堂前门萼上那“藏道”匾牌的署名，犹豫了片刻，有些不敢肯定地轻声问倚弦：“这是那个什么姜尚？”

倚弦摇头表示不知道，再看了看匾牌下的左右门联，心思一振，不由静默了下来。他们兄弟俩曾在数年前一次落难时遇到一位心地颇善的逃荒老叫花，相处过一段时日，并随老花子学了些认文辨字的本事，自是认得那门联上的两句话——

上联是“自古贫贱相注定”；

下联是“从来生死命相随”。

如此两句话，再佐以横额“藏道”二字，立时予人一种上天入地，藏道于心的高深莫测之感。其中隐含的无限深意，更令兄弟俩久久不能平复心情。他们虽然好学，但自与花子爷爷分开以后，终日为饱暖自由而担忧，根本没有更多的学习机会。难得今日见到这等深奥的学识，不免有些沉迷其中。

正当兄弟二人观匾静默之际，楼层转梯间忽然响起纷乱的脚步声，隐约传来一人恭敬的话语声：“公主，请这边走，姜尚先生午修时间刚过，累公主久等了！……上楼左近第一间便是先生的藏道阁了！”

“公主？”耀阳与倚弦惊得三魂七魄早已走了二魂六魄，慌不择路只想逃走。这才发现原来馆楼只有一道转梯，而“藏道阁”旁侧的其他两个堂房都已上锁，除了跳楼之外，他们根本无处可逃。

凭栏下望，两人倒吸一口冷气，都拿不出勇气往下跳。耀阳急中生智一把拉过倚弦，指了指面前的“藏道阁”，相互交换了一个眼色，倚弦当然明白他的意思，这是没有办法的办法，无论如何都只能姑且一试了，于是无可奈何地点点头。

两人轻轻拨起门前的竹帘，一前一后敏捷地闪入堂房之内。

透过云雾缥缈的琉璃屏风，隐约可以见到内室摆设极其简单，仅只一台高席而已。下摆小炉旺火煮茶，上置方盘圆子的弈台，席旁的铜鹤炉嘴熏出阵阵檀香。升腾的缭绕烟雾中，一位须发花白的道袍老者盘坐高席之上，仿佛丝毫没有发现两个落魄少年已进入自己的居室，仍是一动不动地瞑目养神。

耀阳与倚弦巡视了片刻，找好足以藏身之所，才蹑手蹑脚地横过屏风，躲入内室与外厅之间那重厚实的室帷中。两人肩靠肩紧贴在室帷后，努力屏住呼吸，不敢发出任何异动，生怕因此惊醒老者静修，后果堪虞。

这时，要命的考验恰如其时地来临——

“小女子幽云求见姜老先生!”清柔悦耳的女子声音适时在门帘外响起。

耀阳再度听到这犹如天籁的声音，心弦立时难以抑止地怦然一动，偏偏在当下紧张压迫的气氛中感受这份心动神摇，分外让人觉得美妙动人。他心里直呼要命，恨不得立即冲出去见这名女子。倚弦感到肩部传来耀阳激动的颤抖，暗暗叫糟，一边在耀阳手臂处细掐一下，一边透过室帷间的缝隙偷眼观望高席上的老者。

道袍老者此时缓缓睁开眼，泛空直视片刻，旋即长身而起，步下席来，声若洪钟道：“公主请进!”

相反此时的倚弦心神巨震，惊骇非常。只因方才老者空泛的眼神虽然直视前方，然而当他偷窥的目光甫一扫视过去，便如触电一般，似与老者眼中有犹实质的流光异芒相遇，惊得他通体汗出忐忑难安，慌忙闭目不敢再望。

门帘哗响，轻盈的步履声转过屏风，巾帘遮面的幽云公主只带了一个随身丫鬟，莲步款款行进内室。

“草民姜尚拜见公主!”老者不卑不亢地躬身揖了一礼，道，“请上座!”

幽云公主盈盈有礼回道：“子牙先生不必多礼，本宫有求而来，理应先生上座才是!”

“那老夫恭敬不如从命了!”姜子牙不再作势谦让，居主位坐了下来，伸手请了一礼，“公主请坐!”

“先生无须拘礼，只管当我寻常人一般便可!”幽云公主在丫鬟扶伺下欠身坐于副席之上。

此时，室帷后的耀阳偏头透过些微缝隙，正好可以完全望见伊人的一举一动，两眼瞪得老大，抑制不住有些激动。倚弦在旁想起方才触及的犀利眼神，仍感心有余悸，不敢再次透帏观望内室，生怕被眼前的高人识破行藏。

姜子牙好整以暇翻拾器皿，摆上杯具，然后从炉上提壶斟茶入杯，问道:“不知公主屈尊移驾至此，究竟有何事相询!”

幽云公主举杯点头示以谢意，柔声道:“我闻知先生来到朝歌虽短短数月时间，却以相命金口，料事如神而被众口称道！幽云仰慕已久，今日特地来此请先生为我父王乃至大商天下卜上一卦!”

姜子牙持杯饮茶的动作戛然一顿，双目神芒突现，沉吟片刻后悠然一叹道:“公主孝仪满怀更兼心存天下，难得难得！可惜老夫虽心高气傲，敢批相讲命，甚至妄言因果轮回，却唯独不敢违逆天地人寰的大道至理，天机不容泄露！至于你父王，除非本人亲至，否则恕老夫也无能无力。”

幽云公主轻哦了一声，掩不住失望的心情再度问道:“难道先生真不能将天下命途透露些给幽云知道么?”略带哀求的垂询，听在耀阳耳中显得格外凄婉，禁不住心中一酸，暗骂姜子牙不解风情。

姜子牙做出无能为力之状，叹喟道:“天下命脉所系，非我等凡夫俗子所能左右，而只在乎天地人三者的无间契合。其实只要是贤者治天下，持王道守民本，大商天下自然永固，又何劳以鬼神小术去推算所谓的长久命途呢?”

幽云公主若有所思地轻声叹息，盈然起身道:“先生所言正是，幽云谢过先生指点！来人——”随着她的呼喊，门外一名随从应声掀帘而入，捧着一盘金铢跪送到姜子牙面前。

姜子牙淡然一笑，伸手拒绝道：“老夫无功不受禄，还请公主收回吧！”

“先生无须客气，这不过是幽云求见先生的一片心意而已，别无他意！还望先生一定毋要推辞才好！”幽云公主挥手示意，那名随从便将整盘金铢放置高席之上，恭敬退出门去。

看着那黄灿灿的一盘金铢，耀阳不由自主有些想入非非，还暗里轻拨了拨倚弦的指头。倚弦自然晓得这家伙的想法，心中苦笑连连，暗想有幸出得去再说吧。

姜子牙稍作沉思，目光炯炯望向幽云公主道：“既然公主如此盛情，老夫也不便回绝。但凡事都讲个因果缘法，方才公主步入老夫阁堂时，左足先入踏前三分半，距门槛‘地极壬午位’左二分，离云雾屏风‘天罗丙子位’右四分——恰恰暗合时命九星中的‘天凶星兆’，唉……不如就让老夫为公主卜上一卦，看看能否逢凶化吉，如何？”

此言一出，内室众人都不由一惊。

倚弦更是被吓得心惊肉跳，如果真如姜子牙所说，那么他和耀阳刚刚进门肯定也已经被发现了，但令他感到奇怪的是，为何姜子牙不揭穿他们呢？当听到姜子牙解说公主步入阁堂的踏位，他不由想到自己和耀阳的踏位又是什么呢？相反耀阳却嗤之以鼻，不作此想，一心以为这姜子牙不过是个神骗，故意编些悬念去诈唬那盘金铢罢了。

幽云公主默思片刻，点头问道：“幽云记得方才确是左足最先踏入先生阁堂，但仅凭无意之间的踩踏便可虚应吉凶之说，先生不觉得有些托大么？”

姜子牙微颜轻笑，正色答道：“万事万物任何纤细入微的变化都非独有偶，藏天地间无限玄机于其中！寻常人又岂能明白个中道理！公主如果信得过老夫，就请除下面帘，让我细观你本命神气的流转盈和，才能为公主寻得趋吉避凶之法！”

幽云公主略作沉吟，终在丫鬟规劝下缓缓取下面帘，顿时众人眼前一亮，满室生辉。

只见一脸绝世容颜即时展露出来，青丝如云的长发轻盘成髻，散落的发丝柔顺贴面，衬出分外秀美绝伦的怡人轮廓，挺立小巧的琼鼻，朱唇皓齿的樱桃小口，配上充满灵气仿若深海般的双眸，一身白衣胜雪的裙衫衬上晶莹如玉的肌肤，丝毫没有任何妆饰，整个人自然而然显出清灵淡雅的不俗气质。

耀阳登时只觉呼吸为之一窒，仿佛全世界都不再重要，唯一存在的便是眼前那真实而又虚渺的美人儿，如果能够得到她的倾心，此生夫复何求？他的心情促使呼吸变得愈加急促起来。

倚弦一直靠在室帷内里不敢向外窥视，一味静听内室变化，此刻感觉耀阳的异动，慌忙再次掐了他一把，痛得耀阳直咧嘴，才又回过神来。

姜子牙仔细端详片刻，皱眉动容道："不知公主可否报出生辰八字?"

幽云公主不以为然地将生辰说了出来，随口问道："有何不妥吗?"

姜子牙盘指掐算良久，更不时盯望公主面庞半天，面色大变久久摇头不语，终仰天长叹了一口气，说道："公主面相虽可算上清灵钟秀得天独厚，但命格坎分离散、五行不正，因而偏属奇门。观你眉间三阳偏衰，可知必然常年久居流寒之地，更兼今逢流年太岁，公主的运程受冲成三阴绝阳格……唉……"又自一叹，"老夫从未见过此等命格异相，绝阴绝阳，灭生灭死，实乃灭绝轮回之苦劫啊……"

幽云公主闻言一怔，神情略显黯然，幽幽一叹，旋即又回复平常，仿佛不曾受任何影响一般，容颜不波道："幽云想借先生一句话，自古贫贱相注定，从来生死命相随！一切皆有定数，非人力所能为之。故而，是又如何，不是又如何?"

耀阳听到伊人这略带些许凄怨、些许无奈的叹惋，心中不争气地一阵揪痛，暗里大骂姜子牙简直混账之极，不就是蒙钱吗？也不用说得这么狠毒吧！又寻思到如果不是因为自己没用，肯定跳将出去痛打他一顿……想到这里，耀阳再次偷望幽云公主一眼，心里不由又涌起黯然自伤的情绪。

倚弦哪里知道身旁的兄弟时喜时悲，正身陷矛盾自卑的心情低谷。当他听到幽云公主说出那番是也不是的坦言，也禁不住心生倾慕，很想见见这位幽云公主，却又担心被高人发现，只好硬生生忍住心思。

此时，公主身旁的娇俏丫鬟抢步而出，扑通跪在姜子牙身前，声泪俱下地哀求道："请先生一定要救救公主，老天爷真是太不公平！可怜姜皇后刚被妖妃妲己害死……先生，您一定要想办法救救我们公主呀！"

"小娇……"幽云公主想到惨死的母亲，心中一酸眼里珠泪滑落，语声更显哽涩。

姜子牙稍作犹豫，瞑目苦思好久，叹道："若要避过此劫，永保福缘绵长，也不是不能！只是……除非……"只见他几度欲言又止，沉吟阵阵才续道，"除非公主愿意放弃现在的浮世繁华，远离这红尘苦海，或许还有一线生机！"

幽云公主娇躯一震，黯然一叹道："幽云何尝不作此想？只是生在帝王家，身不由己！"

室帷后的耀阳看到面前不远的伊人落泪，心中一痛，怜惜之心大起，身子不由一阵抽动。倚弦虽然也替美人儿惋惜，但却不明白为什么耀阳反应这么大，于是用肩轻碰了碰他的肩，以示询问。耀阳只是略微摇摇头，示意倚弦不要管他。

幽云公主俯身扶起丫鬟小娇，微微欠身对姜子牙行个万福，重又覆上面帘道："打扰先生多时，承蒙眷顾万分感谢，幽云就此告辞了！"

姜子牙直觉此女心中生意已绝，不禁惋叹，起身行礼相送道："那老夫也不多说，就此恭送公主！"

幽云公主在丫鬟小娇的扶持下缓步正欲行出内室，姜子牙心念一动，随后跟上前去，说道："公主请留步！"

幽云公主闻言转身问道："先生还有什么事么？"

姜子牙从怀中拿出一样晶莹剔透之物，递给公主，道："老夫岂能平白受人钱财，所以将这'凤首莹心锁'送与公主，希望能对公主有所帮助吧。"

幽云公主仔细一看，原来是一把做工精巧的凤首铭纹玉锁，掌心盈盈一握，温熙和暖，显得格外纤小精致，又闻姜子牙话中赠意坚决，也不便回绝，只好收下，道：“那幽云就谢过先生了！”

姜子牙将公主主仆送至门外，“公主慢走，恕老夫不远送！”

“先生请回吧！”幽云公主说完便与丫鬟小娇领着门外的几名随从匆匆下楼而去。

望着公主一行远去，姜子牙不由感慨备至，摇头长叹一息，才进到屋里。他依然坐在高席上，举起茶杯轻饮一口，面对席台上的残局自我对弈起来。

耀阳此时正沉浸在伊人离开的伤感情绪中，还未缓过神来。倚弦却已情知不妙，但方才趁姜子牙出门送人之际四下查看，阁堂除正门与后窗之外，根本没有其他可供逃走的地方，至于架设三层阁楼之上的后窗，他们唯有望窗兴叹。

正当倚弦举目彷徨之时，忽听炉间传来一阵滚水膨壶之声，姜子牙举棋落子，悠然道：“水都已经开了，两位小兄弟难道还要老夫亲自为你们斟茶不成？”

耀阳与倚弦心神一震，面面相觑地并肩从室帷后走了出来。

耀阳听话随机应变，依言干笑着上前探壶准备斟茶，却心慌意乱不曾想到那炉上的瓷壶已滚水烧开，倚弦见状急忙阻止，但仍然晚了一步，只听“哎哟”一声，耀阳捂住已被烫伤的手指痛得咧牙直叫唤。

“让我来吧！”倚弦拾起席间的一块手抹，提壶为姜子牙手边的茶杯缓缓斟满水，虽说是第一次给人斟茶，但态度认真动作仔细，手与步之间也颇有默契，稳稳地将水注入杯中，无有丝毫溢出。

姜子牙欣赏地看着倚弦，不住点头道：“看不出你小小年纪，不但心细而且耐性也好，难得难得！”言语间面色又露出惋惜的神情，叹道：“唉！可惜啊可惜……”

耀阳与倚弦同时一怔，不明他话中之意。

此时，门外传来一阵急促的脚步声，只听来人来到门前，慌张的声音有些结巴道：“姜……老先生，宫里来人说……新进宫的琵琶贵妃想……请先生进宫卜卦……”

姜子牙稍作思忖，回道："今日三卦已满！请他们改日再来吧！"

"但是，他们气势汹汹，恐怕今日请不到先生便不肯罢休！"门外传讯人的声音颤栗不安，显出受惊过度后的担忧。

倚弦与耀阳望着姜子牙，很想知道他的应对之策。

姜子牙冷哼一声，淡淡道："如果他们不肯听，或是有什么不满的话，就让他们上来找老夫便是！"

"是！"传讯人应声退下楼去。

耀阳心中忐忑，忍不住问道："先生真的不怕他们么？"

姜子牙淡然一笑，道："名利权势不过是身外化物，三界众生，六道生死，万灵平等！又何来谁怕谁之说呢？"

倚弦听得真切，心中兴趣盎然，正想深入询问一番，却被耀阳拉扯了一下，于是不明其意地看着他，感到有些莫名其妙。

耀阳一脸恭敬地赔着笑，朝姜子牙揖身道："先生乃世外高人，自是不怕！我们兄弟却贱命一条，可是怕得紧呀……不如我们就先行一步！"说着拉起倚弦就往门外走。

姜子牙也不阻拦，依然独坐高席自斟自饮。

正当二人暗自庆幸可以脱身之际，忽听楼道间传来一阵喧哗嘈杂的急促脚步声，不用出门看，耀阳与倚弦已经猜到，应该是宫里的人找姜子牙算账来了。二人于是止步不前，哪还敢再出去撞晦气。

耀阳拖起倚弦几步走回内室，拿起水壶恭敬地为姜子牙斟满茶，小心翼翼道："小子忽然觉得，看那些趋炎附势的小人被先生教训应该是一件非常有趣的事情……"恭维话还没说到一半，便被倚弦从旁制止住了。

姜子牙淡然处之，微言一笑指向一旁，道："你们先去一边净面换衫！"

耀阳与倚弦目瞪口呆地顺指看去，他们事先躲藏的室帷前不知何时竟多出面盆等洗刷用品与一些衣物。

二人忙着洗面换衫的时候，阁堂门外已来了好些人，奇怪的是他们虽然嘈杂喧哗，却都不敢抢进门来。再过了片刻，门外的所有声音骤然停住了，紧接着一连串柔和轻盈的步履声适时响起。

耀阳与倚弦整理好一切，并肩站在姜子牙身后，紧盯着屏风前的门帘，很想看看来者究竟是何人，似乎极有权势一般，竟能让门前一群平素嚣张跋扈的奴才这么听话。

姜子牙自然已经感知到门外的巨大魔能逼近，正凝神相抗之时，但看到面目洗净后的二兄弟，玄灵道心仍免不了霍然一振，震惊非常。

虽然兄弟俩年纪在十七八岁之间，身形在穿上宽松的道袍后略显单薄，但都已初具成人体型，各显风姿。

虽然脸上仍留有“费”字烙印，但依然可见耀阳浓眉大眼，明亮眼神流露的不羁神态，显出几许男儿气概的强悍。相反倚弦一双灵动非凡的双目，加上宽广的额角和阳光般的微笑，格外给人一种清风般明朗俊逸的意味。

“可惜啊……可惜！”姜子牙道心感应到二人面部神气的异常变化，脸上神情骤然变得阴晴不定起来，禁不住再次轻言惋叹，摇头不语。

耀阳与倚弦对望一眼，感到百思不得其解，又不敢问，只好暂时忍住。

“姜尚先生在吗?”

柔媚至极的声音掺和着一股勾人魂魄的魔能异力自门外传了进来，定力不够的耀阳与倚弦只觉耳边一阵莫名骚动，催眠般的异音仿若来自天外，绵和柔腻的刺激鼓动二人的神志不能自已、昏昏欲睡，浑然忘了身处何方。

姜子牙面色分毫不变，只将手中茶杯轻轻撞击在铜壶上，便听“叮呤……”一声轻响，清脆而无丝毫掺杂的余音，如同水面的涟漪一般波动开来，扩放于整个阁堂内室之中，瞬时便将那销魂魔音涤荡殆尽。

耀阳与倚弦闻音一震，心神立时警醒，回想方才那刻的危险景况，二人不自觉被惊出一身冷汗，虽说那女人的声音确有些让男人心动神摇，浮想翩翩。但他们还是恨不得找些棉物将耳朵塞上，也不愿再听到那蚀魄夺魂的声音。

姜子牙不慌不忙望定门帘外映入屏风的淡淡女子身影，毫不客气地问道：“门外何人?”

门外女子显然试探出他的厉害，也不敢再妄施催魂魔音，随着一阵银铃般的笑声，只听那女子柔媚地说道：“奴家喜媚拜见姜尚先生，只因今日琵琶姐姐受封贵妃，所以奴家想让先生进宫为我姐姐卜卦添福，还请先生莫要推辞为好！”

姜子牙双目轻瞑，掌中五指掐成玄门法印，凝神聚气道：“可惜老夫今日三卦已满，如若再行强加布坛请卦，便是有意延误天机圣算之法，恐怕不但算有遗漏，而且还会招致天谴！所以，还请尊驾另请高明吧！”

那女子显然受不得气，语声骤变冷哼一声，喝骂道：“姓姜的，别给脸不要脸！惹得姑奶奶生气，我一把火烧了你这龟窝藏身之处！你够胆就滚出来！”

姜子牙处变不惊，淡定自若地回道：“想不到尊驾脾气还挺大，看你一身将近千年的道行修炼不易，如果速速回去觅地重修，则有望得成正果；如果不听老夫劝说，今日定然难保你这一身蜕化六道的化身皮囊！”

此言一出，门外一时间竟都噤声不语了。

耀阳一脸惊惶地望着静寂的门外，想着姜子牙话里说到的千年女妖，禁不住打个寒战，问道：“如果她带着随从一起杀进来，我们怎么办？”倚弦口里不说，心中也难免有此一想，同时望向仿佛瞑思中的姜子牙。

“门帘与屏风之间已布下我道门玄灵法阵，类似此等异邪妖物皆无一可以近前三尺！”正谈话间，姜子牙道心振动，猛然双目一睁，眼中流泻出骇人的电光异芒，神色大怒道，“好你个九首鸠鸡妖，竟真敢放火烧楼！”

不等倚弦兄弟反应过来，姜子牙盘坐高席的身影微移，玄法施展卷起一阵柔和的拂面清风，偌大的身形竟自凭空消逝了。

“咦！”耀阳与倚弦震惊莫名，怔在原地，呆住了。

耀阳很快回过神来，拉起倚弦一边往门外跑，一边嘟哝着说道：“我们兄弟俩还是趁机赶紧走吧！”

倚弦心中大急，一把拉住耀阳提醒道：“你有几条命啊，门外说不定都是那妖精的爪牙，他们是想尽方法要进来却偏偏进不来，而我们正好一头撞出去，还不立即被他们当作箭靶。”

这话让耀阳硬生生刹住身体，惊得吐了吐舌头，终于对逃跑彻底泄了气，于是懒洋洋垂头坐在高席上，开始玩弄置于席上的整盘金铢。

倚弦最是受不了耀阳这副似乎什么时候都满不在乎的神情，气道：“老大，都什么时候了，你现在就不能好好静下来想个办法脱身吗？”

耀阳吐吐舌头咧嘴一笑，竟又学着姜子牙那般拾杯斟茶，装模作样地品了一品，然后大大咧咧仿佛煞有其事般问道：“不知小倚军师对此事有何见教呢？”

倚弦整个人为之气结，摇头叹道：“还能有什么见教，只能等！但愿姜先生可以平安除妖归来才好！”说到这里，他心中一动，忍不住问道，“既然这什么琵琶贵妃的姐妹是个妖精，那么依此推断皇宫里岂不尽是些妖精么？”

“这个……”耀阳搔搔头，摆出一副既不知道也不关我事的表情。

“不错！”门外传来熟悉的话语声，二人免不了大吃一惊，定睛再看，却原来是姜子牙抬步进门，接口便感慨备至地说道，“你们猜得没错！如今宫廷早已群妖乱舞，朝纲萎靡，可以预见——天下大乱之日已为期不远！”

耀阳见到姜子牙，忙恭敬起身让他独坐高席上，倚弦则将茶斟满，递到姜子牙面前，揖身说道：“先生辛苦，请用茶！”

耀阳抢步上前问道：“先生一定是将那妖精降服了吧？”

“此事与你们并无干系，还是少知道为妙！”姜子牙皱眉不语，接过茶一饮而尽，然后注视面前二兄弟良久，缓缓道：“不知你们兄弟可否听老夫一劝？”

耀阳闻言愣了愣，大惑不解地看了看身旁的兄弟。倚弦也颇觉奇怪，应声答道：“先生请说——”

只听姜子牙肃容道：“看在你们与老夫这一场缘分上，老夫劝你们现在速速离开朝歌，一直往西走，有多远走多远，切勿回头！如果连续七日内平安无事的话，此生兴许还可得其善终！否则，横死街头或曝尸荒野，三界六道都难得安身！”

“喂！老头你瞎说什么呢……”耀阳哪曾听过这等狠毒的诅咒，闻言气冲七窍，如果不是因为惧怕姜子牙的玄妙法术，怕是早已大打出手了。

倚弦怔了半晌，慌忙制止耀阳进一步的举动，疑惑不解地问道：“先生，这话是什么意思？还望详情相告……”

姜子牙丝毫不理会耀阳的无礼，起身来回踱了几步，仰面望向后窗外的天际，长叹道：“老夫此生批相卦命，行迹天下达半个甲子以上，却从未遇到像今日这般天象异数的际遇！”

“方才你们一前一后迈入老夫阁堂，竟分毫不差地齐齐踏在堂前‘昊极星列法阵’的‘天凶星位’，与后来幽云公主所踏之位也是没有半分差别！当时老夫百思不得其解，世上哪有如此撞巧之事，你们二人竟同时踏入万中独一的劫煞凶星之位，故而并未揭穿你们的行藏。”

一番话听得耀阳与倚弦心直往下沉，面部神情更是显出半信半疑的惊恐。

姜子牙料定他们一时间肯定不会接受这个事实，又不忍欺瞒这对难兄难弟，细说原委道：“待老夫看到你们洗净脸庞后的面部神气，便愈加坚定心中的猜疑。唉……虽说你们天生面相龙镶凤姿，一副定非池中之物的不凡相骨，可惜本命神气所在偏偏虚应奇门九宫中的‘孽骜’二宫，注定自小便远离父母，终生落魄流离！其实这本也无关性命大碍，哪知今年九宫星宿映天连珠——正值百年难遇的天破太岁时节，命相相冲，乃是断三阳尽三阴、灭绝轮回的劫数……”

耀阳与倚弦听到这里，早已吓得面色煞青，脑中一片空白，没了主意。

“天命星机，奇门相格，老夫自问爱莫能助，即便有心相帮，依现时形势来看老夫也已自身难保！席上金铢你们可以任意取些去。谨记老夫的话，走吧！一切都好自为之！”

姜子牙说完这番话便静坐高席上，闭目瞑思起来。

兄弟二人此时受惊太甚心烦意乱，哪里有心思去拿那些黄白之物，垂首静默着走出了“藏道阁”。

望着他们木然离去的身影，姜子牙怜悯地暗忖道：“今日七月初七，离阴月阴日阴时的九星蚀月还有七日。如果你们兄弟可以避过此劫，或许真有龙跃云津、凤鸣朝阳的一日！但道玄命理中唯有‘九阴九阳、盛极必反’才独具逆天改命之功……”

骤然想到这里，姜子牙静修三世百载的玄灵道心萌然巨震，仿佛触碰到某些诡奥不清的事实，惊得乍然起身，思忖盘算良久，然后又再颓然落座，表情变得异常凝重，喃喃自语道：

“难道真是天意不成？但他们之间……这怎么可能呢……”

窗外的广阔天际黯然惨淡了许多，黄昏终于来临了。

第三章　魔尊传法

走出馆楼后，耀阳与倚弦两兄弟茫然走在街道中，反正都已经成了这种惨命，也不怕费仲派人来抓了。忽然间，他们都有一种天地虽大却已无容身之地的感觉，谁也没说一句话，也不知道自己该往哪里去。好长一段路他们都在沉默中走过。

耀阳首先打破苦闷的僵局，强颜欢笑地打趣道："没想到我们兄弟这么快就玩完了。"

倚弦知道他苦中作乐的习惯，想说些什么又不知该说什么，仰面看着依然明媚的阳光，怔怔地长叹了一口气。

"哈！小倚，你怎么还是改不了你那多愁善感的性格呢？放心啦！说不定那些话只是生姜老头用来糊弄咱们的呢……"耀阳说着说着说不下去了，只是还像从前一样照例在倚弦肩上拍了两拍，哽咽了半晌，才说道，"幽云公主说得好，就算是又如何？咱们兄弟俩要死一块死，要活就他娘的一起好好活着！想那么多做什么？老天爷糊涂不公平是老天爷自己的事，关咱哥儿俩什么事！"

倚弦心中激动地看看耀阳，好半天才点点头感慨地说道：

"对！要死一起死，要活就一块活！想那么多做什么。老天其实很公平，它虽然让我们从小就成了没爹没娘的野小子，每天为了活下去受尽欺辱，从没一天吃过饱饭。但是它却让我们亲如兄弟，相依为命。刚才我又想到这些年咱们在一起的日子……我想起你曾经无数次为我挡住别人的拳打脚踢……想起倔强的你为了求大夫为我看病跪地久久不起……想起我们宁愿一块儿受那些混蛋管头的毒打，也不愿独自逃走……想起一碗稀饭两个人一块吃……”

倚弦仰望天空想起记忆中的一幕幕往事，眼泪不争气地流了下来。

耀阳也难过了好半晌，才一把抹去眼角的泪水，天生的犟劲一上来，看着倚弦怪声怪气地说道：“嘿嘿！老天爷如果公平的话，就应该在临刑前先让我们填饱肚子……然后你说它还会不会再给我们两个穷小子娶个老婆哩?”

“去你的!”倚弦听后虽然哭笑不得，但心情总算好了起来。

耀阳讪笑着搂搂倚弦的肩，道：“咱们混世双宝还是赶快收拾行李西逃吧，嘿，想起花子爷爷，我忽然觉得逃荒的感觉也不赖嘛，往西最远听说是一个叫西岐的地方，好！我们就去那里‘建功立业’!”

“我们哪来什么行李，连这身衣衫还是刚刚姜老先生送的！只是路途遥远，咱们可没有什么盘缠!”倚弦的心情总算恢复了。

“你看这是什么!”耀阳奇迹般从怀中掏出一锭金铢，在倚弦面前晃了一晃，狡诈地笑了起来。

“你小子，果然是江山易改，本性难移。”倚弦顿时明白过来，与耀阳对望一眼不禁开怀大笑起来，一路上买这买那嘻笑打闹，仿佛全然没了方才的颓唐沮丧。

此时两人心情好极，再不去计较那些生死之谈，抛开一切烦忧，只想着与天抗争，好好享受这段逃避劫数的日子。

避开守城兵士的盘查，耀阳与倚弦偷偷溜出了朝歌城，背负干粮开始西行之旅。

走了将近一个多时辰，天色渐晚。两人正好行至朝歌城外二十里的“赤松岗”，实在走不动了，两人累得背靠背坐在山岗上，遥望远方。

夜幕低垂，万里苍穹毫无一丝星光，远处的朝歌城朦胧得好似一幢黑影矗立当前，带给人一种无形的压力。初秋的晚风一阵阵拂过光秃秃的山岗，夜凉如水。

望着灯火初上的朝歌城，倚弦忽然叹了口气，道：“不知道为什么，这些日子咱们虽然在这里挨饿受冻、受人欺辱，但今天忽然要走，竟感到有些不舍得离开了。”

“我倒没觉得什么!”耀阳紧了紧衣领，饶有兴致地指向重山背后的西方天际，道，“只是不知道西岐到底会是什么样子呢?”

倚弦一脸茫然地摇摇头，回道：“以前听花子爷爷说过，那里什么都好，也不知道是不是真的?”

“外间谣传，岂能尽信!”

只听雄浑纯厚、老气横秋的声音从他们身后隔空传来。

两人突然一惊，回首一看，发现说话之人是一名黑袍老者，兀立于秃岗之上，尽管山风清徐，但他一袭黑袍裹身却纹丝不动，令人一眼望去，仿佛整个人都融入夜色之中，若非老者一双电芒精魅的双瞳煞是骇人，寻常人一时间恐怕根本无法体会到他的存在。

“你是谁?”耀阳与倚弦几乎同时惊得赫然而起。

黑袍老者桀桀一笑，目光炯炯地注视着两人，缓缓走到他们身前不远处，说道：“两位小兄弟真是贵人多忘事啊!”

耀阳与倚弦这才看清楚老者的模样，更是倒吸了一口冷气，骇得一时间说不出话来，这黑衣老者赫然便是费仲请来降妖的蚩真人，此时更显出一股神秘诡异的强者气势，虽然脸上微笑满面，但却格外予人一种高深莫测的感觉。

耀阳强忍心中惧意，嬉笑道：“原来是蚩真人，不知您老人家找我们兄弟有何贵干?”

倚弦愁眉紧锁揣测蚩真人的用意，不由想到姜子牙所说的劫数，暗想，难道这蚩真人无缘无故会杀了他们不成。再看看周围的环境，倒也蛮符合“曝尸荒野”之说，于是心中更显忐忑。

“你们莫惊!”蚩真人首先出言安抚他俩的惊慌反应，移步走到岗坡上登高望远，负手傲然而立，以睥睨当世的眼神观望朝歌，娓娓述说道：

“本尊乃是东域‘东圣道’的弥和尊者，名唤蚩伯。本道派数千年来一脉相传，门下弟子从不踏足红尘，众皆隐世研修玄法道术，企求天人修真之道。只是每过一个甲子六十年，我们便会派人周游天下寻找一些资质根骨都属上乘的人，加以培养调教，用来接替本门的宗道传承！”

兄弟俩听得似懂非懂，傻愣愣地大眼对小眼，想不明白这名叫蚩伯的蚩真人说这番话究竟是何用意。最后还是耀阳忍不住了，出言询问道：“这跟我们兄弟有什么关系？你不会说，是看中我们兄弟去接替什么宗……什么道吧？”

蚩伯颔首轻笑，不无赞许地说道：“你们果然聪明！本尊正有此意！”

倚弦脑中思绪飞转，小心翼翼地问道：“我们兄弟自小就愚笨如猪、没什么用处，常被人抓去做下奴，尽做些低微下贱的事情，应该跟前辈所说的资质根骨都属上乘的人有些距离才是！”

“此话似乎言不由衷吧！自古伯侯将相本无种，做大事者何拘小节，古来帝皇多禅让，出身低微又如何？”蚩伯仰天长笑，惋惜万分地说道：“你们若是连这一点都无法释怀看破，本尊即便再如何教你们逆天改命之道，怕也是无济于事空费唇舌！唉……亏我昨日日间见你们兄弟龙磐凤鸣之姿，顿时萌生收入门下之念！罢了，罢了……就当是本尊看错人了！”

这一番话说得言明理正，听得倚弦为之语塞，连连点头垂首不语，对蚩伯的看法大大改观。耀阳更被激得豪情奋起，拍拍胸膛傲然道：“谁说我们拘于小节，大丈夫顶天立地，行得正坐得稳，哪会在乎什么出身等级，我更看不上那些个伯侯帝皇！想这天地之大，我自逍遥我自在，岂不更加快意！”

此言一出，不但蚩伯因此怔了半晌，连倚弦也不由对这位生死相依的兄弟开始另眼相看。

“好一个顶天立地的男儿汉，说得好！”蚩伯拍掌连赞数声，开怀大笑道，“既是如此，不知你们是否愿意拜在本尊‘东圣道’门下？”

耀阳叹了一口气，苦笑着说道：“好是好，只是我们兄弟最近劫数缠身，怕会连累蚩伯您老人家！”

“真是有负前辈如此厚望了！”一说到命相劫数，倚弦的心情立时变得异常沉重起来。

蚩伯微感错愕，疑是两人又再推脱，容颜不悦地厉声道：“你们小小年纪，会知道什么劫数？愿意便愿意，不答应就不答应！莫要借词推脱，当本尊闲着无事，找你们玩耍来了么？”

“您老人家千万别误会，当真是确有其事不敢瞒您！”耀阳慌忙将姜子牙批相之事一五一十地尽数说了出来，最后还补充道：“我们兄弟与他近日无仇远日无怨，也别无他物可以让他蒙骗受益……照理来说，他应该不会骗我们才对！”

蚩伯听完脸色愕然一变，即刻又再回复如常，道：“哦！竟有这等事？想来那相师倒还有些本事？既然如此，不如也让你们见识见识本尊的厉害！”

正说话间，蚩伯身际的黑袍无风自动，莫名的大力忽如其来，轮转如风的连绵异力，逼得兄弟俩连退数步，定睛再看时，蚩伯的高魅身形竟凭空消失了。

紧接着一道冲霄虹气从两人头顶恰恰划过，直冲斗牛。刺眼的光亮激得两人眯眼不敢正视。好半晌当他们抬头再行望去，虹光中蚩伯坐于一只吊睛白额黑虎背上，手托一柄方天金锏，头顶芒光如环，法相庄严莫与伦比，让人疑是神仙下凡，吓得兄弟两人赶忙跪地叩拜。

“无须多礼！”蚩伯赫然驾虎落地，飘身下了虎躯，伸臂扶起二人，抚慰道，“至于你们所说那姜姓之人，定然不是游仙或真人，否则以老夫纵横三界数千年的阅历，怎都会有所耳闻的。”旋即又傲然道：“你们也不用担心，只要你们跟随老夫身边，试问这三界六道中又有几人能够伤害得了你们呢？”

此时，耀阳与倚弦再无怀疑，加上得逢此等奇遇，心中又是欢喜又是感动，齐齐拜服在蚩伯脚下，同时尊敬地叩首道：“徒儿叩见师父！”

“万万不可！”蚩伯急忙阻止他们，只见他抖身一震，巨大的异力便已托住俩兄弟缓缓跪拜的身形。看着他们疑惑不解的神情，蚩伯轻笑解释道，“入我‘东圣道’，拜的是创教真人无为圣师，而非本尊！因为门下弟子一律同辈相称，所以日后你们还是叫我蚩伯吧！对了，本尊还不知道你们姓甚名谁？”

“这是我兄弟耀阳！”倚弦恭敬地介绍道，“我叫倚弦！”

蚩伯略感诧异，问道：“你们兄弟难道没有姓吗？”

“从懂事的时候开始，我们就不知道自己的父母是谁，只是每人身上都有一面不同形状的玉牌，老大那块上面写着‘耀阳’，我这块写的是‘倚弦’，所以我们都以此来称呼对方的名字了……”倚弦抚摸着颈上悬佩的玉块，想起往事不由有些黯然神伤。

蚩伯拍拍俩人的肩，安慰道：“别想太多，往事如同过眼烟云，什么都过去了！现在最重要的是如何为现时的自己努力——苦修精进，三界封神！本尊只想问你们，有信心吗？”

“有！”兄弟俩同时应声回答。

耀阳见到紧随蚩伯身后的庞然大物——黑虎，抑制不住心中的兴奋，试着上前靠近它，见那黑虎不惊不怒，忍不住用手轻轻抚摸了它两下，黑虎识趣地眯上吊睛双目，温顺得好像一只猫一样，任他抚弄。耀阳心中更是兴趣盈然，禁不住大惊小叫道：“哇，我们什么时候可以也养一只这样听话的老虎呢？”

倚弦大感有趣，走过去好奇地抚摸黑虎身上乌亮的毛皮，心中也是喜爱非常。

蚩伯会心一笑道：“说来容易，你们可知道此虎它并非凡物，自幼便被本尊收养，施以本门的‘幻元真修法诀’，方能与本尊共寝共食同修同炼，也唯有达到寻常真人游仙修炼将近五百年的同等道行，才能像本尊的‘天乌’一般玄奇通灵！”

耀阳听说竟要修炼五百年之久，惊得咋咋舌，但口中不断念叨着“幻元真修法诀”，感到心痒难当，早已在盘算到时候应该养些什么灵物了。他越想越觉得过瘾，不由急不可耐地问：“蚩伯，那我们什么时候可以去拜见无为圣师，学习法术呢？”

“不用着急！”蚩伯摇头一笑，然后郑重其事地说道，“本尊尚有要事在身，你们先随我一起住下，本尊可以先教你们一些速成法术用来防身，等事情办妥我们便即刻回返圣门，为你们布坛行入门祭礼！”

耀阳与倚弦心中大喜，赶忙跪地又拜。

蚩伯大笑着扶起俩人，正色道：“从今往后，你们便是我‘东圣道’门下嫡传弟子，凡事不可再任性胡为，一切都要听从宗门差遣，知道么？”

“是!”兄弟俩欣然应诺。

蚩伯连连点头赞许不已，挥手道：“好了，你们现在暂时就随本尊一道回附近的‘东玄别院’住下吧!”说完他大袍一挥，黑虎“天乌”应势爬伏在地。

耀阳与倚弦紧随蚩伯身后骑上黑虎，闻听天乌嘶鸣低唤了一声，四足已踏地而起，竟从高岗之上凭空跃下，瞬时如同肋生两翼一般，虎躯腾空跨越在虚空天际，向朝歌东南方疾驰而去。

感受到身下灵物的动感气息，观望着夜幕下的朝歌城，兄弟俩人萌生出一种再世为人的感慨。

月落日升，天渐畅明。

在朝歌城外东南的阳明山深处，有一处建于石崖腹地的偌大庄院，背靠青山翠石，前临飞流瀑布，常年的激流更冲涌出一潭碧水。

透过缭绕稀薄的晨雾，远远可以望见庄院外的门匾上镶着“东玄别院”四字，衬托着周围的怡人环境，尤显得幽深静谧。

此时，耀阳与倚弦两人正躺在庄院南厢房的床上，呼噜睡得香甜。随着一阵“吱吱”的怪声，一阵突然的急促拍门声传来。

他们俩人从小到大何时睡过像现在这般柔软的床铺，此刻美梦正酣，哪会理会那拍门声，双双将头用被一蒙，赖在床上继续大睡。

“吱呀……”门骤然被打开了。

耀阳睡在床外侧，不耐烦地从被窝中探出头来，睁着惺松睡眼想看看是谁来唤他们起身。他朦朦胧胧地猜想着，应该是昨天晚上领他们到厢房的那个名唤桃儿的貌美俏丫鬟吧。

站在床前的哪是什么貌美俏丫鬟，而是一个约五尺高的怪物!

只见那怪物浑身金毛，臂长腿短，圆脸长尾，脸孔虽然像极人面，但咧嘴龇牙地冲耀阳一笑，威猛狰狞的本性依然赫赫在目。

“哇……”耀阳触电一般大叫一声，已经被吓得立时缩进被窝里，从一边爬到另一边，猛力将倚弦摇醒，口齿不清地叫唤道，“小倚，你快起来，这里有怪物！快点——”

倚弦翻了一个身无奈地坐起身，勉强揉了揉尚未睁开的眼睛，没好气地喊道："哪里？怪物在哪里？"

耀阳蒙着头指向床头那边，道："那里，不就在你眼前站着吗……"

倚弦转头环视整个屋子，在确定没有所谓的怪物后，气不过地一把掀掉耀阳的被子，说道："拜托，这里可是咱们东圣道的东玄别院，怎么会有什么怪物呢？一大早少开这种玩笑，现在最重要的是睡觉！"说完蒙头再睡。

"咦？奇怪！怎么不见了？"耀阳环目四周，一时间哑口无言。

就在这时，门外传来一个嗲媚的声音："两位公子醒了吗？"

耀阳听到这女子声音，猛然坐了起来，哪还管它什么怪物，眉开眼笑地应答道："醒了，醒了，桃儿姐姐请进吧！"

倚弦听闻桃儿要进来，赶忙起身穿衣着裤，并慌着出言阻止道："桃儿姐姐，请……请先慢些进来！"

耀阳以最快的速度穿好衣物，然后促狭地看着在一旁手忙脚乱的倚弦，贼笑兮兮地对门外喊道："桃儿姐姐，进来吧！"

此时，俏婢桃儿捧了盥洗用具和一些衣衫走了进来，望着倚弦急急回避的窘样，掩口一笑，嫣然道："请两位公子梳洗吧。"

耀阳享受地在桃儿服侍下净面梳发，然后围着她转了好几圈，不忘甜甜赞了一声，道："姐姐今天又漂亮了。"

桃儿听后神色大悦，却不敢显出欢喜的样子，小心翼翼地回道："耀公子取笑了，小婢地位卑下，漂亮与否又有何关系呢？"说完走到倚弦身边，轻声道："倚公子，让小婢服侍您净面吧！"

倚弦想着刚才耀阳与她有意无意的某些身体触碰，面色立时窘得通红，连忙婉拒道："姐姐不用管我，我……习惯自己洗。"

"公子无须客气，这是奴婢应该做的！"桃儿说着抢过面巾替他洗面，弄得倚弦洗也不是，避也不是，手忙脚乱地被逼着洗了脸。

在桃儿净洗梳理过后，耀阳与倚弦换上一身修裁得体的衣物，崭露出他们十几年来隐藏在蓬发垢面下的本来面目，只见俩人各看各衫整理一番后，一个眉清目秀温和灵动，透出一股温文尔雅的潜质，另一个浓眉大眼威武刚阳，予人豪气飒爽的男儿本色，此时同时站在一起令桃儿顿觉眼前一亮。

桃儿细看之下，连连赞道："难怪蚩伯老爷说你们天生龙仪凤姿、前途无量，奴婢现在看了两位公子，也不得不作此想呀！"

一席话听得兄弟俩不敢相信地对望了半晌。

桃儿见他们傻立在那里，掩口一笑向两人各抛了一记媚眼道："对了，蚩伯老爷现在正在后园等你们，快快随奴婢去吧！"说完姗姗退出房去。

耀阳与倚弦这才反应过来，尴尬地笑了笑，齐齐出了厢房。在桃儿带领下，一路欣赏着满园景色举步向后园行去。

整座"东玄别院"虽说建在高山石崖之间，但却非常讲究，院内宽敞雅洁，园林与院落浑成一体，布局清幽，庄院以主宅厅堂为主，复道回廊与假山贯穿分隔，别出心裁，颇具特色。

后园与山岗石崖相连，尽管地势陡峭，但在奇花异草的拥簇下登高望远，格外令人感怀倍至、心旷神怡。

一袭玄袍的蚩伯孤立于崖顶，神情漠然地眺望山后朝歌城方向，鹰兀般深邃的目光若有所思，寂然不动的身躯融入周遭环境中，透出一股高深莫测的苍凉。

桃儿将耀阳与倚弦带到崖前就退了回去。兄弟俩看着三丈开外仿佛静思中的蚩伯，相互对望了一眼，生怕就此打扰了蚩伯，于是静立一旁不敢吭声。

蚩伯回头一望，亲切地问道："你们来了，昨晚睡得好么？"

"还好！"兄弟俩有些受宠若惊的感觉。

蚩伯细观二人脸庞，脸露满意神色道："本尊果然没看走眼，你二人资质非凡。只是你们脸上的烙印有碍面相，且让本尊施术替你们消除吧。"

耀阳与倚弦只见蚩伯将手一挥，轻柔的力量便扑面而来，两人只觉得一股凉气自脸上透过，并丝丝往里转，过了一会儿，便听蚩伯道："好了！"

耀阳与倚弦赶紧朝自己的脸面摸去，一边朝对方脸上看去，果然，脸上那块暗红色的烙印已然消失无踪，摸到的是一片光滑的皮肤，兄弟俩顿时欣喜欢呼起来。

蚩伯展颜一笑，从袖袍中拿出一卷竹简，凭空一送，只见竹简如有灵性一般缓缓飘飞至耀阳手中，道："这是本门的入门初修秘笈《玄法要诀》，你们可以慢慢参详领悟！为了打好根基，本尊就先帮你们一把！"

耀阳与倚弦看着手中的玄法秘笈，心中的兴奋可想而知，再一听蚩伯要助他们一臂之力，更是惊宠有加，连忙齐声应诺。

蚩伯身形挪动还转，凌空横渡三丈，落在两人身旁，一手按一肩，强大的力量透体而入，逼得兄弟俩人身形一矮，背靠背贴在了一块。只见蚩伯掌中两道金光骤起，分别击在二人的腹部丹田之上，光芒应劲电闪而入，而后一闪即逝。

耀阳与倚弦但觉一股强势力量忽涌而至，将他们笼罩在一团凌厉逼人的炙热气息中，二人正寻思着身体究竟会发生什么样的奇异变化，却发现那股力量倏地又消失了，一切再次回复原状，他们的身体丝毫没有感觉出异样的变化。

蚩伯显然看出俩人的疑惑，微笑解释道："你们不用奇怪，这是因为本尊给你们加持的本元根基，只会随着玄法的精进而日益明显，日子久了领悟多了，你们自会懂得其中道理！"

俩人这才如梦初醒，齐声拜谢道："谢过蚩伯点化加持之恩！"

蚩伯极为满意地点点头，嘱咐道："本尊暂时有事要离开一段时日，你们自已先修习一些简单的玄法要领，有什么不明白的地方，就请教本门护法申公豹——申长老！"

"申长老?"耀阳与倚弦闻言一愣，莫名其妙地对望了一眼。

"尊者请放心，申公豹一定会尽心尽力教导他们!"

低沉嘶哑的嗓音骤起，兄弟俩立时被骇了一惊，回首望去，身后不知何时已多了一位身形高瘦的中年人，一袭缎布青衣，稀眉小眼配上几撮山羊细须，和着那郁闷的说话声音，使人总也觉出阴怖不祥的气息。

耀阳与倚弦识趣地朝申公豹揖身行礼，道："以后还请申长老多多指教!"

申公豹阴晦不明的眼神瞧了二人一眼，微微颔首"嗯"了一声，却不答话。

“申长老平素不喜多话，总之你们习惯就好！”蚩伯挥挥手道：“你们先好好参详那本《玄法要诀》，只要依法修习定可事半功倍成绩斐然！待过得几日，本尊回来可是要考你们的，去吧！”

耀阳与倚弦连连点头称是，再三谢过二位师门前辈后，这才捧着掌中竹简，欢天喜地一般退出了后园，径直回了厢房住处。

望着兄弟俩人渐渐离去的背影，申公豹移步靠近蚩伯身前，语气颇为不舍地沉声问道：“《玄法要诀》是我等费尽三百年时间才从蜀山剑宗盗出的宗道古籍，尊者竟如此轻易便将其赠予他们兄弟参阅，难道真的确定他们可以助我们一臂之力么？”

蚩伯转身再度远望朝歌城，喟然一叹，肃容道：“魔门至宝，千年一现！即便三界诸神也无力把握与操控天地间的至强之力，相比这区区半卷《玄法要诀》而言，究竟哪个更为重要？相信这个应该无须本尊再强调了。至于他们兄弟是否有用……”

“本尊自有安排！”言语戛然一顿，蚩伯诡异地兀自一笑，续道：“你只管误导他们便是，只要他们学会如何运用我附在他们体外的‘金傀符’力量就好！七日后的九星蚀月之夜，乃是圣物运转魔能消避天劫的必然时机！届时任她九尾狐再如何隐藏也遮不住浩浩圣天真能，那将是我们行动的最佳机会……”

说话间显然已揣度到无尽的可能，蚩伯仰天长笑数声，阴鸷般的笑声伴着宿鸟惊飞的嘈杂，更掺和着申公豹肆意逢迎的恭颂，令天地晨曦仿佛都黯然无光了。

返回厢房中，耀阳与倚弦迫不及待地开始翻阅那卷竹简。摊开来足有三尺多长的竹简，被兄弟俩翻腾过来翻腾过去。略显破旧的数百片简片被几根褪色的玄朱丝线串成连幅，简叶显出黝黑光泽，依稀可见上有刀工整齐的篆文，密密麻麻地排满整卷竹简。

耀阳只是随意看了看前半卷的气脉经论，草草记背了片刻。便径直往后翻去，看着那些玄之又玄的道法咒诀，禁不住心痒难当，口中不断跟随卷简上的字念念有词，已经开始指手画脚地尝试起来。

倚弦则是捧卷详阅用心背诵，每每看到精彩之处，都忍不住大声读了出来：

“……修真之道，乃自然之道，常心地清静者，足以悟道矣。唯玄法之道，有违天地人三界常伦，当以修真为基，固本培元，方能净后天还先天，驻炉燃道引，焚经灭度，臻入真人之境，取一元二气三才四象五行之末，佐以时符气等旁门之力，始能成法……”

耀阳跟着经文咕哝了半天，对正在旁边深思的倚弦说道：“小倚，这东西行吗？好像挺复杂的，究竟应该怎样才能施展玄法呢？”只听这急不可耐的言下之意，似乎只要经卷在手，他便可以好像蚩伯那样随意施为法术一般。

“……论及行法之功，讲求修真合气、炼气煅形，惟有达至形神俱妙，与道合真，方显小乘。而后形神兼修，辅以河洛理数之术，玄功通关之秘，自能事半而功倍，收发且由心……”

倚弦横竖翻看那卷竹简，又将前面一段仔细阅读一遍后，沉吟半晌才皱眉道：“这上面说修习玄法是根据人固有的形体与虚合的心神为根本，必须对自身的形体与精神同样地关注，才能达到‘形神俱妙，与道合真’的小乘之境，只有到达小乘境界才……”

耀阳听到这里，浑身一震，猛然站起身狂喜地喊道：“我知道了，就是因为现在我只注意到了形，而没注意到神，所以才会出现这种不灵光的现象，我想只要了解‘形与神汇’的真正含义就可以了！”旋即又颓废地苦笑道：“可是怎样才能达到‘形与神汇’的程度呢？”

倚弦思忖片刻，指着竹简说道：“其实要明白‘形神俱妙，与道和真’的境界也不是很困难呀，你看卷书上这里写着‘形乃神之体，神乃形之本。究其根本，一切虚实盈合的变化，皆不外乎相生相克之理罢了’。这话虽然说得非常清楚，我却总也觉得有些模模糊糊！”

兄弟俩首次接触此等玄法异术，虽说兴高采烈志趣盈然，但毕竟所知有限，岂能完全明白其中奥秘所在。偏偏二人天赋甚高，每看到明白的地方不忍释卷，却看得似懂非懂，着实感到心痒难当。

耀阳冥思半晌，搔头问道：“应该有具体的修持方法才对！而且每达到某种境界基本需要修炼多久的时间呢？”

“这也是困惑我的问题哩！”倚弦耸耸肩，无奈地皱眉摇头道：“卷简上好像有类似于这方面的说明，但卷首与卷中的内容似乎有些连不起来，你看这里明明是说，‘调和阴阳，以正道鼎。道引为物，乃先天……’然后就没有了，直到第二片简叶上写的却是‘正和脉气，以虚迎实，散之千经百骸，聚之一气归元……’怎么看，这两处地方都完全不搭边！”

“哦？”耀阳凑过去一看，也看出其中不对劲的地方竟通篇皆是，疑惑重重道，“这是怎么回事？”

“其实这些都不算什么！”厢房门被人轻推开了，低沉嘶哑的嗓音随之而来。

兄弟俩赫然回头望去，原来是青衣护法——申公豹。

申公豹神情肃然道：“这一卷《玄法要诀》乃是本门失传近五百余年的传法秘笈，好不容易才被尊者寻回，稍有些残卷遗失也在所难免。再则因为方才尊者已经为你们打好本元道基，所以像前面那些形神渐修之法，你们完全可以不学！”

无可否认，虽然这申公豹看起来面目可憎，而且行动总是神出鬼没，说话更阴气沉沉，极不讨人喜欢。但这一番话说出来，却令耀阳与倚弦兄弟俩喜出望外，难免对他的看法也随着有些改观了。

“真的吗？但是……”耀阳听说可以跳过那些复杂难搞的修炼方法，顿时激动得不知该怎样去表达自己的想法了。倚弦当然知道他想说什么，这也正是他的问题，于是接口问道：“怎样才能体会到我们自身的本元道基呢？”

申公豹阴郁着脸，不带一丝感情的声音异常冰凉，道：“你们可以翻看《要诀》的后半卷，直接依照各式玄法诀窍试试，老夫从旁指导你们便是！”

“我刚刚试过了，没用！”耀阳疑惑不解地直摇头。

“再试试吧，反正申长老在这里！”倚弦打断他的话，顺手找到卷书的末几段，所记载的正是级数尚属中等的“玄门八法”，兄弟俩各自拣选了其中一法，耀阳挑的是“天火炎诀”，倚弦试的是“傲寒诀”。

“……以七真妙法指为导，先天道元逆行周天，化朱雀乾天之气，融青龙离火之气，覆于形神心炎之诀，一元二气化合天地人三才之理，是为天火炎诀！”

耀阳依照卷书上的指示，盘膝坐在地上，正准备仿照文中所载的“七真妙法指”施展“天火炎诀”，却被申公豹喝止住了。

申公豹缓步上前几步，掌指凭空作势轻抚，一缕阴柔指风立时拂中耀阳下腹丹田处，训斥道：“以心神意志紧守此处，看看有何异常变化？”

耀阳只觉下腹被一股柔力隔空轻击，周身气脉骤然震颤不已。奇怪的是下腹恍惚升腾出一股莫名力量，将出欲出般缓缓流动，不由兴奋得大叫道：“有了，有了！”

谁知话一出口，那股力量仿佛长了眼似的，猛地不见了。

“怎么又没了？”耀阳正想出口询问，抬头一眼瞧见申公豹怒不可遏的神色，连忙吐吐舌头，开始专心致志意守丹田，尝试去调动那股力量。果然，在他一心一意的静守苦候中，灵蛇一般蜿蜒的力量再次浮现体内。

申公豹感应到耀阳体内“金傀符”的力量已经被调动，遂出言指引道：“依照先前卷书脉络所示，行气依次流走乾天与离火二脉，然后默念心炎咒诀，随意寻一样物事，以法气去攻击试试！”

耀阳依言施为，舞动“七真妙法指”运转体内玄能。此时的他完全沉浸在一种奇妙的境界中，他感觉到串经行脉后的玄能幻化得如同热火一般，缓缓流向手臂，直达掐印成结的掌指之间，那种流能缓缓蠕动的动人感觉，就像身体里还孕育着一个生命一样，令人不由心生震撼！

只见耀阳屈指一弹，炎热玄能集线成束划出一道奇魅轨迹，直袭房内书桌上的烛油台，倏地“噗嗤”一声，烛火被玄能隔空点燃，冒出闪亮的焰花。

站立一旁的倚弦看得呆了，在他眼中看来，耀阳的手中仿佛升起一团炫目的炎火，炙热的能量和白炽的火光缓缓弥漫向四周，将耀阳整个人映衬得像火神一样肃穆。

申公豹仍然一脸阴晦的神情，只是转头问倚弦道：“你明白了么？”

“我试试看!”倚弦腼腆地说了一句，放下手中的简卷，肃然并足而立，一念紧守下腹丹田处。静默片刻后，果有一道无名力量透脉而入，倚弦抑止住心中异常激动的兴奋，瞑目以意缓缓控制力量一路行走于“傲寒诀”所示的两道脉络，随后而出的力量竟果真运化成一股冰凉的玄能。

在“七真妙法指”特定架空姿势的辅助下，倚弦掌指拂动连连，顿时风劲骤生，在旁细细体味玄能的耀阳顿时感到一阵刺骨的冰冷袭体，赶忙转头去看倚弦，着实吓了他一跳，原来倚弦的右手上面托出一股小小风柱，冰冷的寒意就是它所传出。

冰风过处，烛台焰火立时熄灭干净。

随着倚弦掌中风柱送出后的微缩殆尽，四周寒冷的气息也瞬息间不复存在了。

终于倚弦张开眼睛，耀阳激动得要命，马上冲上去照着倚弦的肩膀就是一拳，兴奋地喊道：“臭小子，你的‘傲寒诀’怎么比我那‘天火炎诀’还要厉害!”

倚弦摇了摇头示意他也不清楚，一脸若有所思的样子。

申公豹心中也是讶异非常，虽然“金傀符”的力量来自于蚩伯的寄放，但他们仅是依照卷书的指引便能对经络气脉一点就通，已经证明二人的天赋是何其优秀，于是首次对兄弟二人生出不可小觑的感应。

“哎呀……”耀阳甫一收功，顿觉方才循行玄能的两条经脉有如火烫一般炙痛，忍不住大声呻吟起来，表情更是异常难受的样子。

倚弦慌忙扶住支撑不住的耀阳，急切问道：“你怎么了……”可是话未说完，倚弦也不由自主发出一声痛苦的呻吟，原来他运功施法的两条经脉一样出现异状，如同被自身的“傲寒诀”击中一般，寒痛串行苦不堪言。

第四章　隐身咒语

申公豹无动于衷地兀立原地，双目异芒闪动，浑然无觉地注视眼前这一幕，冷然道：“不必惊慌，这是玄能适应体脉的自然过程，稍忍一忍就没事了。日后还会出现类似状况，不过它会随着玄法境界的精进逐渐消退!”

尽管申公豹表面轻言安慰两兄弟，但他心里却清楚这是因为兄弟俩的气脉从未经过道基修持，受不住“金傀符”玄能的魔烈，自然会产生反噬的征兆，久而久之自会消退，只是持之日久形成痼疾一样会危及本命，不过既然是利用他们想当然这后果就不关他的事了。

果不其然，兄弟俩痛苦挣扎了片刻工夫，疼痛便自行消失了，两人拍拍身上的尘土，不敢相信地相互活动了一下身体，毫无任何异常状况。

“既然你们已经明白其中道理，就自行领悟吧!”申公豹说完拍拍手掌，屋外应声进来一头非猿非兽的怪物，把兄弟俩吓了一跳。

耀阳连忙挤眉弄眼地指了指怪物，对倚弦说道：“说，你还不信，今晨就是它敲门，一大清早差点吓死人!”

申公豹瞥了一眼金毛怪物，阴阴冷笑道：“这只灵猱叫小白，以后就由它负责照看你们的起居饮食!”说完傲然转身，缓步走出厢房。

兄弟俩心中尽管疑问较多，像是为什么服侍他们的不是桃儿？为什么一只金毛怪猴偏偏叫小白……等等问题，但对着这始终阴面冷语的申长老却不敢啰唆，只是一味揖身道谢，一路恭送申公豹出了屋子。

再又回到屋里，耀阳可就忍不住了，哇哇大叫着抱起《玄法要诀》，大肆翻看后半卷的玄法诀窍与行功方法，激动之情溢于言表。倚弦哪曾接触过这等直面天地玄机的机会，自是也不例外。

接下来的几天，耀阳与倚弦闭门不出，勤修《玄法要诀》中的“玄门八法”和各式奇遁法门，虽说一直看不懂最后卷叶上的大部分内容，但是别的都还玩得似模似样，只是庄园中的花草惨遭两人摧残，包括那只灵猱小白也不例外。

至于每次玄法修习完毕后的体脉痛苦，也正如申公豹所说的那样，次数从多到少、由重变轻，直到最后慢慢消退不再复发了。

清晨，阳明山，东玄别院。

耀阳与倚弦一早便醒了，随手穿了衣物，便各自寻了一处靠近门口的地方，促狭地对望一眼，掐好法诀等待小白的来临。

一想到小白每日被整得嗷嗷乱嚷四处逃窜，那身百年修炼所得的金丝毛更被修理得参差焦萎的模样，兄弟俩人就已经忍不住偷笑出声来。

稍顷，轻盈的脚步声慢慢接近厢房，随着几下笃笃的敲门声，门前传来一句软柔绵甜的呼喊声：“两位公子起身了吗?”

“桃儿姐姐?”耀阳与倚弦不敢置信地对望一眼，急忙打开门来，果然是有些日子没见的俏婢桃儿。

门外的桃儿见到两人一身因修炼导致破损的衣衫和鼻青面肿的脸蛋，先是一愣接着手掩樱口，苦苦忍住没有笑出声来。

耀阳看到桃儿俏脸苦忍的笑意，心中一阵疑惑，皱眉问道：“有什么好笑的吗?”倚弦在旁却是俊脸通红，显然自己也感到这副尊容实在不怎么好看。

桃儿好奇地问：“才几天没见，二位少爷怎么弄成这样了!”

耀阳无所谓地耸耸肩，还故作潇洒地甩甩头，指了指门口道：“小白来哩!”

正在门外探头探脑往里窥望，鬼鬼祟祟的小白此时现身门外。桃儿原本还能忍住笑意，可是当她看到小白一身参差难齐的金毛和一脸委屈的神情，终于忍不住，一阵银铃般脆朗的笑声自口中荡出，直笑得柳腰轻折。

耀阳大咧咧走到小白身旁，贼笑兮兮地拍拍它的肩，颔首连连夸赞了几句，一脸细心宽慰人家的体贴表情，还朝倚弦挤了挤眼。

小白此时下意识地双臂抱头畏缩了几步，逗得三人又一阵哄堂大笑。

桃儿好一会儿才格格喘气不止，没好气地给两人各抛了一个媚眼道："尊者回来哩，要见你们，快快换件衣服随我去见他吧！"说完娇笑盈盈地领着小白走了。

兄弟俩换过衣衫后，径直来到庄园前庭的内厅。

一身玄袍的蚩伯负手卓立于前厅的"龙腾四海图"前，一脸思忖再三的神情。当听得兄弟俩的脚步声入厅，回首展露出一个难得的微笑，亲切问道："你们来哩！这一段日子在这里住得还习惯吗？"

耀阳与倚弦倍感受宠若惊，忙齐声称好，并跟着行礼请安。

"不用拘礼！"蚩伯随意挥挥手，道，"听申长老说，你们悟性极高，基本上已经掌握了大部分玄法诀窍！"

"还算好啦！这些其实要多谢申长老和蚩伯您的教导有方才对！"兄弟俩口中虽是不敢居高，但自谦的得意笑容仍然可以看出洋洋自得的骄傲神色。

蚩伯颔首赞许地一笑，道："嗯，总之你们要切记——师门传宗道，修行在个人。说到底一切还是要靠自己的，你们继续好好努力吧！"

两人肃容应诺。

耀阳方才进门到现在已憋了半天的话，此时才敢适时问道："蚩伯，我们什么时候可以随您一起回宗门参拜圣师呢？"

蚩伯闻言久久不语，喟然长叹一息。

兄弟俩一愣，不明所以地对望一眼，心中感到大为疑惑不解。倚弦急忙近前问道："蚩伯，难道我们还不够宗门授道的资格吗？"

"非是本尊不愿领你们去见圣师，而是……"蚩伯欲言又止，一味摇头不已，然后犹豫片刻，终又叹了一口气道，"既然你们已是我'东圣道'

门下弟子，本尊也不打算再瞒你们，现在就将本门千年传道的无尽渊源说与你们知道！来，坐下听吧！”

蚩伯说着落座于主席之上，兄弟俩一听是关于师门渊源的始末，立时兴趣大增，围坐在蚩伯身旁，开始专注听他讲述。

蚩伯神情凝重，双目神采仿佛遥思翩翩，娓娓述道：

“本门乃是先天道宗隶属古东胜神州的旁支，故名‘东圣道’。门下弟子皆远离凡尘避世苦修，掌教真人之位称为无为圣师，每五百年自门下弟子筛选而出，轮换执掌宗道门室，如此承道门法统辗转流传已数千年。”

“然而，就在五百年前，本门数千年来一直有条不紊的秩序被彻底打乱，这一切都是因为宗门圣器‘归元璧’无故失窃的缘故！”

“圣器‘归元璧’？”兄弟俩闻之咋舌，好奇心大起。耀阳则急不可耐地问道：“那是什么东西，一定有什么很重要的用处吧？”

蚩伯点头应声答道：“不错，此物即是宗门圣器，当然有其至为独到的功用！你们刚刚入门，涉道修法的时日短浅，定然不知对于修道之人而言，穷极天地人寰所能遇到的最大障碍是什么？”

“什么？”耀阳与倚弦二人同时出声问道。

“天——劫！”

蚩伯一字一顿地说完，目光炯炯注视二人用心听讲的肃然神情，缓缓解释道：

“修道之人通过特定的法则修炼，避过生死厄难，直入天人合一的玄法至境，跳出三界外，不在五行中，不再受六道一切自然规律所左右。却因为法道不可逆天而为的拘束，唯独最怕天元异象的劫数！”

不等蚩伯继续说下去，兄弟俩已经抑止不住心中对未知的好奇。

“众生既然身在三界六道之中，又怎能违逆天地常理而存在呢？”蚩伯道，“所以，玄门修炼之法虽然可以免去寻常凡夫俗子生老病死之苦，但天玄合一的至理却注定，一旦天地出现异象征兆，所有修真之人都将无一例外地感到劫同身受。因天克地伐，不同于常伦苦厄，故称——天劫！”

兄弟俩闻言脸色大变，原本以为修真是件自由写意的事情，现在才知道原来也是厄难重重，非同寻常。

蚩伯拍拍二人肩膀，安慰道：“其实，天劫并不可怕！千百年来，玄门每宗每派针对本门命元修真基本法的生克常理，都各自有所谓的应劫之道，比如通过法阵、结界或秘宝之类的方法，来避开劫数等等……”

倚弦若有所思道：“照这么说，本门‘归元璧’难道就是可以避开天劫的宝物？”

“正是！”蚩伯赞许地点点头，忽然似是想起了什么，叹道，“可惜失窃五百多年，直到最近本尊才发现，我门圣器竟落在一九尾妖狐手中……她法力高深，更藏身于皇城禁宫之内。奈何五百年前无为圣师引咎隐退，我东圣道门便一蹶难振，门下弟子也因畏惧天劫走得寥寥无几！此次远赴朝歌除申长老外，本尊更是别无帮手，眼看五百年一遇的天劫大限将至，难道真是天要亡我东圣一道么？”

蚩伯说着悲呼数声，老泪横流，目光散乱呆滞地枯坐在那里，仿佛忽然间苍老了好多一样，竟再也无复一丝玄门高手的不世风范。

倚弦与耀阳听得顿时热血沸腾、义愤填膺，倚弦果断坚毅地说道：“蚩伯，东圣道门下不是还有我们兄弟俩吗？有什么需要我们的地方，您尽管说！”

耀阳轩眉一展，壮声道：“蚩伯，我们既然身为东圣道门下弟子，原本就应该有福同享、有难同当才是，虽说我们刚入门对于玄法诀要的掌握还很少，但只要有心，凡事肯定都可以想出更好的办法！”

一席话说得振振有词，不仅再一次令蚩伯从心底感到震惊，不敢相信地注视耀阳良久。也让他的兄弟倚弦震撼非常，摆出一副从未见过的惊讶表情望着耀阳。

耀阳乍见二人那种怪怪的目光，不自然地笑了笑，搔搔头道：“你们这样看着我做甚么，难道我说错了么？”

“好，好！本尊感到万分欣慰，我果然没有看错人！”蚩伯的心情显得异常激动，长身而起，大力地拍拍兄弟俩的肩膀，语重心长地说道：“假以时日，你们必然将是我东圣道门下的栋梁之材，届时弘扬我门玄法宗道的重任就要交给你们了！”

兄弟俩见自己得到师门的肯定和鼓励，心中更觉激情昂扬，齐声道：“弟子定然不负尊者厚望！”

蚩伯心满意足地点点头，道：“既然如此，本尊今日就传授你们一项我东圣道的上品玄法，以备将来不时之需！”

兄弟俩一听可以学到上品玄法，立时大喜过望，连忙磕头拜谢。

“无须如此多礼！”蚩伯扶起二人，道，“随我来吧！”

蚩伯说完领着兄弟俩出了前厅，三人径直来到后园石崖。

和熙的秋风拂面，轻逸的晨雾缭绕，衬着入目的翠绿嫣红，后园的一切仿若仙境一般，很容易令人生出一种疑幻似真的感觉。

耀阳与倚弦一路跟在蚩伯身后，盘算着即将学到什么样的上品玄法，掩不住心中的兴奋，不时四下东张西望，感到园子里的景色从没有像今日这般赏心悦目。

蚩伯行至距兄弟俩丈许的石崖边，骤然停住了脚步，转身对兄弟俩肃容说道：“现在本尊要先验证一下你们这些天的修炼成绩。”

兄弟俩一直愁着没有炫耀的机会，一听之下不由跃跃欲试，耀阳更是迫不及待地问道：“蚩伯，您想怎么验证我们，尽管说吧？”

蚩伯展颜会心一笑，道：“你们首先站在原地，然后施展各自最拿手的玄法力量，一起来攻击本尊便是！”他说完转身背对二人，负手兀立在崖边，不再理会他们兄弟俩的任何一举一动。

耀阳与倚弦不明所以地对望一眼，谁也不敢贸然下手。

蚩伯感应到二人的心思，厉声喝道：“不必在意或顾忌什么，本尊修持玄能已达五百余载，难道还会栽在你们手中不成？无须犹豫，尽管动手！”

“是！”耀阳与倚弦怎敢不听训斥，立时肃容以待，各自静守丹田部位的道基力量，默念口诀挥动法印手势，凝聚的力量受玄门法诀催发，在二人体内形成不同极向的玄能威力——

“天火炎诀”的炙热和“傲寒诀”的风寒，席卷散发出庞大的能量，在兄弟俩人的齐声喝叱下，交错汇合以惊人的高速，向丈许外的蚩伯攻去。

蚩伯依旧背手而立，仿佛全然不见一般无动于衷。

眼看两股力量即将击中蚩伯，耀阳与倚弦大惊失色，忍不住想大声警示时，变生肘腋，诡异至极的景象豁然出现在兄弟俩面前。

蚩伯的雄岸身躯，骤然凭空消逝不见了！

寒热两股力量狂卷而过，相互撞击在一起，轰出异常震动的鸣响，极向相异的力量激荡溅闪出耀目的光芒，映照在崖前无尽的虚空晨雾之中。

“咦？”兄弟俩大惊失声，谁也不敢相信眼前的一切。

“此法名唤‘隐灵遁法’，你们愿意学吗？”

熟悉的声音自身后响起，兄弟俩转头一看，毫发无损的蚩伯负手立于缭绕晨雾之中，正殷切地出言询问。

面对如此精妙的玄法，兄弟俩又怎会有半分犹豫之心，当下不假思索便点头应声道：“愿意！”

“好！你们过来。”耀阳与倚弦依言走上前去，蚩伯从怀中掏出两道金丝黄符，递给他们道，“这道符叫作‘隐灵符’——对于道行尚浅的弟子来说，诸如‘隐灵遁法’之类的法术所需玄能太大，如果纯粹凭借各自实修的本元道基，即便可以施术，恐怕也支撑不了多久时间。所以本门历代宗师以自身玄能加持于天灵地符之上，始有了各种各样的法器灵符！”

耀阳与倚弦接过灵符，只觉触手柔软，质地与一般布绫无异，于是左弄右看地摆布了半天，也不敢相信这块五寸见方、仿佛以金丝绣成奇形怪状条纹的黄绫布巾真有蚩伯所说的那么厉害。

蚩伯看出他们的怀疑，颇有深意地反问道：“你们这些日子修习《玄法要诀》，应该也有所成绩，本尊今日就考考你们。玄法之道最是讲究天地间哪几样物事？”

耀阳大头一晃，答案便脱口而出：“一元、二气、三才、四象、五行！”

“好！”蚩伯颔首以示赞许，又问：“那么，何谓一元二气三才四象五行?”

倚弦不急不缓地答道：“一元是为本元道基；阴阳乃是二气之母；施法最重天地人三才合一；更要区分四方仪象的生克合纵；金木水火土为五行之本，是万法归宗的基元禀性所在!”

蚩伯听罢立时心神俱震，难以置信地看着眼前这二位天赋异禀的少年。他万万没有想到，这两兄弟仅凭半卷残破不全的《玄法要诀》竟能领悟出如此全面的玄法要论，心中爱才之心顿起。

注视他们兄弟俩良久，蚩伯暗忖：“想我魔门自千年浩劫之后一直人才凋零，仅剩的几大宗族也是各自为政互不搭理，长此以往又将如何与神玄二宗对抗呢？如果此次可以顺利夺回‘归元圣璧’而你们兄弟又能保命不死的话，本尊定要将你们纳入门下，传你们魔门正统宗法，假以时日必可独挡一面，日后助我征战天地三界！只要本尊能够开启圣璧之能改天换地，自然便成为继刑天氏之后又一位震古烁今的魔极帝王……”

倚弦见蚩伯听完自己的回答后一直盯视着他们兄弟，面部神情更是时而阴沉、时而舒展，如斯反复不定，他的心中不免忐忑难安，禁不住猜想是不是因为《玄法要诀》的破损导致自己领悟错了呢，于是不敢出声询问。

耀阳本来也作此想，但仔细揣度再三，始终认为小倚说得一点也没错，便忍不住问道：“蚩伯，难道小倚答错了么?”

蚩伯闻言一震，这才从激动不已的冥思中回过神来：“不是！本尊只是在讶异，你们的领悟能力实在出乎我意料之外!”

蚩伯称赞的语气稍顿，继续说道：“灵符之力，便在于通过妙法天成的玄能调动阴阳二气，附和四象纵横之理，取五行基元之物，依照诀要渐变的非凡体悟，将无形之法演化为有形之迹，就成了符上那些奇形纹理……这其中过程错综繁杂，非是你们现时可以明白过来的。”

兄弟俩一时间怎会明白这么复杂的玄法要理，只是刚刚被蚩伯夸赞了一番，自是不想露出技乏的表现，只能装作恍若大悟般地点头称是。

蚩伯在崖边来回踱了几步，不紧不慢地说道：“你们现在除下衣物，互相将灵符附于对方的背部椎骨尖上，然后本尊会施法助你们融会灵符之力！”

“是！”兄弟俩应声各自脱下衣衫，帮对方将符巾贴在椎骨上。

符巾表面虽然因金丝纹理显得凸凹不平，奇怪的是一旦触及肌肤，便自然生出一种吸附力，很容易就贴了上去，令兄弟俩不由啧啧称奇。

“这是因为符巾集天灵地质修炼而成，未受过外物俗气熏陶，故而深切天地人三才合一之理，一触及人体自然会产生吸附异力。不过使用几次之后便会失去灵应之力！”蚩伯摇头轻笑解释了一遍，然后正色喝道：“你们背身对向本尊！”

兄弟俩依言而行，背过身朝向蚩伯。

蚩伯的身形不动如山，一手负于身后，另一手伸臂屈腕，翻掌向上的五指如勾，掐动不知名的诡变印诀，五指轮换变生的速度之快，竟幻出莫名的紫魅流影，煞是惊人。不到片刻，蚩伯屈指虚空连弹，只见十道指环光影一分为二，分别击向兄弟俩背部灵符之上，一闪即没。

耀阳与倚弦只觉背部一阵轻微的刺痛，一股大力便狂涌而到，两人猝不及防顿时被推倒，跌坐在地上，不等他们反应过来，蚩伯已然在他们身后大喝道：“速速起身，跟从本尊背诵‘隐灵遁咒诀’！”

兄弟俩哪敢怠慢，狼狈爬起身，听从耳边响起的法咒声，开始诵背起来。

蚩伯诵读三遍便停住不念，望着二人专心致志地背诵口诀，兀自讲解道：“‘遁’乃玄门奇术之一，分作五行遁术与奇门遁法两种。前者凭借五行外力障人耳目，乃有为小术；后者以先天道基施法，腾云驾雾、隐遁飞升……天地万物无不可为我所用，乃是无为大法！”

耀阳与倚弦耳中听到蚩伯所说的玄妙，心中更是欢喜难当，免不了相互喜滋滋地对望一眼，口里朗朗诵背得愈加勤快了。

蚩伯眼见时机已到，沉声道：“将体内所有玄能集中至灵符所在，然后依照口中法诀指引，汇合灵符真能试试看！”

兄弟俩按照指示调用本元道基，配合口诀中的脉络运走，将玄能统统集中到背部的灵符上，尝试着蚩伯口中的汇合灵符真能之法。

果然，紧贴椎骨的灵符在玄能刺激下，缓缓荡漾出一股冰凉缓和的力量，分别从符巾的五处不同卷角涌出，紧紧将他们的本元玄能团团包裹住，顿时一股如水般的柔力随之扩散至全身上下。

眼下这一刻，对于他们兄弟俩来说，是一种前所未有、无法言喻的感觉。

整个身体被那股冰凉的灵符力量所包围，格外涌现出身清气盈、与别不同的体觉，尤其是周身上下泛起的波纹状玄奇涟漪，令他们首次体会到除本体之外的另一动人感应。如果说肉身融合五行禀性才得以存活于天地之间，那么他们此刻体会到的完全是一种很纯粹的五行之力——

水，清澈流溢、柔化至极的蜕变，随着某种特定独行的规律缓缓充盈周身体脉，那种被异化包容的感觉非常强烈，而后一圈一圈的点滴力量有如涟漪般放射广至全身肌肤，直至体外三寸虚空。

他们觉察出自身体脉的奇异殊变，却浑然不知他们外部身体也正发生着巨大的变化，直到两人不经意地相互对望时，才惊讶得几乎大呼出声。

原来，两人肉身躯体的周围泛起三寸如水雾朦胧般的幻屏，阵阵纤细入微的颤动随着两人呼吸的强弱凸凹起伏……更让两人惊诧莫名的是，每当水雾状的幻屏震颤环行身躯一个周圈，他们的身体便开始一点点隐退！

愈来愈快的震颤循行整整遍走三十六个周圈后，两人的身躯完全隐没在崖前的晨雾缭绕之中，如同凭空消逝了一般。

耀阳尝试着不停举手投足，然后看着隐匿虚空的自己，兴奋得嚷道："哇，这'隐灵符'还真管用！"

倚弦同样难以置信地感觉着身体的变化，想到方才一连串的玄能变化，心中感到万分震惊与好奇，不由喃喃问道："这究竟怎么回事？"

蚩伯默运魔门心法，已感应到自身控制的"金傀符"力量所在，无有丝毫遗漏地将两兄弟的举动探知得一清二楚。

"玄遁一道，在于善用二气五行，以阳度阴，以阴化阳，顺五行而生，反五行而遁，则天地万物无不为我所用！"蚩伯侃侃而述道，"万变不离其宗！玄法境界高深者，以阴阳化五行而遁；境界低微者，以五行助阴阳而遁；不管是五行遁术，抑或是奇门遁法，其实都只是阴阳二气与五行基元运用方法的差异不同所致。”

倚弦与耀阳细细品味这番话，回思方才一幕的玄奇灵异，似有所悟地点点头，却感到一种如鲠在喉的不清不楚，偏又怎么也说不出来。

“记住，揭下灵符自然会恢复本身。你们先好自适应一下！”蚩伯说完便回转身负手而去，身形缓缓隐没在山间雾气之中。

耀阳看着蚩伯随隐随现的朦胧身影，心中羡慕至极，估摸着有一日也能像这样随心所欲地施展玄法，便抑止不了满腔兴奋之情，忍不住想跟倚弦嘟哝一下，却在习惯性的碰肩动作中撞了个空。

耀阳专注望向方才倚弦所站的位置，问道：“小倚，你在这里么？”

倚弦在一旁潜心思考蚩伯所说的遁法要理，耀阳的叫唤正打断了他的思路，心中不免有气，但那种只闻其声不见其人的玄奇景况，偏又令他童心大起，照准声音的源头一个响头敲了过去，然后没好气地提醒道：“瞎叫唤什么，既然为了证明本少爷的存在，我只有不客气了！”

只听“哎哟”一声，耀阳猝不及防之下，自然应声中招，吃痛不住气得哇哇大叫：“竟敢在老大面前这么嚣张，看打！”说着灵机一动，手里摸起摆放在地上的衣物，认准中招的方向扔了过去。

倚弦见到扔来的是自己的衣物，习惯性地一把接住，正准备闪身躲避耀阳的骚扰，却听到一阵熟悉的奸笑声，这才猛然醒悟过来，原来他接住衣物便如同现了形一般。然而反应还是慢了些，只觉头上“嘭嘭”两声脆响，已然中招！

倚弦揉了揉生疼难忍的痛处，耳边听到耀阳得意非常的怪笑，哪肯就此罢休，骂骂咧咧地一把弃掉衣物，估摸着虚空处的耀阳扑了过去。

一时间，石崖之上响起一阵爬摸滚打的嘻笑声，山间缭绕的晨雾就这样在开心的喧闹中渐渐散去，然而太阳并没有依照往常那样升起，天空乌云散布，一片阴晦。

阳明山巅，孤崖兀立，斜指南天。

蚩伯点足立于崖尖，任凛冽山风呼啸刮面，双目中闪动的鹰鹫异芒始终俯视着山脚外的朝歌城，神情凝重非常，脸色更是犹如此刻黄昏的天际一般灰暗。

申公豹由远处缓步走近石崖，然后恭敬地伺立崖下，望着久久不语的蚩伯，插口提醒道："尊者，今日已是七月十四，现时离九星蚀月还差不到三个时辰，而且费仲已经遣人去请那只妖狐狸了。照常理来说，面对增灵补元的上品'灵元血脂'，少有不动心者，相信她也不例外！"

"本尊知道！"蚩伯不置可否地点头轻应了一声，就不再说话了。

申公豹犹豫再三，终于插口问道："尊者在此处守望朝歌已有好几个时辰，难道是对今晚的计划还有所疑虑不成？"

"成败固然非常重要，但最为紧要的还是不能因此暴露归元圣璧现世的消息和我们的一切行踪！"蚩伯眼光中大有深意地瞥了瞥申公豹，继续说道——

"须知魔门诸族现在虽然四分五裂有如一盘散沙，却也各守本分相安无事。如果一旦得知圣璧现世的话，定然会掀起轩然大波，到时候魔门大乱三界震惊，岂不白白便宜了神玄二宗。再则，我们此次隐瞒不报便私自计划窃璧，若是被门族宗主我师兄闻仲得知，后果怎样，你应该比本尊更清楚才对！"

申公豹顿时回想起几百年前因犯下大忌而被罚三世魔火劫难的往事，浑身不由自主地激起一阵冷战，勉力稳住惊扰的心神，他岔开话题道："公豹一直有一事未明，不知尊者可否告知一二？"

蚩伯身形纹丝不动，面无丝毫表情道："但说无妨！"

申公豹神情疑惑地问道："归元圣璧乃魔门至宝，隐蕴天地三界六道的终极之秘，相传早已失落于上古神魔大战之中……为何却辗转千年最后落入妖妃妲己之手呢？"

"传说岂能尽信！其实自千年神魔大战之后，圣璧便被众神封印于五彩神石之内，一直都交予女娲保管！"蚩伯嗤笑连连，道，"而那只九尾妖狐正是女娲最为宠信的伺婢，此次不知出于何种原因跑到下界，取了冀州侯苏护之女妲己的肉身躯壳，做了现在这什么狗屁娘娘。”

“只是不知那妖狐用了什么方法，竟能瞒过女娲，将封印圣璧的五彩神石一并盗了出来。若不是因为她急于打破神石的禁制，从而触动圣璧魔能被本尊感应出端倪，怕是再过上几千年，也无人可以得知圣璧的真实下落！”

申公豹揣度到另一种可怕的可能性，惊疑问道：“既然尊者可以感应到圣璧的存在，那么闻宗主理应也一样能知晓才对……”

未等申公豹说完，蚩伯业已失声大笑起来，肆意的笑声中竟充满苦涩与仇恨，看着申公豹备感诧异的神情，他毫无隐瞒地恨声说道：

“闻仲其人何德何能，虽说使得小人伎俩做了我九离门族的宗主，但毕竟非是本家蚩姓族人，又怎会知悉我族一脉相传的无上秘法呢？好在这些日子他出征在外，所以正好方便我们行事！”

申公豹恍然大悟地连连点头称是，肃立一旁不再吱声。

蚩伯沉吟片刻，望着逐渐暮色沉沉的天际，问道：“那两个小子呢？”申公豹答道：“他们正在后园修习隐灵遁法。”

蚩伯挥挥手道：“时辰差不多了，先带他们去商灵山准备一下吧！”申公豹应声转身离去，高瘦身形瞬时消失在山峰孤崖之上。

此际，愈见昏暗的天空卷过层层浓郁乌云，冷风骤起，遮天云层的深处蓦然划过一道闪亮异常的闪电，映照出惨淡虚空的一片苍白。紧接着隆隆闷雷声随之而来，天地一片肃杀。只见不到片刻间，纷纷碎雨已扬扬洒落。

“真乃天助我也！”

蚩伯仰面任凭风雨袭面，掩不住神色中的无比兴奋之情，仰天狂笑不止，混合着阵阵凄风冷雨，混沌天幕更显阴暗狰狞。

第五章　万妖之后

商朝皇宫位于朝歌城东南，位于东青龙大街与南朱雀大街交汇处，依商灵山而建，两侧有舍水环绕，百年宫殿原本大气朴实，却自从纣王登基以来，大兴土木修建多处浮华荒淫之所，使得宫殿不复庄重威严之态。

此时，风雨飘摇、电闪雷鸣的商灵山上，一袭黑袍的蚩伯孤立山间一块巨石上，融入茫茫夜色之中，遥望脚下近在咫尺的殷商皇宫，他嘴角轻扯出一丝诡异莫名的笑意。

劲气破风声响起，只见夜雨天空中一只庞大黑虎背负三人由远及近驰来，那虎正是蚩伯的坐骑“天乌”，背上三人则是申公豹和耀阳、倚弦两兄弟。

“天乌”稳当地轻掠踏地，四蹄趴低任三人依次下座，耀阳趁下座时格外怜惜地摸了摸它的鬃毛，见它半瞑双目乖巧异常，又忍不住顺手捻了捻它的虎须，心中更觉兴奋。

倚弦怕他愈加失态，赶忙扯了扯耀阳的衣角。二人这才行至申公豹身后，恭敬地向蚩伯行礼问安。

蚩伯亲切地颔首示意，表情肃然问道：“通过最近几日的潜修，相信你们已经基本掌握隐灵遁法的诀要。料想那些寻常兵卫根本无法奈何你们！但身涉险境难免会遭遇变数，所以本尊现在再问你们一次，是否真愿助本门取回圣璧！”

“当然愿意！”兄弟俩早已表明心意，此时岂会做那言而无信之辈，何况现时又有“隐灵遁法”护身，更加不会畏惧，反而徒添新鲜刺激的感觉。

蚩伯欣慰非常地点头以示赞许，然后遥指山下宫阙重楼靠南的一角，郑重嘱咐道："那里便是妖狐的寝宫，而妖狐此时正在陪昏君嬉戏淫乱，本尊先送到你们去那里，一旦妖狐有所察觉，我与申长老会想方设法令她无暇旁顾，所以最终能否为本门寻回圣宝就看你们了。"

倚弦略作思忖，问道："请问蚩伯，那归元圣璧是什么模样呢？"耀阳心中正有此问，闻言望向蚩伯，也抑止不住好奇很想知道答案。

蚩伯稍顿了顿，想那封印圣璧的五彩神石乃传说之物，又有谁真正见识过？他也仅能凭圣璧感应天象异劫所发出的魔极力量，才能确定其所在部位，所以他如何能确实答得出来。好在他早有准备，是以不紧不慢道：

"圣璧乃是上古神物，体面覆有斑斓五彩之色，神光可鉴。虽然容易辨认，但那妖狐定然将其收藏在极为隐秘之处，一时半刻怕是很难寻到……你们只管尽己所能去做，成败与否俱是天数，不必斤斤计较。切记，非到万不得已切勿以身涉险！切记啊！"

两人有生以来首次肩此重任，心中既是激动又是感动，信心满满地齐声答道："请尊者放心，我们一定会完成任务的！"

蚩伯满意地点点头，道："让本尊给你们做最后的准备吧！闭目凝神——"

语罢，蚩伯一身玄袍无端膨胀开来，雨夜中显得格外诡异，双臂于胸前交叉，两道黑色光环以奇异波动的轨迹自蚩伯手掌中射出，瞬间隔空击在兄弟二人下腹部，看似去势汹汹，却甫一触及两人身体便隐没不见了。

此刻，一道霹雳划过雨夜天幕，眩亮的光芒一闪即逝，映出蚩伯不断调整呼吸的喘息神情，惨白的面容在黑袍下异常明显，额间沁出的冷汗混合着雨水滑落下来，显然一副极度虚耗的样子。

耀阳与倚弦闭目半晌，仿佛完全不知道发生了什么事情似的，更丝毫没有感觉到身体有任何异常，就听蚩伯的声音从背后传来："去吧，依计行事！"

声音刚毕，两人就觉蚩伯一掌分别击在二人背部，一股大力涌来，推得两人身不由己凌空径直向山下跌去，两兄弟但见风雨呼啸袭面，眼前景物从耳边飞驰而过，顿时吓得两人紧握对方的手，闭目不敢再往下看。

几乎同时，他们感到背部“隐灵符”在受蚩伯一击之后，开始发生效用。灵符力量立时发挥，无孔不入地渗进两人体脉，依照符录灵应所指遍走全身，被灵符调动的玄能生出二人已经逐渐适应的水之灵能，将他们的本体包裹其中，隐去了一切痕迹。

体会到身体的玄异感觉，让两兄弟浑然忘记了身处高空的危险。

过了一会儿，两人只觉身形一顿，下坠的速度戛然缓了下来，“咯噔”两声后，两兄弟竟平稳地踩到了实地，耀阳使劲跺了跺脚，睁开眼睛一看果然已经到了地面上，心中惊喜非常，差些没欢呼起来。

倚弦虽然看不到隐身的耀阳，但熟知他的脾性，早已顺手摸索着掩住了他的大嘴，低声喝道：“嘘！小心！”耀阳经倚弦一提醒，环视四周，立刻被吓得出了一身冷汗。

原来，二人此时正身处宫城正中的御花园中，尽管是夜急风骤雨，皇城禁宫的守卫兵士仍然戒备森严，个个蓑笠齐备不敢怠慢，排成队列四下巡逻。此时，两人身旁正有一队兵士巡视而过，耀阳拍了拍心口心中不由大呼：“好险！”

两人蹑手蹑脚穿过层层守卫，到达蚩伯所指的那个偏宫。这座宫院相比其他深宫别院虽略显窄小，但花草、园池、景山等一应俱全，布置尽管毫无华丽之气，却素淡相宜、幽雅得体。

这难道便是外人所传的妖妃妲己的居住之地，兄弟两人原本以为她的宫园会是如何奢侈豪华，谁知乍见之后，想着开开眼界的心里不免多少有些失望。

宫园内虽是灯火通明，却很少宫女往来穿梭，甚至连守卫兵士也极少巡视到这边，相比此刻风雨正急的天气，整座宫院格外显得沉静，少有生气。

倚弦与耀阳首先在宫前灯火照不到的隐蔽处将鞋上的泥污擦拭掉，然后才举步走到宫院之间的回廊上，向宫院正屋走去。

商灵山上。

蚩伯盘膝坐于巨石上，双手平身而起，十指交叉成一种独特魔宗法印，玄袍开始由内及外有节奏地一鼓一胀，尽管万千雨线在风中四溅飘飞，却始终无法靠近他身前三尺之内的距离。

稍顷，蚩伯的脸色慢慢复原，睁开双目收功立起身来。申公豹始终恭立守护在一旁，神情谨慎，不发一言。

蚩伯自怀中掏出一面青铜古镜递给申公豹，沉声说道："一切依计行事！"说完大袖一挥，整个人居然诡异无常地凭空消失在风雨之中。

申公豹接过上嵌八卦铭文，在雨夜闪电下透出奇魅异芒的玄天八卦镜后，迎着风雨孤立巨石上，双手持镜抱圆结成法印，十指反复翻覆扭转，双掌之间应式而生一股魔异能量，玄天八卦镜循这股能量拒风雨于三寸开外，悬浮在虚空之中——

幻雾朦胧的镜面逐渐变得清晰，竟显现出倚弦与耀阳隐身后的模糊影像……

两兄弟鬼鬼祟祟走到宫院正屋前，耀阳首先透过窗隙观察了一会儿，再从怀中掏出一把精致的小锉刀探入门缝，一阵拨弄后轻轻打开了门栓，然后小心翼翼地走了进去，倚弦在门外紧张地四下张望片刻后也随即闩门钻进屋内。

屋内整体布设简单明了，点缀的饰物小巧淡雅，侧舍之间佐以珠玉垂帘，尤显清秀雅致。耀阳与倚弦依靠摸索判定相互的存在，然后环顾置身所处的环境，开始分头寻找目标。

哪知外厅摆设较少，两人东翻西找寻了半天，始终一无所获。正当他们绕过珠帘进入内室时，一阵哗然水响从室内旁侧的屏风后传来。

两人看着翠绿屏风上升腾的阵阵热气，更看到两旁灯火衬出屏风上的窈窕身影，同时想到莫不是那妖狐妲己此时尚在寝宫洗澡不成，立时惊得三魂去了六魄，赶紧互相摸索到对方，拔腿想往外跑。

好在耀阳临急不乱，首先镇定心神拉住了慌忙无措的倚弦，拍拍他的手示意他暂时别动，倚弦这才醒悟到自己已经被“隐灵符”隐身，如果急急忙忙反而容易暴露行藏，想到其中凶险被耀阳惊觉，他不由暗自舒了一口气。

但倚弦万万想不到，耀阳此时不但根本没有打算如何脱离险境，而且还壮起胆子径直往屏风后走去，只因他的眼里一直盯着一样物事，那便是摆放在屏风侧旁椅几上的一件素白裙衣。

耀阳一步一步接近屏风，看着越来越清晰的动人身影，他当然清楚此时屏风后的人正在做什么，因而他的呼吸骤然变得急促起来，心情更是忐忑难安。

倚弦停了半晌却等不到耀阳有何举动，正感到纳闷，锐利的目光环视内室一圈，最后注意力集中到那件素白裙衣上，脑中闪过一种熟悉的感觉，他心中暗自震惊此时的猜测，暗忖：难道正在洗浴的是她？如果耀阳也认出这件裙衣，以他对她的痴迷，现在最有可能做的是什么呢？

不知为何，当倚弦想到这一点，当即快步上前向屏风处摸索过去。果然，他在屏风椅几旁触碰到了耀阳的身躯，不等那小子有所行动，倚弦已及时将耀阳拉得身形一顿。

这一切都清晰异常地映入商灵山上的玄天八卦镜中，孑立风雨中的申公豹嘴角露出一个邪恶至极的狞笑，冷哼一声道：“想不到这两个小子临死前竟还能享此艳福！不过既然时辰已到，索性就让我再帮你们一次，让她可以永远地记住你们吧！”

言语间，申公豹口中念念有词，右手祭出两道金光玄符，挥动惨白双手虚空画弧，双掌的拇、中、无名三指随着节奏式的挥动接连颤动着，划出六道森绿异芒凌空罩向符巾，操控魔门九大异灵符法之首——“金傀符”之“幻影随形符引诀”随之发动……

正当耀阳与倚弦相持在屏风前的一刻，忽然都不自觉地感到下腹一阵颤动，体脉玄能竟在片刻间消逝得无影无踪，隐灵符因失去本体力量的依附，顿时化散得一干二净，兄弟俩在毫无准备的情况下显现出本体身躯。

未等两人反应过来，只听“啊……”一声惊恐无措的尖叫声从屏风后传出。

倚弦堪堪挡在耀阳身前，此刻闻声不由回头望去，恰恰不差分毫地看到了面前飘满薄碎花瓣檀浴桶中——一位全身赤裸的绝美女子正蹲泡在水中，双手紧紧护在胸前，早已惊得花容变色、娇躯轻颤，双目无助地望着眼前这两名陌生闯入者。

只见她乌黑如瀑的长发微微浸湿，柔顺地贴在刀削般平滑无瑕的脸颊上，衬出分外秀美绝伦的轮廓，几缕发丝沿雪白脖颈垂落身前，被热气沐浴蒸腾过的肌肤红润欲滴，涟漪轻荡的水面下，无比动人的女子成熟躯体若隐若现，勾勒出诱人遐思翩翩的妙曼曲线……

面对眼前旖旎非常、足以令人永世难以忘怀的一幕，倚弦的心顿时紧张得怦怦乱跳，呼吸也浑然为之一窒，心慌意乱掉转头不敢再看，两手更用力扳正耀阳企图往内窥望的身体，口中模糊不清地辩解道：“公主殿下，我们根本……无意冒犯，只是……只是……”

耀阳被强行拖到一旁，原本激动的心情此时大坏，急得正要与倚弦理论，忽听屋外传来一阵急促纷沓的脚步声，当下清楚是公主方才的惊叫声引来了巡视的宫廷兵士，哪里还顾得上那些荒唐想法，当下紧张得四下东张西望。

倚弦也是大惊失色，两兄弟做贼心虚，赶忙连试了几次“隐灵符”，不知是否因为太过紧张的缘故，二人甚至连玄能也无法调用出来，不由立时慌了手脚。

倾听着屋外的紧张形势，两人相互对望了一眼，同时跑到内屋后窗前，贴耳听了半晌没什么动静，心中均是一喜，想都没想便拉窗接连跳了出去。

伴随紧张急促的拍门声，一个女子急怯怯问道：“公主……公主，您怎么了……”

此时，浴桶中的幽云公主听到伺婢小娇在屋外呼喊，才从极度惊慌中醒过神来，羞怯地应声答道：“小娇，我没事……那两个下流……无耻的小贼从后窗跑了……”

话语尚未落音，只听一阵喝斥声传来，所有兵士闻声尽数涌向宫院后园，小娇当即欣声道：“公主放心，他们已经被宫卫包围了！”

幽云公主听到这里终于舒了一口气，惊慌不定的心这才稍显安定下来，但想到刚才窘困至极的处境，她下意识仍然蹲坐在檀木浴桶中，久久不敢起身。

却说耀阳与倚弦果断跳出窗外，立足未稳便已被宫卫兵士发现，两人哪敢稍有耽搁，立时双双奔入风雨中，循路往后园逸去。

当他们亡命般跑出幽云公主的“霁月宫”，以为只要连躲带藏就能逃出生天的时候，他们终于在错综繁杂的宫院路径面前彻底失去了信心。

面对禁宫四处如潮水般涌来的宫廷兵卫，两人惊慌失措地四下张望，只能一心等待蚩伯和申公豹及时来解救他们。耀阳搭了搭倚弦的肩头，苦笑自嘲道：“这次考验未免有点太过火了吧！”

倚弦在一旁试图调用体内玄能，但任他如何静气凝神，竟也无力寻回哪怕丝毫玄能运走的痕迹，心中又急又乱，没好气地回道：“久经你这么多年的考验，过火应该算是你的长项，我早已习惯哩！”

耀阳不好意思地嘿嘿一笑，意有所指地哂道：“这次你可并没有吃亏……”

“还说，如果不是因为你……”

倚弦说着停住了话，只因他和耀阳已经完全陷入数百位宫卫的重重包围中，面对身前数尺之外那些明晃晃的剑戟，两人被雨水淋湿的身体更显冰冷，明明说到嘴边的话也不由得咽了回去。

兄弟俩几时碰到过像这般生死攸关的骇人场面，吓得背靠背相互站在一起，心中的惊惧可想而知。

“为什么玄法会突然失灵？”倚弦失望地看着摊开的双手，仍然不敢相信这些日子完全可以控制自如的玄能怎会在这关键时候无端失去效用。

耀阳更是不由自主连连往商灵山方向眺望，止不住嘀咕道：“……蚩伯和申长老怎么还不来救我们?”

此时，商灵山上，申公豹以“玄天八卦镜”见到两兄弟的危险处境，脸上终于挤出几丝阴鸷般的笑容，忍不住尖声狞笑道：“……救你们？当然会救你们的，否则就凭你们这些天学的那些狗屁皮毛玄法，害死自己或许还差不多，竟也敢妄想借此逃出生天，不自量力!”

申公豹当即口诵咒法，全身魔能尽力催发“幻影随形符引诀”，双掌十指不停屈伸作牵引状，极尽灵动非常之势，只见被无形法力控制的两道虚空灵符应势而动，仿佛亢奋的木偶一般随着指势开合而肆意扭曲变形……

就在兄弟俩陷入重围，感到彻底绝望的一刹那间，奇异的事情发生了——

先是耀阳感觉一股熨人的热流自小腹流泻而出，“天火炎诀”自行循经度脉，浩大的玄能如轮转般扩传至双臂之间，随即便听见“啊……”一阵令人毛骨悚然的惨叫声传入耳中，跃然入目的是身前四五个宫卫已经浑身冒火，痛苦得满地打滚，一股股肉体炙烧后的焦臭味道钻进鼻孔，使人闻之欲呕。

倚弦愣住了，但没等他反应过来，自身体内的玄能也已自动运转完毕，熟悉的“傲寒诀”不由自主地席卷而出，冰寒的劲风无情地卷向对着他的剑戟，触及寒流的兵士更是当即面覆玄霜，全身僵直地仆倒在地。

这一幕惨剧，不但令所有宫卫兵士猝不及防之下纷纷惊慌失措，也让耀阳与倚弦两人盯视自己的双手，相互惊骇地对望一眼，体内玄能从有到无、再还无变有，力量之强更甚至超过往常的莫名变化，令他们难以置信地呆立当场。

正当他们忍不住思忖其中缘由的时候，体脉鼓胀的玄能再一次令两人身不由己地站立起来，身体被玄能力量完全控制住，脚下受力一激已经跃然冲向前去，两人顿失自我控制的能力，仿若变成另一个人似的，横冲直撞地杀入宫卫兵士之中，或凉或热的攻击能量分别从他们小腹源源不断地贯穿周身经脉，随着犀利的拳脚动作向外翻涌而出。

伴着两人的脚步移换，一声声惨叫不停传来，靠近他们身边的兵士一个个都变成火团或是寒尸跌落出去，撞翻后面企图逃散的兵士，那群宫卫立时哭爹喊娘地四处躲避，狼狈不堪。

耀阳看着方才还耀武扬威的兵士此刻四散逃跑，心中不由涌起一阵报复的快意，丝毫没有初次杀人那种惊慌忐忑的心情。

一旁的倚弦就不一样了，当他看着身边一个个兵士倒下去后再也无法起来，性情中天生的恻隐之心油然而起，无比愧疚的心情便愈加强烈，然而他根本无力操控自己的杀戮行为。

眼看着和他一样的生命就这样被自己亲手毁灭，当倚弦想到那些兵士的家人将因此遭受如何严重的打击，他顿时涌起年少时因孤苦无依而时常想象家常天伦之乐的悲凄，随即一种难言的痛楚由心而发，激得完全受控在“幻影随行符引诀”下的身躯也不由戛然顿住，泪水竟已潸然而下。

玩得性起的耀阳此时转头向倚弦望去，却见到自己的好兄弟怔立原地，任雨水打湿的身体抖颤不停，泪水竟已淌流满面，不由吓了一跳，只是收不住受控的身体，他唯有担心地急呼道：“小倚，你怎么啦?”

倚弦缓缓抬起头，环视周遭早已视他们兄弟如恶魔一般的兵士，充斥痛苦神情的灵动双目挂满泪水，声音沙哑干涩地说道：“我不想杀人!”

耀阳心中一阵急颤，恍然醒悟过来，但掌中“天火炎诀”配合脚步的快速挪动依然喷涌而出，击倒几个逃散的宫卫，于是只好无奈地说道：“小倚，其实我们也是身不由己的……”

再看看跌落满地的剑戟，耀阳心下一硬，指着面前那些处处退让的宫卫，开导道：“小倚，我知道你现在的心情，但是你应该问问他们会放过我们兄弟吗？这是个弱肉强食的世界！如果我们方才施展不出玄法，死的肯定是我们兄弟俩!”

莫名玄能再次左右身体，倚弦状若疯魔一般冲向那群兵士，惨叫声再次响起。

顿时间，风雨中的御苑入目狼藉，寒尸仆散满地，尸焰随处可见，凄厉的惨叫声混杂着肉身炙烤的滋滋声，一切都仿佛一座修罗地狱一般。所有幸存宫卫纷纷退避十丈开外，哪里还敢靠近这法术高强的兄弟俩。

也不知过了多久，耀阳与倚弦的动作停了下来，正当两人看着眼前一切，顿感不知所措的时候，一阵香风悠然袭来，耳边传来一个娇媚动人的声音道："两位小兄弟真是好身手，奴家喜欢！"

只是这声音便让兄弟俩感到一阵骨软筋酥、耳热眼跳，别有一种魂游天外，魄散九霄的销魂滋味，一时间，浑然不知身在何方了。

再循声望去，只见一个黑纱覆体的绝美女子俏立三丈开外，乌云叠鬓，杏脸桃腮，微启的朱唇，似一点樱桃，舌尖上吐的是美滋滋一团和气，双弯凤目如宛转秋波，眼角里更是送出娇滴滴的万种风情，隐隐薄纱之下，娇柔腰柳盈盈一握，浑身上下若隐若现，无不引人遐思。

尤为怪异的是，那漫天雨水飘散纷飞，竟然丝毫近不了她身体周围三尺之内。

这种女人的魅力对两个正值年轻力壮的少年的吸引力是可想而知的，更何况那女子的千娇媚态隐蕴无上妖邪秘法，试问凡人如何抵挡得了，只见耀阳与倚弦傻愣愣地站在原地，眼神再也离不开那女子的俏媚脸庞。

那女子见两人呆愣的样子，掩口发出一阵银铃般诱人销魂的笑声，无限娇羞地说道："讨厌，怎么这样看人家嘛，奴家名唤妲己，两位小哥哥法术如此高强，不知姓甚名谁，师从何宗何派呢？"

两人好像丝毫不曾听见似的，依旧呆呆地望着妲己。

妲己见到两人被自己施以小术便如此不堪的表现，不由心中一愣，忖道："刚才一路上明明感应到他们体内所散发出的强劲法能，原本以为是三界四宗的高手侵入廷殿，却不想竟是两个本元定力这么差的毛小子？"

"你们再不理奴家，奴家可就走了！"

妲己自是明白事情绝不简单，随即俏眼一转，打定主意后摆出一副欲走还留的模样，她嘴上虽这么说，但是人却早已轻移莲步，试图慢慢靠近两人。

商灵山上的申公豹心中一震，双目微闭驱散魔心受染的片刻阴影，他从“玄天八卦镜”中感应出妲己妖功秘法的强悍，暗暗心惊不已，忖道：“想不到这千年骚狐狸竟将妖门‘魅心术’修炼得如此精深，果然厉害！”

看着妲己的试探举动，申公豹冷笑连声，禁不住阴笑道：“就算你千年妖身的修炼再如何强悍，像这般面对充斥蚩枭一半魔能于体内的两兄弟，今日也必会失手！”

笑声甫收，申公豹体内魔能尽数贯注双掌，虚空中的两道金符受劲催发，骤然贴并在一起，合而为一，开始时快时缓地转圜而动，然后不到片刻工夫，循着一道圆弧状轨迹急速旋飞起来……

随着时间的流逝，漆黑如墨的雨夜天幕上，细雨飘飞的间或空隙中，在炫目至极的霹雳电闪衬托下，肉眼模糊可察的异常变化正一步步缓缓呈露——

天际正中央的北斗七星跃然横空，斗勺端天英、天璇、天玑三星斜向东方，斗柄天权、天禽、天辅、天心四星正指西方，素来隐藏于斗柄两侧的天冲和天芮二星此时也无有遗漏地豁然展现。

九星齐显的锋芒异彩，交织漫天如哽如泣的雨幕，幻化出奇魅非常的天体异象。尤为令人费解的现象更随天时的推进而愈显明辨无误。

当妲己走到耀阳与倚弦身前不足三尺之地的时候，呆若木鸡的两兄弟霍然而起，目光虽然一如方才那般呆滞无神，但身形动作却一点也不含糊，两人熟练的“天火炎诀”和“傲寒诀”自行发动，分别从左右两侧循一种奇异弧状合击姿势迅猛攻至，源源不绝的魔能应运而生。

面对两人如此默契的合击术，而且又是冷热不同的两股魔能，即使强若妲己也感到吃惊不已，猝不及防的情形下，她的身形原地腾空掠退，双手十指掐成凹环形，捏出一道邪法秘印，薄纱长袖翩然舞动，两股波浪状的强大妖能随法印的施展排山倒海般卷旋而出，向两人迎击过去。

“砰……”气劲交击，轰出一声闷响。

妲己吃惊之下只是略微小退了几步，而耀阳与倚弦虽然有蚩伯覆在“金傀符”上将近一半的浩大魔能相助，但毕竟分别散布在二人身体上，所以一旦被强大如妲己所发的妖能击中，受伤必然在所难免。

只见他们被强大的反震力激得向后倒飞出去，滚作一团。

此时，三股能量交击所产生的气流刮起妲己穿在身上的薄轻黑纱，露出粉脂玉肤，一时间春光乍泄，但是耀阳与倚弦现在根本已无暇旁顾，因为妲己攻入他们体内的阴柔妖能导出一阵深入骨髓的痛楚，让他们彻底从妖宗“魅心术”中清醒过来。

不明所以的两兄弟感应到体脉中“玄能”的异动，再看到面前这位绝艳尤物便是蚩伯口中所说的千年狐妖，耀阳与倚弦心底大呼要命，直恨不得立即插翅离开此地，偏偏此刻身不由己，只能默祷苍天有眼，加以庇佑了。

三丈开外的妲己楚楚俏立，风情万种地轻轻撩了撩耳际散落的发丝，美目烁烁含煞，冷眼望定两人道：“仅凭你们这点微末道行就以为伤得了本宫吗？视你们的身手，当非是三界无名之辈，速速报上名号，或可饶你们不死！”

耀阳与倚弦噤若寒蝉，哪敢胡乱答话，只能继续装得好似木偶一般呆立一旁。

“你们究竟有没有听懂本宫的话？看你们小小年纪，断不会斗胆私闯皇宫！”妲己怎能容忍两人视自己有若无物的目光，当即娇声怒喝道：“究竟是何人指使你们入宫来的，目的何在……”

不等妲己将话说完，耀阳与倚弦的体脉异动同时涌现，身体再次受控，要命的“玄能”疯狂窜行于固有的玄法窍脉，分别化成强大的两道力量。

但就在此刻，这两股能量并没有像刚才那般交互攻击，而是在两兄弟身前不远处首尾交融后，形成另一种威力更为巨大的新生力量向数丈外的妲己汹涌奔袭而去，威力之盛，致使三尺范围内的雨水凝固在半空，一动不动，显得格外诡异万分。

几乎在两人跃身进攻的同时，九尾狐妖——妲己精修千年的妖灵邪魄恍然一震，已熟悉地感知到面前两名少年身上升腾起的魔能，再一看清两人攻来的合势力量后，不慌不忙地冷哼道："原来两位小哥是魔门异族的故人之后，那本宫今夜就更要好好接待你们了，顺便也教导一下你们，什么叫作尊师重道！"

话音一落，妲己美目寒光大盛，脚下莲步轻移，飘身挪后尺余，腾身悬空而起，口中娇声念诵邪诀，纤纤十指交相缠结，隐蕴妖门邪法的无上秘诀应运而生，只见她薄纱长袖盈然一挥，庞大的妖能立时席卷涌出，凭空揽收四溅飘飞的万千雨线，浑然幻化成一片蓝荧闪闪的芒星，星罗棋布地向攻击而来的力量迎击上去。

邪异的妖能扬扬洒落，配合悬浮半空的无数雨点，形成一幅凄美绝艳的动人画面。其实这看似散乱无章的光点暗合漫天星宿的无尽变化，乃是天地三界神、魔、玄、妖四宗千万法诀中排名前十位之一的——"玄阴九姹诀"，其威力可想而知。

两兄弟的攻击力量甫一触及这星罗密布的光网，顿时便被凛冽的光点迎面切割成大小不同的无数魔能碎片，然后再被化零为整的妖能围而攻之，直至慢慢吞噬化为乌有。

妲己娇靥如花冷然一笑，信手挥袖一拂，一股大力隔空袭至，将已经受魔能反噬而全身脱力的耀阳与倚弦击得倒飞出三丈开外，失去大半魔能护体的两兄弟抑止不住体内的翻腾气血，"哇"一口鲜血喷涌而出，差点痛苦得憋过气去。

妲己因施展"玄阴九姹诀"耗损元能太过，此时心中恼怒非常，杀心大起，掌指间邪能法印蓄势待发，近前几步向颓废坐地已经精疲力竭的耀阳与倚弦走去。

耀阳与倚弦瘫坐在地，虽说已经恢复了自我身体的支配，但由于体脉遭受魔能反噬，那种痛苦便好像被抽去所有力量似的开始全身萎缩，丝毫也动弹不得，只能眼睁睁看着眼前这貌似天仙却心如蛇蝎的女妖慢慢靠近。

妲己一脸肃杀之气，挪步走到两人面前，玉掌轻扬正欲施法，却感到心念悸然一动，深藏本命元能中的妖灵邪魄浮现出明辨无误的感应，她心有所感地立在原地，举目望向禁宫深处，显然已明白其中缘由所在，不由得冷哼一声，轻蔑地朝二人说道：

“原来你们只是两个可怜的傀儡虫，即便杀了你们还嫌脏了本宫的手！”妲己说到这里语气一顿，继而不屑一顾地说道：“相信不用本宫动手，魔门异族的人也不会放过你们的！”

耀阳与倚弦闻言脸色一变，不由惊诧地对望一眼，开始揣度妲己的话中之意，毕竟她所说的魔门异族与蚩伯所说的“东圣道”大有出入。两兄弟虽然心中有所怀疑，但对于眼前这妖物却更加不敢相信。

妲己对两人只是施了一个耻笑怜悯的眼神，便神色匆忙地柳腰一扭，妖艳的身影在风雨中一晃即逝了。

两兄弟紧张万分的心情这才松懈下来，却又奇怪妲己为何会放过他们，再想到方才身不由己的怪异现象，难道这一切真如那千年女妖所说？倚弦与耀阳禁不住开始怀疑。

远处宫卫调兵遣将的喧哗声惊醒了两兄弟，二人都深深吁了口气，挣扎着爬起身来，相互搀扶着向御苑深处行去。尽管越往前走越让人有种宫阙禁廷深似海的感慨，但他们已经别无选择。

好在内廷兵士在方才一战中被他们兄弟俩误伤不少，而其他兵卫见他们退走东北偏殿，知道那里住的大多是男女宫侍，再则惊怕他们的法术，故而一直未敢阻拦，只是一边不停聚齐部署，一边紧急遣人去通禀太师闻仲。

耀阳与倚弦踏足在御苑通往偏北廷殿的石径上，一路扶助对方且望且退。耀阳拖着疲惫的身躯，仍然不忘大声啐骂诅咒着妲己。倚弦则黯然沉默了半晌，忽然停住脚步，肃容问道：“小阳，你有没有想过……”

耀阳怎会不知他的想法，闻言竟飒然一笑，插口说道："不是没想过，而是已经没有时间去想，咱们兄弟只要今晚能逃出生天，就别再管他妈的什么东圣道西鬼道的，做自己的事走自己的路，有什么好怕的，生死由命，一切天注定！"

倚弦听得出他心里的愤恨，尽管那后一句话说得气度非凡，令人顿生抛开一切的决心。但倚弦却明白对于那些不管是魔还是妖的异族来说，他们兄弟俩的生死就像蝼蚁一般被人任意主宰着。

如果只是以生死来量定命数，那么相对他们兄弟而言，不管是玄魔不分的蚩伯和申公豹，又或是千年九尾狐妖妲己，乃至自称道门传人的姜子牙，地位尊卑有别的天子诸侯，都可算作足以注定他们生死的"天"！

任由寒凉的雨水袭面，倚弦仰面深深叹了口气，心里生出万念俱灰的绝望。

耀阳适时一把拉过他，仿佛有心刺激倚弦一般，不但重重地在他肩上撞碰了一下，并在他耳边大声喊道："追兵已经到了，还不走的话，我们就别指望有机会娶个美人儿老婆了！"

倚弦听得耳边的聒噪，心思戛然顿住，恍惚间又回到了幼年一般，一幕幕往事袭上心头，他们兄弟历经苦难年少早熟，倚弦虽然做事细致有心，却性情脆弱易感，不及耀阳那般生性积极开朗。

每每碰到过不了的难关，倚弦难免心灰意冷的时候，但只要身边有大大咧咧的耀阳在，任何有意无意的插科打诨都会变成生存下去的动力，再艰难的日子他们也可以一步步走过来。

倚弦感受到刚刚那个胜却千言万语的默契动作，侧头再看到耀阳口中明明是责怪，眼中却关切万分的紧张神情，心中一阵感动，泪水随着满面的雨水滑落下来。回头看看御苑四周围拢过来的千百名手持弓箭的兵士，他再也感觉不到心里有丝毫的惊惧，与耀阳对视坦然一笑，相互扶持着缓步向前行去。

殷宫北殿，偏向于朝歌城北近郊，三里开外便是绕城而过的舍水河。

因内宫禁城的防御需要，舍水中游的一段水路被引渠灌入城内，绕内城布防一圈之后，由南向北又再次汇入舍水。

由御苑内廷去往北殿，途经一道平座青石桥，铺设护城河之上，名唤“淇桥”，此时三丈下的内城河水静静接受天地雨水的滋润，缓缓向北流淌着。

耀阳与倚弦蹒跚着走近桥头，却只听背后传来一声断喝，二人心中一惊回头望去，最令人担心的事情终于如期发生——

千百名宫卫占据御苑高低不同的有利位置，全体兵士散开环成半月弧形，搭弓拉箭严阵以待，只等一声令下万箭齐发，便可将前无退路又处身平坦如“淇桥”之地的两兄弟一举射杀。

耀阳吐吐舌头暗叫了声娘，硬撑住心中的惊怕情绪，摇头苦笑道：“看来咱们兄弟今次是在劫难逃了！”

“记得从小到大只要我们兄弟俩在一起，就没有渡过不了的劫难！相信这次也不会例外的！”倚弦此时的心却显得异常平静，不知出于什么原因，他直觉耀阳和自己绝不会丧生利箭之下。

耀阳闻言心头一振，不敢相信的目光看着往日一向遇事消极的倚弦，对于倚弦话中之意表现出的性情转变，他心中的震惊是可想而知的。

第六章　生死大劫

走过“淇桥”桥头，倚弦别过头俯视桥下流水，但见漫天雨线在风中卷飞溅落，激起河面无数水花，数不清的涟漪一圈圈荡射开来，又一波波还聚回来，紧密无间的雨线在河面如斯反复，那种震荡既已达到极至，偏又变化最为微弱的景象，让人看来便如同寻常河面一般平静无波。

就在眼前极度凶险的处境下，倚弦偏偏感受到这幅纤细入微的动人景象，内心的撼动更是难以言表。

“咦?”耀阳的目光惊异地停在水面上，不停上下张望，禁不住咦出声来。

倚弦顺着耀阳的目光前望，水面上一幅奇魅怪异的映象令他也由不住环顾天际雨幕，百思不得其解地注视良久。

此时，昏暗的夜幕风雨交加，天际一片混沌，一切都显得模糊难辨。却在动荡至极如同镜面一般的护城河水面上，映照出一幅呈现天体异象的九星朦影。勺漏状的北斗七星横排斜列，勺柄侧近的两颗孤星分别悬浮两旁。

两兄弟抬头放眼万里昏朦的天空，再看着眼前的水面异象，这一切都是那样不可思议，让人顿生无所适从的震撼。毕竟能在这样玄魅的天象昭示中结束生命，也未尝不是一件幸事。

“……放箭!”御苑方向终于传出决定性的暴声厉喝。

千钧一发的关键时刻，耀阳与倚弦正闭目等死之际，两人忽觉身体下腹部一阵热流涌动，兄弟俩又惊又喜地对视一眼，同时知道救命的稻草来了——

只听“淇桥”下传来接连两声“扑通”闷响，划空而过的万千支利箭在瞬息间已告尽数射空，宫卫兵士一拥而上四下探寻，任他们将再多箭支射入水中，桥下流水依然如故地默然向北流淌着，仿佛从未有过任何变化一般。

此时若是仔细端详，河面上映照出的九星天象正潜移默化地发生着转变，勺漏状的北斗七星以侧向二星为中心缓缓移动，明显已经偏离了固有的天星位置……

商灵山上。

当申公豹从“玄天八卦镜”中看到耀阳与倚弦兄弟跳入舍水护城河，竟自行借水遁而逃的时候，他鹜眉一皱神情大异，难以置信地喃喃自语道：“怎么会这样？我明明以金傀符封印了他们体内的魔能，两兄弟应该死在万箭之下才对，又怎会……难道……”

他似乎想到某种可能性，心中一惊，掌中法诀只是稍有松懈，便见那虚空中的二道“金傀符”竟凭空自焚，化作两缕青烟倏地散于风雨之中，申公豹只觉体内魔能受力一震，顿时心有所感地思忖了片刻。

魔宗法印一掐，申公豹口中秘诀诵念再三，左掌祭出元能罩住“玄天八卦镜”，镜面在魔能催发中一阵急旋，再次停定下来时，朦胧如水状的镜面缓缓浮现出一幅清晰如常的画面。

呈现的竟是蚩伯的清晰影像，只见他双手紧紧护住胸前，神情慌张地觅路遁走，掩不住一身的狼狈不堪，仿佛正在逃避某人的追杀一般。

看着这一幕，申公豹冷然嗤笑一声，目光中充满报复的快意。他一手精心策划的一切，自然知道蚩伯此时正为了躲避妲己的追杀而四处窜逃。

此时，随着一阵银铃般的骚媚笑声响起，两名身着宫服的妙龄绝美女子在风雨中霍然现出身形，跃然入目的居然是妲己的两个妖娆妹妹柳琵琶和喜媚。

喜媚远远地见到申公豹一脸阴沉，故作关切地娇声问道：“瞧瞧，咱们的申长老怎么一副愁眉苦脸的样子？”

柳琵琶更是搔首弄姿，走近申公豹身旁靠在他肩上，将曲线玲珑的娇躯紧紧贴在申公豹身体上，只是气息呼吸间的阵阵贴身起伏，便有说不出的一股惑人的妖媚。

“怎么了？一切不都正如我们早先所计划的一样么，难道有什么不妥吗？”

听得耳边吐气若兰的轻声问话，更体会到玲珑玉体贴身的要命厮磨，申公豹体内魔心一阵骚动，禁不住绮念纷生，不由暗叫一声厉害，运转元能压制住蠢蠢欲动的魔念，深吸了一口气，一巴掌拍在柳琵琶丰翘的美臀上，阴笑道：

“没什么，只是混入宫里的两个傀儡小家伙跑了，估计应该是那老东西操控金傀符做的，他肯定是想拿回两小子身上的一半魔能，否则一旦被妲己追上必将难逃一死！”

喜媚皱眉问道：“那怎么办？”

申公豹舒展长臂环抱住两人，故作贪婪地饱逞手足之欲，淫笑道：“这正是咱们计划中最精妙的地方了！”

柳琵琶横了申公豹一眼，略有所思道：“你难道是想让死老鬼取回两个傻小子身上的魔能，和骚狐狸拼个你死我活之后，我们再从中渔翁得利？”

申公豹左嗅右闻享尽温柔，满足地摇头说道：“非也！如果任由老鬼寻回另一半魔能的话，以他谨慎小心的性情肯定会更从容地遁逃，然后觅一处隐蔽之地参修‘归元圣璧’的无极真能，待到大成之时才会回来报仇！”

喜媚不住摆弄酥胸蹭动申公豹，贴得更紧撒娇问道：“那怎么办才好？”

申公豹分别在喜媚和柳琵琶的脸上狠狠亲了一下，摆出一副高深莫测的傲然神情，续道：“我自有办法让他存下必死决心与骚狐狸同归于尽！”

柳琵琶和喜媚两双媚目立时一亮，娇声催申公豹将办法说出来。

“你们到时候自会知晓！”申公豹依然一副故作神秘的表情，满脸邪笑道：“看样子，老鬼和骚狐狸还会捉一阵子迷藏，咱们可不要浪费了这段时间!”

申公豹说完掌指法诀一引，很快将“玄天八卦镜”收入怀中，搂着半推半就的两个女人向巨岩后走去……

却说耀阳与倚弦两兄弟在“淇桥”上感到体脉魔能涌动，便身不由己地跌落桥下舍水之中，直至冰凉的河水没顶而过，魔能才再一次透出两人的身体，形成一层无缝的体外结界。

两人的体脉充斥强大的魔能异力，令他们的感官能力成倍扩张开来，处身于近乎封闭的水域空间，他们完全可以感受到身际水流每分每毫的移动，乃至万千雨点击落水面的震荡，都像是一种固有存在的规律。

最为玄奇的是他们体内那些若隐若现的元能，竟也随着这种规律不停起伏窜流，似乎在迫使他们遵从规律改变某些本体惯性，以达到元能转化成玄门法术的目的，极其类似于初时“隐灵符”上身时的状况。

耀阳与倚弦明白这是“玄能附体”的必然现象，早已感到习以为常，所以并不觉得有何惊奇。却万万没有想到，随着那股力量的逐渐增强，他们的本体经脉遭受到前所未有的洪大力量反噬，根本没等兄弟俩及时反应过来，便已被突如其来的一阵体脉剧痛震得当场昏死过去。

禁宫护城河奔流向前，绕转出了宫城长渠，一路绵延数里，最终汇入舍水。

不知过了多少时候，耀阳与倚弦两兄弟在体内魔能的刺激下醒转过来。拖着依然疼痛难忍的身躯，两人从水中湿淋淋地爬到河岸上。借着偶尔闪过的雨夜霹雳，两人打量着四周环境，依稀辨出是朝歌城外约三里处的一段舍水河岸。

此处因护城河与几条支流的常年汇流，堆积的泥沙形成一片小小的沙洲，所以他和耀阳虽然被“水遁术”带出闸门重重的禁宫水渠，但若非这片沙洲阻住湍急的水流，他们迟早会因元能耗尽而永沉河底。

两兄弟喘息着爬到岸堤上，仰面躺在石岸斜坡上，然后一动也不想动了。他们向南遥望雨夜中仿佛摇摇欲坠的朝歌城，都禁不住深深舒了一口气，噩梦终于到头了，还有什么比死里逃生更让人觉得庆幸的呢！

冰凉的雨线打在两人面上，被河水泡得湿透的身体却一点寒意也没有，耀阳抹去一脸的雨水，心情一片大好，道："总算可以逃出生天了！"

"也许吧……"倚弦也尽情享受着这一刻的轻松心情，他无法肯定那股藏匿在他们兄弟身上的力量会带来什么样的严重后果，因为直到眼下这一刻，那股根本不受自我控制的力量仍在刺激着他们的身体，令他们可以不被一身浸水的寒气乘虚而入。

耀阳自然明白倚弦的话中之意，不以为然地笑了笑，伸个懒腰道："不知为什么，我现在只想好好睡上一觉！"

倚弦莞尔一笑，缓缓闭上双眼道："我也想得要命！"

尽管两人俱感身心疲惫，但体内的异能依然如故地开始蒸腾，兄弟俩早已领教到其中的厉害关键，无可奈何地相互对视一眼，不约而同地叹了一口气。

两人的身体再一次受控于异化的元能，不由自主地立起身，沿着堤岸边的茂密树林一直向前行去。

两兄弟辨明失控的自己正往东南方向行进，当他们想到最有可能是被带往阳明山中的"东玄别院"时，不由同时慌了神。

"不知蚩伯到底想拿我们怎么样？难道真如那九尾狐妖所说，他利用我们之后还不会放过我们吗？"倚弦想到妲己说过的话，脸色骤然变得有些苍白。耀阳更是忍不住开始破口大骂。

明明知道前方的凶险，却只能眼睁睁看着噩梦如期而至，束手无策的慌乱已经让他们失去了心境的平静。

岸堤树林的尽头赫然便是阳明山，在夜雨中巍然耸立。穿过林山相间的一片荒凉空地，上山不到半里之遥便远远看到一座破旧不堪的山神庙。身不由己的两兄弟徒步来到庙前，身形这才骤然顿住。

夜幕风雨中，两人愕然环顾四周，正疑神疑鬼之际，耳边果然传起那个自称是“东圣道”弥合尊者、在妲己口中又变成什么魔门异族之人的蚩伯微弱话声：“耀阳、倚弦，你们过来！”

两兄弟闻言回头一看，黑袍覆体的蚩伯正盘膝坐在庙门前，昏暗的夜色中虽然看不到蚩伯的面部神色，但两人从那湿漉漉的一身黑袍可以看出他的狼狈，不由难免有些吃惊，想来以蚩伯一身修为竟也会有如此受辱的际遇。

此时，蚩伯是有苦自知，虽说现时“圣璧”已然到手，但思前想后心中总觉不妥，整个计划原本可算天衣无缝，先以费仲引开妲己，让两小子入宫，然后在妲己警觉回宫后，再用一半魔能附体的两小子吸引妲己的注意力，他则以迅雷不及掩耳之势窃得“圣璧”，然后与申公豹会合布下魔门法阵对付跟踪而至的妲己三姐妹，再杀掉两个小子取回附体魔能，最后寻机遁走，回归魔门族地……

可惜就在将要成功的紧要关头，不但申公豹忽然变得全无踪迹，而且他的行踪仿佛完全被妲己所熟知，一路不停追杀堵截，奈何他一身本命魔元只剩下一半，几番厮杀拼斗下来，几次险些因此毁了千年魔身，断了本元命根。

表面上看来蚩伯是极其客气地呼喊，但耀阳与倚弦感到身体根本已经不受控制，一步步向蚩伯靠近。魔能附体的两兄弟感受到前方暗流涌动的气劲，惊恐莫名地瞪大眼睛看着黑暗中如同幽灵一般的蚩伯。

蚩伯端坐如常，袍下隐匿的双掌十指却翻动“符引法诀”暗自牵引，将线偶般的两兄弟拖向自己身旁，阴阴一笑，道：“你们俩无须惊怕，本尊现在只是想借玄法疗伤，需要你们在旁护法而已！”

奈何蚩伯越是这样说便越让耀阳与倚弦感到极不寻常，心中惊惧更甚，偏又不敢出声揭穿，害怕更加惹恼他，只能战战栗栗地祈祷一切真如他所说的那样。

蚩伯看着两人越来越近，体内本命元能已经明显感应到另一半魔能的存在，开始分外蒸腾不安起来，只因他想起方才与妲己斗法的狼狈，心中免不了一阵激动，恨不得立时取回本元，与那妖狐大战几百回合才出了心头这口恶气。

当耀阳与倚弦靠到蚩伯身前三尺之处，两人猛然只觉周身体脉一紧，蚩伯腾身掠空而起，双臂挺直完全伸展开来，掐成法印的掌心生出一股强大的吸力，形成一团强劲的魔能结界，将兄弟俩紧紧吸附在尺余范围内。

两兄弟立时惊呼出声，拼力挣扎起来，然而在强劲如斯的魔门大法笼罩下，他们丝毫也动弹不得，只能任凭蚩伯肆意施为。

蚩伯腾身悬浮于虚空之中，探臂伸手，十指如钩已分别罩在耀阳与倚弦脑门上，体内本命元能交替循环快若轮转，魔门至强的"吸元还原诀"运转至极限，逐步开始吸取贴附于两兄弟体内"金傀符"上的一半魔能。

耀阳与倚弦只觉体脉一阵缩动，下腹部如被腰带束紧一般，一股热流无端升腾而起，缓缓逆脉上行至头顶，流泻入蚩伯覆于他们脑门的双掌之中。

好在这股魔能原本就不是两兄弟苦修所得，所以并未引起脉络虚脱乏力等症状，反而让两人感到好一阵麻酥酥的舒坦滋味。

蚩伯感应到回归的元能导入体内，心情大悦，更是催动法诀猛力吸取，却在一切顺利进行的情况下，异变突生——

两兄弟体内的魔能竟无端出现断断续续的絮动现象，而且觅脉循行的方法仿佛完全与蚩伯吸元还原之法相反，甚至根本是一种漫无目的的四散窜行。对于蚩伯吸取元能来说，本就需要相对聚集的目标，现在却如此散乱无章，任他如何吸取也终究是无的放矢，空自辛苦一场。

蚩伯吃了一惊，兀自停住法诀运行，暗忖道："怎么会这样？我放入他们体内的元能一向附于金傀符之上，根本由不得他们自我掌控，现在怎会自行运转，甚至完全不受我操控一般？"

蚩伯猛地心念一动，掌中魔能由吸转放，释出一缕元能试探性地循脉而入，试图截住两人体内窜行的元能，将它们强行聚汇于原有的"金傀符"中。

哪知他的魔能甫一注入两人体内，另一股魔能竟如同感知到蚩伯的目的，转瞬便遁入其他脉络中。蚩伯勃然大怒，哪肯放任对方如此戏弄自己，于是驾驭魔元开始奋力追讨遁走的元能。

感受到两道魔能在体内往复追躲，耀阳与倚弦的身体时而冷热交加、时而疼痛如绞，一阵汗出如注，一阵身如针刺，更不用说突如其来的奇痒难当和窒息憋闷是如何要命了，忍受着魔能逆脉反噬所产生的莫名痛苦，两兄弟闷哼阵阵，神智愈趋模糊。

蚩伯哪里顾得了这么多，大肆催发魔能探入两人体内，终将四处窜行的那股元能围堵至下腹丹田“金傀符”旁近，然后蚩伯阴阴冷笑一声，冷不丁以强行压制的方法将其封印住，顿时间，一直操控它的隐藏元能也随之无所遁形。

“元灵附心诀!”蚩伯看破对方的布功行径竟是魔门九离一脉的同宗法学，思前想后的心中顿时明白过来，眼中凶光毕露，遥望商灵山方向，恨声道：

“好你个申公豹，本尊自问待你不薄，将你救出‘冰火轮回狱’后便一直留在身边，哪知今日你竟狼子野心恩将仇报，难怪妲己贱人始终可以掌握我的行踪，而且俩小子现在才姗姗来迟，甚至还想通过左右他们来制约本尊，哼！简直就是妄想……”

商灵山，风雨中一切如常。

申公豹轻松地挥了挥袖袍，散去施展“元灵附心诀”的魔能，继续搂抱着柳琵琶和喜媚，一边尽情猥亵调笑，一边不忘关注身前悬空的“玄天八卦镜”，当看到愤恨难平的蚩伯，他一脸不屑地冷哼道：

“蚩老鬼以为曾经助我出了魔族典狱，就可以对我指手画脚任意驱使……想我申公豹乃何等盖世人物，注定将成大事于天地之间，岂能就此屈居人下？老鬼你有眼无珠，真是活该有此一劫!”

申公豹得意非常地连连大笑，低头看着柳琵琶，手下又是一通乱摸，涎笑道：“你将老鬼的藏身之地通知妲己那个贱人了吗?”

柳琵琶抛他一个媚眼，仿似受不了他的淫威一般，娇躯轻颤道：“申公交待下来的话，琵琶怎敢不听呢?”

这时，始终注视着玄天八卦镜的喜媚轻咦了一声，有些小心翼翼地说道："看，那个贱人已经去了……"

申公豹和柳琵琶闻言一震，知道等待良久的好戏终于开场了，都目露喜色向镜中呈现的景象望去。

阳明山中的山神庙前，蚩伯控制耀阳与倚弦体内的元能，正欲施展"吸元还原诀"完成最后的魔能吸取，却忽然觉察到魔灵异心生出一阵波动，即时便感应到一股强劲的妖邪力量铺天盖地般席卷而至，无孔不入地浸入山神庙四周，布成一层宽达数丈的紫魅色的雾状结界，将三人紧紧困于其中。

"魅邪结界……妲己！"蚩伯惊觉邪魅妖能的出处，不由愕然回头，庙外五丈开外处正有一名黑纱覆体的女人盈盈而立，果然便是妖娆妩媚的妲己。

妲己略显得意地娇声大笑数声，道："蚩凫老儿，本宫倒想看看你还能逃到何处？你若乖乖将魔璧交还于我，本宫或许还会考虑是否手下留情，只灭你千年魔身，姑且饶过你的本元命根！"

蚩伯掂量着掌下的耀阳与倚弦两兄弟，想到已经没有机会取回另一半本元魔能，心中虽然恨不得将这妖女千刀万剐生啖其肉，但眼下也只能忍气吞声苦思脱身之计。

"九尾狐，你不要逼人太甚。这块'归元璧'原本便是魔门圣物，如今理所当然应该物归原宗才是！再说这件事如果闹大了，先不说魔门五族是否会群起而至与你争个鱼死网破，即便只是一个不小心走漏消息传到女娲耳中，恐怕当今纣王身边最受恩宠的妲己娘娘也要吃不了兜着走……"

妲己闻言面色一变，她何尝不是担心这些，却又装作不为所动的样子，然后漫不经心地冷哼道："即使物归原主，也应该是魔门五族宗主来与本宫理论才对！说起来，本宫与你族九离宗主闻仲还是一朝君臣，而以你现在一个小小尊者的身份，又凭什么对本宫指手画脚？"

蚩伯躲身于两兄弟背后，反复思量应对之策，随口应声道："如果本尊执意不肯将圣璧交出来，不知妲己娘娘又能将我怎么样呢?”

此时，因为蚩伯与申公豹的法诀抗争一停，耀阳与倚弦的体脉元能便开始回复原状，自行归附于下腹“金傀符”位置，两人身际的痛苦也随之慢慢消失，渐已清醒过来。

甫一睁开双眼，两兄弟便见到妖狐妲己俏生生地立在眼前，硬生生被当场吓了一跳，准备拔腿就跑之际，才从根本不听使唤的身体上反应过来，他们依然受制于身后蚩伯的操控，无法动弹半分。

“蚩皂，你尽管试试看!”妲己嗤笑道，“以你现时仅剩的魔身元能，已远非本宫对手，方才一时大意才让你走脱，现在你们既已身陷本宫的‘魅邪结界’之中，我劝你们还是束手就擒吧!”

“哦，本尊对此法慕名已久，今夜有幸得见自是要讨教一番!”尽管蚩伯有些后悔方才一时粗心着了道，但对于妖宗秘法“魅邪结界”却是不敢小觑，满心戒备地注视妲己的一举一动。

耀阳与倚弦乍一听到“魅邪结界”之名，惊恐地望向山神庙四周，只见一层淡淡的薄雾状无形紫气，伴随着一种催人昏昏欲睡的浓郁香味，仿若有形一般将他们笼罩其中，甚至完全将风雨隔绝在一片朦胧紫魅之外。

蚩伯觉察到两兄弟的苏醒，心机骤然一动，掌指暗自掐出法印，朗声大笑着挺直身躯，傲然负手而立，眼中射出鄙夷的目光斜视妲己，道：“贱人，你有何手段不妨尽管使出来，就让本尊今夜领教一下妖门的秘宗法技如何?”

妲己微微一怔，略觉惊异地望着一反刚才畏缩不振的蚩伯，心念不由一动，“魅邪结界”覆照下的妖能伺机而起，无声无息地从四面八方涌向蚩伯三人，企图探视出他们体脉中的魔能变化。

耀阳与倚弦身负蚩伯千年魔身将近一半的元能，此时在“魅邪结界”的刺激下体脉潜能发挥到极至，不但不惧结界中奇香迷毒，而且浑然感应到几股虚虚实实的力量正试探性地掩袭而至，一股莫名的压迫感也随之而来。

蚩伯岂会感应不到其中的妖能变化，只是受困于“魅邪结界”之中，先机已失，任何一举一动的气息牵引都将暴露在妲己的妖能感应下，所以当今之计只能出奇制胜。于是他故作无谓地干咳两声，大笑道：

“妲己，亏你还自称是什么万妖之后，依本尊看来根本就是狗屁不如。‘归元圣璧’现在便在我手中，你若想要就尽管放马过来取走便是!”

耀阳与倚弦闻言大惊，只因他们不但感应到体外妖能的侵扰，而且也察觉出体内魔能的异常窜动，甫一想到皇城禁宫的失控遭遇，两人已经揣测到蚩伯心中的如意算盘，怎能不惊惧万分。

妲己聚敛结界妖能，已然从三人的魔能反震中确切掌握到各人的虚实，暗自心惊不已，抑止不住心底的怒气，格格娇笑道：“蚩老鬼，想你堂堂九离魔族的尊者身份，还不是要靠两个傀儡给你做挡箭牌，竟也敢胡吹大气，难道你以为今夜本宫会放你一马不成？再说你几时见过猫捉耗子以后直接拿来吃掉的!”

此言一出，还不等蚩伯答话，耀阳与倚弦只觉眼前魅影一闪而过，妲己的身影凭空不见了，然后淡紫雾界中的妖能幻化出无数藤蔓一般的灵动分支，铺天盖地地向他们席卷而来，两人因为无法挪动身躯闪避，急得冷汗浃背。

相反蚩伯此时却镇静非常，瞑闭双目稳若泰山，只是不住掐动掌指法诀有如轮转，竟仿佛对眼前那些藤蔓般的妖能袭击完全无动于衷。

耀阳与倚弦看着那些已经触面可及的妖能幻物，心中惊恐万分，恨不得立时脱身才好，但又想到踪影全无的狐妖妲己，不由望向眼前越来越浓的迷雾结界，正感到忐忑不安之际，体内魔能在转瞬间噌地蒸腾上来……

末日终于来临，两兄弟瞬时变得面如死灰，随着魔能异化的加速，他们感到相互之间的元能竟奇迹般地与蚩伯融为一体，齐齐向外膨胀开去，异化为一层晶状幻屏，与身外的迷雾结界紧密并成一线。

只听“蓬!”一声震响过后，魔能幻屏与结界幻物在极能互震之下尽数化为虚无，两兄弟被反震之力推得踉跄了几步，却还未等他们站稳脚步，便只能眼睁睁看着失控的身体扑入迷雾结界中。

蚩伯四平八稳地从容站立于迷雾结界的正中央，双目凶芒毕现，体内魔能已然运转至极限，尽管一时失策身陷“魅邪结界”内，体内魔能仅剩一半，但凭他苦炼近千年的魔灵异心，配合魔门九大异灵符法之首的“金傀符诀”，怎么都与妲己有一拼之力。

只见方圆五丈距离内的“魅邪结界”之中，蚩伯掐动掌指之间的符引法诀，牵引耀阳与倚弦的身躯分别立于自身两侧，形成一道品字列阵，然后瞑闭双目，施展魔灵异心敏锐地感应到四周的妖能变化。

“魅邪结界”乃是妖宗无上秘法，据魔门收录天地百宗万法的《幻殇法录》记载：此诀与“玄阴九姹诀”、“嬗女元阴诀”、“异音凝修法”合称为妖门护法四秘，置身其中被法所惑，一举一动受其牵制，稍有不慎必遭鬼神莫测之变……

最无奈的当然是耀阳与倚弦两兄弟，他们本是凡俗局外人，哪知卷入三界宗道秘宝之争，受这等身不由己的凶险遭遇，随时都难免小命不保的厄运临头。

尽管两人体内共有蚩伯将近一半的魔身元能，但此时被人当成线偶一般使唤，随时都有被当作挡箭牌一样抛弃的可能，自然免不了心慌意乱地四下张望，心中暗自祝祷：但愿妲己可以放过他们兄弟俩，直接去寻蚩伯晦气才好。

两兄弟却不知道，他们受蚩伯的“符引法诀”所控，已经与蚩伯体内魔能暂时融为一体，品列成魔门进退与共、三元合一的“九幽三元阵”，即使身陷至强的“魅邪结界”之中，也足保一时半刻无忧。

“……桀……桀……”

只听妲己一阵娇声怪笑，无数幻影分身从天而降，个个薄纱覆体、俏笑嫣然地盈盈而立，将三人团团围了一圈。在迷雾重重的朦胧映照下，百余个妲己搔首弄姿翩翩起舞，一时间春光乍泄、莺声燕语令人着实情难自已。

耀阳与倚弦从小到大几时见过此等阵仗，再加上正值血气方刚的年纪，更受其中隐蕴的妖术所迷，立时变得呼吸急促颜面红赤，神智愈见混浊不清。

蚩伯自持千年苦修的魔灵异心，根本不惧此等妖术，雄躯不动如山，冷哼道："九尾妖狐，你也太小看本尊了，像这般魅心小术相比我魔门'天心魔舞'来说，实在是不值一提!"

百余个妲己齐声格格娇笑，异口同声道："蚩老鬼，你既然自认不输于我，那就接本宫几招如何?"言语间，百千幻影疾动如风，凌厉非常地扑向阵中三人，带动结界妖能旋风般盘卷袭去。

耀阳与倚弦神智已昏，浑然不觉眼前危险将近，依然如痴如醉地呆立当场。

蚩伯知道这些分身化影完全出自妲己的妖能幻变，平时只要他祭出随身任一魔门法宝便可令妲己的真身暴露无疑，然而现时受困于"魅邪结界"，被结界威力所限，无法动用任何法器，只能凭借魔灵异心的敏锐灵应来辨识虚实。

蚩伯不动声色地掐动符引法诀，操控神志昏迷的耀阳与倚弦迅速变换位置，三人之间的魔能交汇，再次幻出护体的幻屏结界。

"蓬……"百余光影与三人体外幻屏一触即没，撞出一声轰响。

双方一个照面便硬撼一击，蚩伯处于"九幽三元阵"的环心位置，又有魔身元能护体，自是安然无事。可怜耀阳、倚弦两兄弟列阵犄角位，且体内魔能较为薄弱，一时无法适应极能相击的反震力，被迫压得面部七窍沁出血丝来。

一阵肆意荡笑声骤起，百千光影一闪即逝，化为一条绫丝黑巾，就在黑巾翩然而落的刹那时，一道黑魅光影以急速惊人的身法直插三人列阵的中心位置，柔化至极的四方妖能如潮水般漫过耀阳与倚弦，集结合一向蚩伯奔袭而去。

蚩伯兀自冷哼一声，本体的魔灵异心已然将眼前形势辨得分明，掌指法诀应势而动，受控的耀阳、倚弦两人腾身掠起，"天火炎诀"与"傲寒诀"在魔能催发中合而化一，对准悬空袭向蚩伯的妲己击去。

"天火炎诀"与"傲寒诀"虽是玄门小法，但因为有蚩伯千年魔身近一半魔能的催动，其攻击威势令妲己也不敢小觑，只见她及时凌空收势，所有攻击妖能收发自如，化为一团如水柔力，托起她的妙曼身影冉冉隐入结界迷雾中，避开了身后偷袭的威胁。

蚩伯怎会放过如此良机，早已蓄势待发的魔躯腾空而起，穷极体内一半魔能施展出毕生绝学——九离魔族至强法诀之“赤阳离火咒”。

但见蚩伯雄岸的身躯一飞冲天，口中大声诵念法咒，因魔能催发至极限，他的眉心处浮现出一道淡淡的三焰离火印，浩大魔能点燃蚩伯体内的九离魔火，包裹他的身体在空中幻化成一道赤焰，循隐匿迷雾结界中的妲己撞去。

耀阳与倚弦本来被妲己“魅心术”所迷，直到方才受极能迫压才清醒过来，此时见蚩伯亲身上阵，禁不住感到有些惊讶。却不等他们暗自庆幸一番，体脉魔能又再次骚动起来，两人只觉笨拙的身体在魔能运转下跃然腾空，熟悉的玄法要诀自行循经导脉，集聚双掌，紧跟蚩伯身后朝妲己袭去。

妲己感应到魔火烈焰的凛冽，娇容不由微微变色，掌中黑绫上下搅动，聚敛周身妖能于一念，只见整个“魅邪结界”竟在须臾间化为虚无，她挥舞身际如绸黑绫，在漫天风雨中悬空而起，一双美目出奇镇静，唇角沁出一丝冷郁的笑意。

果断思量间，妲己十指虚合环扣，捏出妖宗无上法印，凭空划出一圈诡异莫测的弧度，邪异的妖能在夜空中泛出磷磷森芒，笼罩在她身际虚空丈许范围之内，一股由内及外的吸力在瞬息间仿佛将周遭的空气尽数抽干一般，纳天际万千丝雨线为其所用，形成一层幻晶水屏，覆手罩向冲袭而来的三人。

“蓬！”强劲的元能交击，爆出轰天巨响，巨大的元能力量引来天际雷电相交，只听“轰”又一声震天鸣响。

夜空雨幕中，四人的身影一触即分。

妲己身形倒掠三丈开外，虽然她的妖灵邪魄并未受蚩伯的“九离魔焰”所伤，但肉身却被魔焰蒸腾得够呛，而且因施展“嬗女元阴诀”的

"云雨覆法"导致妖体元能虚耗过度，所以只能暂时凝神调息以求尽快恢复，不敢再有丝毫异动。

蚩伯也不好过，体内魔能因过分施展"赤阳离火咒"致使护体元能太虚，受元能反震力所伤，一早便跌坐在地不住喘息，却仍报复性地开怀大笑不已，有气无力地嗤声道："贱人，现在知道本尊厉害的了吧，哈……"

蚩伯狞笑着掐动符引法诀，将惨遭元能震得昏死的耀阳与倚弦再次唤起身来，行尸走肉一般踱步至他身旁两侧，可怜两兄弟身体虽然暂时丧失知觉，体内元能却出自蚩伯的千年魔身，尽管损耗很大，但仍然可被蚩伯用来操控。

妲己见此情景，心下禁不住吃了一惊，终于知道自己低估了那两个小子的用途，不由有些后悔当初不该将两个姐妹留在宫中。看来目前也只能尽量拖延时间，等待元能恢复过来，当下风情万种地白了蚩伯一眼，娇笑道：

"蚩老鬼，你难道自认为又捞到什么好处了么？依你现时仅剩的那点元能，即使本宫将那'归元璧'送予你，恐怕你也无力再去应付魔门其他宗族的抢夺，无福消受这天地至宝！"

蚩伯不以为然地瞥了妲己一眼，露出神秘莫测的笑容，从怀中慎重取出一物，语带讽刺地沉声道："妲己娘娘虽然贵为万妖之后，而且久伺女娲身侧，相信定然可以解得开五彩神石的封印，不过圣璧终究是魔门之物，你根本无法把握其中的开启运用之法，但这对本尊来说却并非难事。"

第七章　魔璧之谜

此刻，透过“玄天八卦镜”看到这一切的申公豹、柳琵琶和喜媚顿感眼前一亮，不由得皆注视到蚩伯手中所持之物。只见那物是一块约两个巴掌大小的圆形石胚，石体质地奇特至极，五彩斑斓的纹理隐隐发出玄光，一看便知非是凡物。

“哦!”妲己一双美目异芒湛现，紧紧盯视蚩伯手中彩石，虽然恨不得立时强抢过来，但还是忍不住旁敲侧击地追问道：“此璧失传已达数千年之久，据传唯一知道开启秘密的上一辈魔族或是葬身上一次神魔大战中，或是被囚于冥界轮转山中受尽煎熬最终魂飞魄散，从此便再无魔族异类可知此中奥秘！你区区一个九离魔族的小小尊者又从何知晓这些?”

蚩伯闻言仰天大笑，神采飞扬地讥笑道：“你莫不是忘了本尊的本姓?”

“蚩……九离蚩姓?”妲己思忖再三，猛然忆起千年前神魔大战中魔门的代表人物，顿觉恍然大悟，不无惊异地问道，“难道……你是魔神蚩尤一脉单传的亲姓门人?”

蚩伯此时更是神情傲然，狂笑不止道：“既然被你知晓，就更留你不得!”说着掌指间的符引法诀依言发动，耀阳与倚弦的身躯从蚩伯身侧应诀冲出，却在两人将出未出之际，异变突生——

原本蓄集元能准备攻袭妲己的耀阳与倚弦，就在身形甫一掠出之时，另一股控制力量骤然而生，迫使聚集法能的两人竟在瞬息间忽然转过身躯，两股冷热不同的元能劲气组成一道密不透风的气墙，排山倒海般向蚩伯迫压过去。

变生肘腋，因攻袭距离靠得太近，没有任何戒备的蚩伯只能临时身形暴退，耗损过度的魔能应变而发，与耀阳、倚弦两兄弟的元能劲气硬拼一记。“波!”只听一声元能交震的脆响，蚩伯受劲一击如断线风筝一般被震出三丈开外，躺在地上一动也不动了。耀阳与倚弦两人却只被反震力抛移尺余距离，跌倒在地。

几声痛苦的呻吟中，耀阳与倚弦醒了过来。两人挪动胀痛难忍的身体艰难地立起身，不敢置信地望着眼前的境况，一时间竟都愣了愣。然后两兄弟挣扎着踉跄了一步，但锥心的疼痛令他们再次跌坐在地。

“哎哟!”耀阳一声痛呼，一脸悲愤地从屁股下摸出一样物事，有气无力地叫唤道：“什么鬼东西，硌得我好痛!”倚弦看了看耀阳手中抓持之物，只觉在漆黑的夜色中眼前骤然一亮，不由怔住了，喃喃问道：“这是什么东西?”

只见那物是一个巴掌大小的圆形璧石，圆整无缺的璧面光滑透彻，流溢出紫青两种玄华异彩，更为奇异的是璧体上相辅相成的粗细石纹，勾勒出两个首尾相接的椭圆鱼体形状，一边纹路浮而有痕呈紫色，另一边纹路则隐而无迹现青色。尽管石璧纹理奇特，但整体看来却无一丝雕琢痕迹，浑若天成。

妲己远远见到此物，一双美目豁然一亮，心知那是经自己清除五彩神石的封印，又遭到方才三人元能合力拼击后，所呈现出的魔门千年秘宝——“归元魔璧”的本来面目。她心中又喜又恨，硬撑着娇躯站起身来。

妲己聚集恢复了几成的妖体元能，一边警惕地注视数丈外仿佛昏死的蚩伯，一边朝两兄弟踱步靠近过去，口中不忘威吓利诱两人道：“两位小兄弟，如果你们肯将手中那块石璧交给我，本宫今夜不但可以放你们一条生路，而且保证明天你们想要什么就有什么，荣华富贵、高官厚禄、千顷良田、万两黄金，应有尽有!”

耀阳与倚弦两人一愣，相互对望一眼，然后大眼瞪小眼地看着手中的璧石，不敢相信这东西竟有如此价值。耀阳正担心这妖女会否伤害他们兄弟，此时灵机一动，朝妲己大手一挥，厉声喝道：“你如果还想得到这块石壁，就不要过来！”

妲己心中大恨，想她一神之下万灵之上，纵横三界数百余年，如何受得了被两个无名小卒如此喝斥，但口中却仍故作娇嗔状，道：“怎么了，难道是不相信本宫所说的话？如若不然，本宫以天地三界众神万灵的名义发个毒誓如何？”

两兄弟见妲己自顾说着，脚下步子却丝毫不见停顿，心中免不了一阵慌乱。倚弦从耀阳手中接过石壁，掌指故意划出一个法印指诀，做出蓄集法能的威势，要挟道：“你再过来，我们就将它毁了！”

妲己闻言一愣，禁不住娇声大笑起来，想这“归元魔壁”遗祸千年，众神用尽手段也无法将其殒灭，而只能封印于五彩神石之内，偏偏这两兄弟竟自说要将其毁掉，如何不让她觉得好笑。

离两人距离愈近，妲己便越是注意到蚩伯的动静，此时眼看只是相差数尺之距，她暗自聚齐已恢复的几成妖能，口中说道：“毁掉也好，这样本宫还省心不少！”

两兄弟哪知手中璧石的渊源，听得妲己如此一说，一时间反应不过来愣住了。正是此刻，两人只觉眼前光影一闪，妲己的妙曼身形已仿若鬼魅般潜至两人跟前，却不待她趁机抢夺他们手中的“归元魔璧”，就听到桀桀怪笑声从三人身后传来。

“申公豹，你这个忘恩负义的叛徒，胆敢如此加害于我，我以‘本灵还血之咒’祈求九离蚩族上灵，你必将受魔狱万劫不复之刑！”

“妲己贱人，我岂能让你如此轻易得到圣璧，受死吧！”

随着蚩伯阴怖的话语响起，一股前所未有的强劲魔能力量将妲己、耀阳与倚弦三人团团围裹起来。妲己看着数丈外依旧匍伏在地的蚩伯，妖灵邪魄感应到浩大魔能的存在，恍然大悟，惊呼道：“元灵焚体魔诀！”

妲己当然清楚此法的厉害，以苦修宿世的魔灵异心为法引，焚尽千年魔身的元能根基，引天雷轰顶之威与对方同归于尽。其杀伤威力之强有若天劫临身，绝不输于妖宗的“灭元度厄诀”。

此时，她哪里还顾得上夺璧，已然急速运转通体妖能抽身暴退。无奈魔诀由内及外的强大拉扯力生出一股元能漩涡，将妲己的身躯箍定在丈许范围内，她越是施展妖能便越被吸力所牵制，骇得她花容失色，在阵中冥思苦想脱身之法。

耀阳与倚弦只觉那股魔能紧紧将他们吸在原地，无法动弹分毫，然后随着飓风般的魔能越来越快地旋转起来，两人只能相互扶持不让身躯被拉扯力旋起，暗自祈祷上苍开恩放过他们兄弟。

此际，已近子时的夜空天幕上，乌云骤然撕裂开来，一道蓝色的霹雳蓦地闪过，耀出炫目的耀眼电光，映照出茫茫风雨笼罩下的苍白大地，更将隐匿云层之外的天际诸星照得一清二楚，无所遁形。

北斗七星化合斗外二星，通过几个时辰的斗转星移，竟完全排成一线之列，九星连珠所指向的风雨夜幕中，依稀可见一轮淡淡的圆月清影。此时的月色正逐渐被耀目的星光所遮盖，慢慢沦入朦胧密布的暗影之中……

此情此景，赫然便是传说中“九星蚀月”的天体异象。

“蓬！”只听一声暴响，匍伏在地的蚩伯躯体猛然爆碎成粉，体内一道黑光冲天而去，引来一道紫焰狂雷。蚩伯的“元灵焚体魔诀”透析出庞大的阳极魔能，果然引发天雷隐动之势。

“轰！”

巨雷以迅猛不及掩耳之势狂劈而下，一举轰碎本就破旧的山神小庙，然后径直向魔能聚集的漩涡处奔袭而去。

就在天雷奔袭的瞬息间，妲己咬破中指指尖，挥洒出一蓬血雨，通体妖能蕴化其中，化作一尊血影分身被强劲魔能吸入元能漩涡之中，本体却趁机借“赤血遁”倒飞出十丈开外，脱离了“元灵焚体魔诀”的控制。

“蓬！”又一声震天闷响，天雷轰然击中魔能汇聚的漩涡中心，耀阳与倚弦两兄弟置身其中自是首当其冲，当场被洪大的天雷阳能击个正着，只见两人哼都没哼一声，便觉眼前一黑，什么也不知道了……谁知震响甫落，玄异至极的奇事也随之发生——

风雨骤停，天地间一片寂静。

天际夜幕中，九星一月的淡丽奇景清晰无比，赫然入目。

巨大的天雷浩能在击中兄弟俩的时候，竟万流归宗一般完全被导入倚弦手中的“归元魔璧”，巴掌大的璧石在收纳天雷之能后，浑然散发出一股紫青双色的浓郁魔能，覆盖方圆十丈以内，无形地在虚空中幻化形成一幅巨灵画面。

如雾如烟的双色魔能幻出两个头圆尾尖的鱼状形体，紫色一面虚无缥缈，青色一面充沛盈实，各自对居一方极向，首尾相接紧密相连，庞大的魔能将倚弦与耀阳两人的躯体吸至半空，分别包容在一面鱼眼之上。

“归元魔璧”急速旋转在魔能双鱼之间，巨大的魔能将附近的残垣败瓦激得飞射四处，随着魔璧转旋越来越快，到至极点之后终于缓下速度，慢慢停顿下来，幻化的魔能异图也逐渐消散。

十余丈外的妲己远远看到这一幕，望着方圆十丈土地受魔能侵袭后显出的一圆体凹痕，以及飘然落地的耀阳与倚弦两兄弟的尸身，一双妙目射出难以置信的异芒，喃喃道：“不可能的，这怎么可能呢？……”

妲己甚至顾不上体内元能的极度耗损，快步走至两人尸身中间，踢了踢他们已渐冰冷的尸身，拾起掉落在地的“归元魔璧”，得意万分地大笑起来。

然而不到片刻，妖灵邪魄的感应便令她的笑容瞬时僵住了。只因她已经感应到掌中“归元璧”的意外变化——魔门千年秘宝“归元圣璧”竟在顷刻间化作一把荧光闪耀的细沙从妲己的指缝间流泻出来，随风轻扬而起，飘散于天地之间，逐渐隐没……

神宗诸神苦思千年仍无法将其泯灭，魔门众族辗转千年也无法窥其堂奥的异宝“归元璧”竟然就这样破碎成粉，从此再也无复现世。

不但妲己想不透其中缘由所在，一直守望在“玄天八卦镜”后面操控一切，准备乘妲己力疲能尽之时伺机夺璧的申公豹等三人也是不明所以，呆若木鸡。

其实，即便是当年传承魔璧的魔神蚩尤、又或是级数有如元始天尊、女娲等等的神宗诸神亲至，怕也是无从知晓此中奥妙。

妲己似有所悟地望向耀阳与倚弦两人的尸身，沉思良久，然后一双玉手按向两人小腹丹田渊海之处，果然惊觉异象，一冷一热的气流忽聚忽散，奇怪无比。她凝神掐指盘算半晌，自语道：“原来如此，原来如此……”

想通其中关键之处，妲己玉指如钩凭空轻掀而动，一股微弱妖能透体而出，将山神庙前的土地完全掀翻过来，打乱了一切固有的痕迹，然后抓起两人的尸身腾空而去。

寒风骤起，乌云遮天，雨又开始下了。

申公豹立于商灵山巅，脸色变得阴晴不定，摇头自语道："怎么会发生这种变故呢……"沉思片刻后，对身前柳琵琶和喜媚二女沉声说道："你们两人现在速速回宫监视那只骚狐狸，她不会无缘无故拿走那两个小子的尸体，这其中定然有蹊跷!"

两女应声答应，柳琵琶贴身问道："那你呢?"

申公豹露出一个高深莫测的神秘笑容，道："蚩伯既然已经灵元俱焚，我现在必然要去找一个人来牵制那个贱人，至于他是谁，到时你们自会知道！我先走一步了!"

"慢着!"柳琵琶娇嗔一声，道，"小妹有一事相求，不知申公能否满足我的一个小小要求呢?"喜媚不知她究竟有何要求，有些意外地瞥了柳琵琶一眼。

申公豹虽然略觉诧异，但表面仍是一副淫笑的样子，道："柳妹有什么事情尽管说，我们现在可是一家人了!"

柳琵琶行前两步，故意将丰腴的身体再度贴了上去，声音几乎柔媚到极点，道："小妹方才见你弄的那面镜子和几张小符，好像很好玩似的，不知可否借给小妹玩上几日?"

申公豹心中咯噔一下，知道这妖妇想试探自己，虽然他对这"金傀符"也是不舍得，但毕竟还是大事要紧，当下心里暗骂着将符巾拿出，硬摆出一副豪爽的样子递给柳琵琶，道："这'金傀符'我就送给妹妹了，但那面'玄天八卦镜'却是取信某人所必须用到的，所以暂时还不能借，还望妹妹不要见怪才好!"

"没关系，正事要紧嘛!"柳琵琶接过"金傀符"，心情兴奋之余，当然不忘送上香吻一个，还不断以身子在申公豹身上似有似无地上下摩蹭，极尽妖媚惑神之能事。

申公豹借机大逞一番手足之欲，然后口中念动咒言，仅只片刻间，黑虎“天乌”腾空而至，神情悲凄地朝申公豹呜呜了几声，显然已经感应到主人蚩伯之死，申公豹故作安慰地轻拍了拍它的额顶，轻声道：“既然你的主人已经不在了，以后你就跟我继续修炼吧！”

天乌通灵地颔首以示答应，趴低身躯让申公豹坐上自己的背脊，申公豹一脸得意之色，朝柳琵琶与喜媚挥手示意，骑着天乌驾空而去。

“姐姐果真好手段！”喜媚极是羡慕地看了看柳琵琶手中的符巾，望着申公豹远去的踪影，向柳琵琶投以一个疑惑的眼光，问道：“姐姐，你说他会去找谁呢？”

“还能有谁？”柳琵琶冷哼一声道：“如今整个朝歌城有能力与妲己那个贱人相抗衡的，除了你所说的那个姜子牙外，便只剩下一个——闻仲！”

“对啊！”喜媚恍然大悟道，“九离魔族的宗主闻仲闻太师，我怎会忘记了呢？”

说到这里，柳琵琶满意地看了看喜媚，望向申公豹离去的方向，一脸不屑地说道：“咱们就让申公豹先得意一阵再说，待到妲己与闻仲俯首之日便是他受死之时！哈……妹妹，咱们也走吧！”

各怀鬼胎的两姐妹兀自祭起妖法向朝歌方向遁空而去。

夜已经很深，风雨渐弱，静寂的阳明山上还是来了一位特殊的客人。

一头鹿角牛首、马身驴尾的道兽驮着一位道袍老者悠然而至，老者似乎有备而来，径直驱使坐骑来到方才被天雷轰为平地的山神庙处，喝停坐骑然后跃下身来，仔细查探遗留的杂乱迹象。

借着夜幕中偶尔闪过的霹雳电光，可以见到那老者原来是来自天命异馆的姜子牙。他看着破碎不堪的庙宇残垣，乱糟糟的土层泛出清新的泥土气息，已然看不出任何从前的痕迹，怅然若失地说道：“还是晚来了一步！”

姜子牙俯身找寻了半天，依然毫无所获，唯有摇头立起身来，遥望那隐藏在天际之中的星月异象，久思不得其解道：

“九星蚀月，虽说是天心异象，难免会有与常不同的事出现，但七月十四始终是至阴至牝之夜，怎么都不会无端爆出天雷袭世之兆！如若不是妖魔应天劫而亡，便应该是异宝现世才对！”

姜子牙再次环顾四周，玄灵道心蓦然感到一阵莫名浮躁，不由念头一动，至强道法由心而发，他玄袖挥舞，袖中手指迅疾划出一道金光“引”字，掌指玄能迅速在身前布成一层灵光感应阵势，盈盛的光芒四射而出，紧接着姜子牙左手五指掐出“浩然法印”，口中闷喝一声：“赦！”体内玄能化散开来，将面前的“金光法引”燃点更甚。

只见山间十余丈范围内，在金光映照下恍若白昼，依稀可见飘浮在夜幕中的一团晶莹玉粉，在数尺虚空中浮浮沉沉、时聚时散，始终不会因风雨浸袭而飘移散乱。

姜子牙感应到粉状之物所散发出的异样气息，不由长眉紧皱，玄袖随手挥拂一圈将那团晶粉尽数囊于掌中，低头细细审视那些晶莹剔透呈现紫青二色的粉尘，玄灵道心可以深切地感知到它们的天生异禀。

姜子牙沉思良久，喃喃自语道：“看来是拜见师尊的时候了！”他心念一动，旁侧的坐骑便来到他身边，俯身让姜子牙座上。姜子牙轻拍怪兽的牛头柔声道：“老友，又要辛苦你陪我走一趟了！”那道兽轻嘶一声牛鸣，四蹄踏风直上虚空而去。

昆仑山。

元始天尊轩然卓立绝崖边，任罡风拂荡起宽大的道袍，发出咧咧声响。

他看着眼前激荡翻腾的云雾，想起方才骤现即逝的熟悉而可怕的魔极力量，已千年不波的玄灵道心也禁不住一阵心悸，不由长眉紧皱，仰首长叹道：“天地间浩劫难避，众生万灵又将遭受涂炭，天意如此，你我又能如何?”

一位身着五色盛装的绝美女子立在他身旁丈许处，长发素髻下淡眉朱唇、玉面娇容，一双炯炯凤目射出如电神芒，更兼一点神砂朱印隐现于眉目之间，透出三界无上的圣颜威仪。

只见她在崖边思量许久，不无疑虑地问道：“自从经历跨越数千年的刑天、蚩尤二次神魔大战之后，妖宗元气大伤早已遁迹三界，魔门异族精英尽丧也平静了这么多年。照常理推测，任何魔门后起之辈都不应有方才那般强悍的魔身元能才对！”

元始天尊面色沉重，凝神注视着漫天云雾外的苍茫天地，道：“九星蚀月之象，千年难得一遇！这是否已经预示出某种征兆呢？”

绝美女子颔首叹道：“天地伦常之奥秘，实非我等这般得窥玄机小术之辈可以把握。唯今之计，也只能召集神玄二宗的弟子，见机行事随机应变了！”

元始天尊点点头，遥望崖前茫茫深邃的缭绕云雾，忽而淡淡道：“子牙来哩！”

绝美女子立时心有所动，翘首往南面天际方向望去。

果然不到片刻工夫，姜子牙驱策四不像道兽驾空而来，远远便按下云头落足山间，翻身下了坐骑，快步走到崖前，恭敬地朝崖巅二人屈膝跪礼，道：“弟子姜尚拜见师尊与女娲娘娘！”

元始天尊挥挥手，慈颜笑道：“子牙无须多礼，起来吧！”

女娲见姜子牙神色稍显匆忙，问道：“听天尊说，你已被派往下界督察群魔，不知可曾查出些什么呢？”

姜子牙恭敬回道：“回禀师尊、女娲娘娘，弟子明查暗访了多年，发现魔门五族各守居地，表面上看起来一切都很平静。只是……”

元始天尊听他欲言又止，道：“只是什么？但说无妨——”

“是！”姜子牙哪敢违逆师令，道，“魔门异族虽然并无动静，但是妖宗诸多妖物似乎不甘雌伏，匿伏四方蠢蠢欲动，尤其现在的殷商皇庭之内，淫乱不堪，妖气冲天！”

“哦？”女娲轻咦了一声，有些恍然而悟地说道：“原来子牙方才心存芥蒂不敢直言，是因为担心我袒护众妖的缘故！”

姜子牙慌忙躬身辩解道：“弟子不敢！”

女娲轻叹一息，道：“非是我素来偏袒天地众妖，只是因自身从修真到得道这一路走来，自问非常明白那些介乎于天地万物之间的一众灵物，体恤它们修行不易，是以从前对它们总是颇多照顾。但是既然事关万灵苍生，我又怎会一直徇私呢？”

姜子牙闻此一说，心中感到惭愧不已，当即跪伏于地，道：“弟子知错了！”

女娲不以为意地轻抬玉臂，柔声道：“此非常时期，子牙受命于天尊担此重任，行事谨慎思虑周全，乃天地苍生三界六道之福，何错之有？快快起身！”

元始天尊微颜一笑，点头示意姜子牙起身。

姜子牙这才站起身来，道：“子牙明白哩！”

女娲踱步崖前略一思忖，皱眉道：“至于子牙刚刚所说有关于殷商皇廷之事，我认为其错还是在于殷纣，其人生性荒淫无度，才招至众妖投其所好淫乱宫闱。由此注定成汤气运黯然，当失天下。再则，天命所归，改朝换代，已势在必行，就暂且由得它们去吧！”

姜子牙点头应声答道：“娘娘所言甚是！”说着从怀中拿出一樽玉瓶，双掌呈递向前道，“昨夜七月十四九星蚀月，朝歌城外阳明山中竟意外遭到天雷轰击，这是弟子在雷击地域附近找到的一些奇怪物事，请师尊及娘娘过目！”

元始天尊目光一引，凌空将玉瓶平稳摄取过来，却一拨开瓶口的封符，便见到无数紫青二色的微粒瞬时自行流泻而出，漂浮在崖前虚空中，相互之间有意无意的交接触碰，仿佛引发一种力量似的，促使它们纷纷转旋而动，竟完全不受崖前凛冽罡风的吹袭，始终聚集在数尺范围内。

女娲抬臂轻扬玉指，玄功微溢便已摄了些许粉末至掌中，任它们在掌心数寸之内的玄法结界中转旋飘荡。细细体会其中所藏的玄机，一阵无比熟悉的感觉涌上心头。但见她瞬时面色大变，眼神中投射出难以置信的迷茫神情，惊呼出声道：“归元魔璧！”

元始天尊此时闻言更是大惊失色，注视那些悬浮在虚空中的粉尘，喃喃道：“这怎么可能呢？难道这归元魔璧真是被那道天雷轰成这样的？”

“弟子不清楚，不过这些粉尘确实是在天雷轰击过的地方发现的。”姜子牙尚属首次听闻“归元魔璧”的存在，于是备感惊奇地问道，“归元魔璧是为何物？”

元始天尊摇头轻叹道：“归元璧已祸延数千年！更牵涉到两次上古神

魔大战，说来话长……”

女娲凝神遥望前方，神思仿佛又再追忆到上古时期，缓缓道：

“自从上古洪荒纪年起，神、魔、玄、妖四宗便并立于三界六道之中，因法宗、道统以及利益等诸多因素的争执，致使纠葛不断，恩怨颇多。而魔妖二宗虽慑服于神玄二宗的实力之下，却始终妄想着有朝一日可以改天换地，主宰三界六道！但这一切直到魔帝刑天氏的崛起，才算真正付诸于现实——”

“魔帝刑天氏，乃当时魔门夷方一族的宗主。不知从几时开始，此人凭借诡秘难测、莫名强大的魔能力量收服所有魔门宗族，并且号令天下万妖也俯首听命，从此与神玄二宗分庭抗礼处处为敌，甚至为了达到征服天地的疯狂目的，他逐步开始酝酿打破天地之间亘古永恒的三界六道的平衡……”

姜子牙曾经听师尊说过有关三界六道、天地平衡的传说，当即疑惑地问道：“究竟刑天氏是如何掌握到其中奥秘的呢？”

“这等玄法数术不可测之天机，连三界众神都无能为力，是以根本无人可知当年刑天氏是如何得知此中奥秘的！”女娲神情略显茫然，联想到数千年前的神魔乱世，不由喟然一叹道：“也没有人能知道，打破三界六道平衡后的天与地会是什么样的……”

元始天尊随之发出一声长叹，接口续道：“子牙，这其后发生的事我都已经说与你听，故而无须再一一重复了。关于‘归元魔璧’，其实是刑天氏在伏法前唯一留给魔门的——关于天地力量之源的密匙！”

“密匙？”姜子牙道心一震，看着那些不知名的晶体粉尘，喃喃道：“弟子记得上次师尊不是说，盘古上神已经找到天地力量的源头所在，尽管上神最终仍然无法解决这个危机，但弟子相信，只要众神齐心合力也定当不会再让魔门得逞！”

“谈何容易！”元始天尊苦笑道：“众神当时只能从盘古上神殒灭后仅剩的残余灵念中得知整件事的始末……于是在平定魔帝刑天氏之乱后，当时仅剩的神魔玄妖四宗力量，便围绕着‘归元魔璧’又展开了一场延续近千年之久的明争暗斗。却等到魔神蚩尤的出现，我们才恍然大悟，其实‘归元魔璧’一直被魔门所藏匿！”

姜子牙已然从中猜到事情的大概，惊声道：“原来魔神蚩尤之乱，便是缘自这块‘归元魔璧’？”

“不错！”女娲细述原委道，“魔神蚩尤，是当年魔门九离一族的宗主，其人不但一身魔功盖世，而且精通机智谋略之道。他看透人心为己为私的丑陋，寻机挑衅人间界九九八十一个部族相互争斗不息，令生灵涂炭，连天地都为之震惊！”

姜子牙略作思忖，问道：“蚩尤挑衅人类自相残杀，难道对魔门有何帮助不成？”

女娲远眺天际，静静解说道：“天地间万事万物的生荣衰亡都是一种固有的规律，任何变化只要超出大道至理的极限，都将导致穷极必反的反噬。水火、阴阳、正邪、生死……诸如此类，皆同此理！”

元始天尊接着说道：“三界六道的平衡便根于此，因为这是一个非常微妙的循环更替过程，天与地同，道与玄同，法与人同！蚩尤显然悟到此中道理所在，所以千方百计让人类相互厮斗争杀，企图以此扰乱三界平衡。而与此同时，他更在实施一个惊天动地的大阴谋……”

姜子牙惊问：“大阴谋？”

“正是！”女娲肃然道，“魔门排名足以跻身于玄妖二宗之前，绝非虚有其表，而是因为魔门法修体系确有其过人之处。当年蚩尤引至人类部族自相残杀，便是想聚敛那些在战场上含怨而死的魂灵之体，修炼一种‘灭天绝地噩灵噬魂魔功’！”

元始天尊见姜子牙透出不解的思索神情，微笑道：“子牙，你是否在想蚩尤既然已经领悟‘归元魔璧’的奥秘，又何须如此麻烦去炼那什么魔功呢？”

姜子牙恭敬答道：“弟子正有此问！”

元始天尊道：“其实‘归元魔璧’极其类似于神玄二宗的净身加持法器，最大的助益便是开启体脉诸窍，力求可以达至修行的极限，然后再将修真法引植入受炼者体内，令其人以此为根基，苦修积累以求更高的境界！”

语气稍顿，元始天尊又道：“或许魔璧之中藏有关于三界六道尽头的指示，但众所周知的是，那处境地早已被盘古上神以圣灵元真封印了将近千年。相信以蚩尤之能也不能将其破除，故而他以魔璧潜能为基，纳万千怨灵魂体为引，修炼这惨无人道灭绝人寰的旷世魔功，试图通过此功去破解盘古上神的封印。”

姜子牙露出恍然而悟的神情，禁不住问道：“那后来呢？”

女娲应声说道：“后来涿鹿一战，魔妖二宗完全败于诸神之手，蚩尤更被其后统一华夏万千部族、当时被誉为玄宗第一人的——轩辕黄帝所灭，‘归元魔璧’也被众神所收，封印于五彩神石之内。至此上古两次神魔之乱终告结束！”

姜子牙讶然问道：“既然魔璧已被封印五彩神石内，为何现在又重现人间呢？”

女娲闻言面现愧色，道：“这千百年来，此璧一直存放于我‘灵鸾宫’之中，今日若不是见了这些璧粉，唤起尘封千年的灵应，我一时间恐怕还不会知道，此璧竟然早已被人窃走，而且依现状来看，潜藏璧石中的魔能显然也已被人取走。”

元始天尊神情凝重，思忖到三界从此多事，不由喟然一叹。

姜子牙沉吟再三，又再问道：“敢问师尊与娘娘，放眼这三界六道，胆敢染指归元魔璧的，最有可能的会是谁呢？”

元始天尊道：“如果单以能力而论，能潜入‘灵鸾宫’盗走归元璧的法道高手，三界六道绝不会超出五个，这几个人或是妖中之王，或是魔中至邪，又或外道之祖等等，皆是成道于首次神魔之战，而又在第二次神魔大战中得以侥幸之辈，虽然他们销声匿迹已达千余年，但都有窃取归元璧的可能性。”

女娲寻思片刻，接口道：“其实在三界之中，知悉归元魔璧者少之又少。若是说到试图染指者，除去天尊所说的那几人以外，魔门五族自是首当其冲，只因归元璧本为魔门之物，像刑天、九离二族更是当年魔璧风波的始作俑者，故而其本族之中定然有相关解密卷籍遗留下来，所以此次魔璧元能被人从中取走，最有可能便是他们所为！”

语罢，女娲又自一叹，道：“可惜，我们神玄二宗为此曾多次遣人潜入魔宗族地，试图窃取有关归元璧之秘的秘籍，但最终的结果都是功败垂成，然后随着时间的推移也就不了了之……”

女娲摇头不语，绝艳无匹的脸庞上现出颇多遗憾的神情，道：“事已至此，多说无益。我这就赶往天庭请罪，也好汇集三界诸神商讨对策，就此先行告辞了!”

说完这番话，女娲玉掌轻扬，将汇集在崖前虚空中的晶莹璧粉一并收于掌中，然后朝元始天尊盈然告礼，娇躯轻移腾空而起，青鸾圣鸟便已凌空飞至，载着它的主人直入云霄而去，远望天际只余下一阵飘雾渺影。

姜子牙眼望女娲离去，想到方才心中的疑问，回头问师尊道：“既然魔璧遗祸无穷，为何众神不干脆将它毁去以绝后患呢?”

元始天尊摇头道：“也不知那璧石是何物所生，我们当时用尽方法也无法将其破灭，甚至因此激发出它潜藏的魔能，险些伤了己方的几位神将……

再说，纵使毁掉魔璧，天地力量之极也始终存在。而且除了‘归元璧’之外，我们根本无法肯定魔门是否还有类似物事。所以，倒还不如将魔璧留下，只要可以掌握其中玄机，知己知彼才不会落于被动！谁知事过千年，道劫又至……”

元始天尊又自一叹，道：“为师现在也要赶往天庭，与诸神共商应对之策。子牙，你且回返朝歌，一切顺其变化随机应变吧!”语罢，元始天尊便腾空驾雾而去。

“谨遵师尊法旨!”姜子牙应声点头，然后目送师尊离去，也唤来四不像道兽，径直往朝歌去了。

第八章　冥界公主

却说耀阳与倚弦从混混沌沌中醒来，缓缓睁开眼睛，只觉眼前一片昏暗，远远望去，他们身处的地方是一个无际无边的荒漠，空荡荡的静寂中，只能听到阵阵阴风怒号，夹杂着似乎无处不在的莫名嘶厉声，到处充满诡异恐怖的气氛。

不知身在何地的兄弟俩瞧着这个陌生的地方，想起方才深印脑海的那一幕经历，都有一种庆幸逃出生天的激动心情。

耀阳不敢相信地问道："小倚，咱们是怎么逃出来的?"

倚弦也是万万没有想到，他们兄弟竟能从魔妖两大高手的控制下脱身，大惑不解地摇摇头，苦笑道："我也不知道，记得当时我们明明已经被蚩伯困住，然后又被天雷击中……但我现在连丝毫受伤的感觉都没有!"

倚弦的话还没说完，便发现耀阳傻愣愣地盯住自己的手臂，神色极其不对，急忙问道："小阳，你怎么啦?"

耀阳却不答他，只是摇了摇头深吸口气，闭上双眼喃喃道："一定是幻觉!"可当他再次睁开眼睛看了看自己的手臂，眼神中终于露出绝望的神情。

倚弦大惑不解地问道："小阳，你到底怎么啦?"

耀阳眼大无神地看着倚弦，半天才颓然道："小倚，你仔细看看自己的手!"

倚弦虽然不知道耀阳在搞什么，但还是依言照做，当他举起自己的双手细细观看之下，竟不由自主地惊呼出声："这是怎么回事?"

原来本该是血肉充盈的双手，此时在昏暗的环境中隐现虚幻，竟然可以看个通透淋漓。倚弦再抬头注视面前的耀阳，更是吃惊尤甚。方才似乎刚刚醒转，再加上环境昏暗，倒还看不出什么。此时一再细细端详之下，才发现包括自己的身体在内，都像是用浓稠隐雾做成一般，可以透过身体看到背后的一片荒凉。

倚弦大吃一惊，由不得颤声道："这……这怎么可能？难道我们已经……"想到心中猜测的某种可能之后，倚弦顿觉一股凉意由心而起，再也说不出半句话来了。

"不错，你们已经死了！"

忽然，只听一口阴冷至极的沙哑声音从他们身后传来，两兄弟骇然回头望去，一阵嗖嗖风声中，两个以面具遮面的人正从数十丈外急掠而至，几个若隐若现的身形起落，便站在了兄弟俩的面前。

只见那两人一个戴的是马脸面具，另外一个却是牛头面具，身着漆黑一片的奇装异服，宽松的袍服下，依稀只能在身形上分辨出一个高瘦，一个矮小。

高瘦的牛头面具嗓音枯哑干涩，语气更是仿佛不沾一丝人气，阴阴冷道："这里便是传说中的冥界，我等乃是冥帝座下引魂使者……"

牛头面具的话还没说完，他身边的马面使者便好奇地接口道："看你们两个年纪这么小，就早早枉死了，可真算得上是名副其实的'倒霉鬼'，嘻……"倚弦与耀阳听她的声音如珠走玉盘般美妙无比，再加上有若银铃般的清脆笑声，就立刻分辨出两人是一男一女，且年龄差距很大。

马面使者虽然声音悦耳动听，但所说内容却让人实在无法接受，倚弦与耀阳虽然已有心理准备，但闻言之后还是不免心跳加速，沮丧绝望的感觉也随之袭来。直至此刻，倚弦又想起姜子牙的命相断言，心中由不得黯然一叹，他们兄弟的遭遇果真应了一句老话——"生死由命"！

牛头使者轻哼了一声，不但对两人的反应没有感到丝毫奇怪，而且在他不屑一顾的眼神中还流泻出分外享受的虐待快意。

马面使者相反对两兄弟还是不错，见他们一副失魂落魄的表情，竟然出言安慰道："生死由命，你们不必在意太多，每个人最初到这里多少都有这种反应，习惯就好哩！其实这里应该跟上面是一个样子吧，虽然我并没去过……"

马面使者的话虽如此说，但言语之中还是掩不住有些遗憾与向往的意味。说着，她指了指那牛头使者，道："你们叫他牛使者就行，至于我嘛，叫，叫我人儿吧！"她似乎极其满意这个名字，格格笑了起来。

耀阳与倚弦虽然不想接受这个残酷的事实，但是经过这个自称人儿的引魂使者这一搅和，两人的心情总算好了许多，毕竟两兄弟从小便过惯了风雨飘摇的日子，性格中早就有了随遇而安的本能。

耀阳随意打个哈哈，装作一副满不在乎的神情，大大咧咧地说道："其实也无所谓，我们在上面也是混，现在到下面也是混，又有什么区别。小倚，你说呢?"耀阳说到最后习惯性地用肩碰了碰倚弦，以示询问。然后又凑到倚弦耳边低声说道："这人儿肯定又是一个美人儿！"

倚弦哪想到这小子到了阴间还是一副老调调，不由又好气又好笑地耸耸肩，但最后还是忍不住偏脸小心地看了看那个叫人儿的引魂使者。耀阳窥探到倚弦这个眼神，立时不怀好意地大笑起来。

人儿好奇地看着眼前这两人，眼神中闪烁出既兴奋又好奇的异样光芒。

倚弦见下意识的动作被耀阳揪住，而那个人儿的目光又好奇地望自己看来，不由只觉俊脸一阵发烫，好在冥界终年阴雾低沉，而且人身灵体又不会喜形于色，所以一时间谁也看不出倚弦的窘样。

牛使者冰冷的声音又再响起，才适时为面嫩的倚弦解了围："时辰到了，走吧！"

初到人家地头便遇到这等凶神恶煞，耀阳与倚弦哪敢有半点不从，只好跟着二人往前便走。几人缓步穿行在那片阴雾荒漠之中，兄弟俩好奇地左顾右盼，明明看上去一片空旷无边的荒漠，竟然在不到一盅茶的时间便走到了尽头。

阴雾弥漫的尽头是一个怪石林立的狭窄地域，两侧石壁尽是湛现异芒的尖锐仞石，层叠朝上，仿佛直插入始终阴朦低沉的虚空之中，一条光秃秃仅容三人通行的碎石小径展现在眼前，蜿蜒孤单地伸向远方。

石径的隘口处矗立着一块高约九尺的石碑，其上篆刻鲜红似血的“冥界”二字。

四人举步前行了片刻，耀阳只觉石径方向有一股寒气扑面而来，脚下步子一顿，灵体不由自主打了个寒战，面对这传说中的冥界阴间，他心里直打鼓，禁不住向人儿问道：“我们这是要去什么地方？为什么忽然会这么冷呢？”

“冷？”其他三人都不由停步一愣。

倚弦大惑不解地看着自己兄弟，因为他所感觉到从石径那头传来的气息，是一种说不出来的舒适，不但可以让他静心凝神下来，而且有种令他越来越清醒的感觉，所以他还以为这是耀阳故意整出来的小花样。

人儿用古怪的眼光不断打量耀阳，好奇地说道：“怎么会呢？人的灵体一旦脱离肉身，便不再受体脉气血等诸多束缚，又哪来的寒凉温热之感呢？”

牛使者的冥灵魂体明显感应到身后两人的蹊跷，心中惊奇不已，因为这两人一个给他一种亲若同宗的感觉，另外一个竟能让他由心生出一丝惧意，这是从未有过的事。而且他自问引领过无数魂魄灵体，更是从来没有见过像他们这般充实盈足的灵体。这一切显得实在匪夷所思！

“是这样的吗？”耀阳口中虽是这样问，心中却仍是感觉疑惑难解。

倚弦也是疑惑，又再问道：“那么为什么我仍然感觉可以像阳间一样有气息呢？”说着特意用鼻息努力抽吸了几下。

人儿一副见怪不怪的口吻，道：“灵体乃肉身三魂七魄所聚，在阳间尚且需要天地之气暖活，何况是在冥界呢？如果阳间人丢了魂魄就会气息紊乱、神志不清，而冥界灵体如果魂魄不齐，则会行尸走肉一样，僵硬而且毫无气息可言！”

耀阳与倚弦再度细细审视自身灵体，但不管他们怎样去感觉，始终都无法觉出现在与阳界有何不同之处。倚弦好奇心大起，习惯地在脑中思索

《玄法要诀》的内容，无奈找不到任何关乎灵体的叙述，只能不解地问道：“请问，聚成灵体的三魂七魄究竟是什么东西，跟阳间的肉身有什么不同吗？”

人儿好奇地打量了倚弦一眼，道：“你们二人好怪！寻常的魂灵下到这里，只会痛哭流涕，不停地求饶告悔，一路叫嚷着诸如不想死一类的话！你们倒好，好像还很习惯似的，问这问那，难道准备在这里常住吗？”

耀阳打个哈哈，装作文绉绉地感慨道：“这或许就叫作随遇而安吧！”

怪怪的谐趣模样惹得倚弦与人儿失声大笑起来。人儿娇笑连连，白了耀阳一眼道：“其实，灵体的三魂七魄指的是肉身的本元命根！人，能够存活于阳界，靠的便是肉身吐呐排浊的滋养与本元命根的思感神识，二者缺一不可，至于本元命根中所藏的三魂七魄，乃是天地间最为神秘的奥妙之一！听我娘说，即使是神玄魔妖中再厉害的人物，都没有办法超脱魂灵魄体而存在，因为任何的修真之法俱是针对它才能生造变化而出……”

牛使者的干咳声适时打断了人儿的说话，显然是指责她说得太多的缘故。人儿吐了吐舌头，止住了话头，对着兄弟俩指了指牛使者，摆出无能为力的手势。

兄弟俩咋咋舌，不敢再多问什么。不过奇怪的是，刚刚那阵寒意一过，耀阳的灵体很快就适应了过来，一股暖暖的感觉随之充斥体内。他见自身灵体已无异样，识机将话题一转，道：“刚刚或许真是不习惯的原因吧。哈，对了，人儿你还没有告诉我，咱们现在要去的是什么地方？”

“阴阳界，生死河……”

听牛使者阴声鬼气一字一顿地说完，耀阳与倚弦都禁不住感到心中一寒，噤若寒蝉地站在原地，一句话也不敢再问。

人儿注意到两人的惊恐神情，忍不住噗嗤一声笑了起来，道：“其实也没什么的，千万年来还不都一样，只是一条混混沌沌的水沟罢了！”

牛使者不由为之气结，大力摇晃着牛头面具以示他的不满，却又不敢说些什么，只能率先朝前走去。

看不出这个人儿虽然表面上年纪尚小，但那个牛使者却一副不欲开罪她的表现，令耀阳与倚弦兄弟俩对她禁不住开始另眼相看。

“不如趁现在还有些路程，你们说说人间的事给我听听！”人儿见牛使者识趣地走开，问这问那更是毫无忌惮。

耀阳原本就天生健谈，此时正适时宜地发挥出来，不时妙语连珠逗得人儿娇笑连连。人儿当然也不会忘记一旁惜字如金的倚弦，时不时主动发言相询人间的事情，倚弦也都如实奉答，走不到一段路，三人之间的气氛已经变得相当融洽。

正当三人相谈甚欢之际，牛使者阴冷无情的声音赫然响起：“到了！”

三人同时止步，原来他们已经不知不觉走到了石径的尽头，耀阳与倚弦抬头向前望去，只觉眼前豁然开朗——

石径两壁的仞山至此便如同被一把擎天利刃劈开一般，一分为二，在阴沉浓郁的雾气中一条宽达十丈开外的大河横跨两岸仞山之间，一座索桥横卧河上，从他们脚下一直延伸至阴雾朦胧的前方……

“这难道就是生死河与奈何桥？”耀阳好奇地问，“奇怪，这世上每天都有人生生死死，怎么今日看起来好像很冷清一样！”

“不错，这就是你们阳界传说中的生死河与奈何桥！”人儿点点头，又摇摇头道：“平日里是很热闹的，我也不知道为什么这个时辰竟会如此安静？”

倚弦憋了半天，这时也忍不住问了一句，道：“听你刚才说，人死后因灵体不再适应阳界的阴阳气运，会随着阳清则升、阴浊则降脱离阳间五行的束缚，来到阴界……那么像你们这样的引魂使者应该有很多才对！”

“是啊，他们平常都会驻守在你们刚刚下来的地方——冥域广漠。不过，今时倒也奇怪，我还真没看见其他引魂使！”人儿寻思了片刻，转向牛使者问道，“牛大叔，你知道是怎么回事么？”

牛使者听她问话，迟疑了半晌才缓声和气地答道：“只因这个时辰是千年难遇的九星蚀月之劫，寻常引魂使修为尚浅，只能回归冥庭避应天劫！”

“哦！”三人同时似懂非懂地点点头。

“该上路了！”牛使者有意无意地瞥了人儿一眼，然后先一步踏足在奈何桥上，将手往耀阳与倚弦身前一领，语气再度变回阴气森森。

“一过奈何桥，三世因果便不再重要。”人儿岂会不知牛使者在暗示什么，避开两人站到一边，然后叹了一口气，对兄弟俩依依不舍地说道，“小阳、小倚，人儿觉得很高兴能够认识你们，更谢谢你们告诉我那么多关于人间的事！你们一路走好，重入轮回以后记得要好好做人！”

“我们一定会的！”耀阳与倚弦心虚地应声踏足奈何桥，跟在牛使者的背后走上晃悠悠的桥索，两人再次回头向人儿做了个作别的挥手，然后朝阴雾重重的河对岸行去。

就当牛使者带领两人走到桥中央的时候，倚弦低头望着桥下雾色中若隐若现的生死河水，停住脚步轻咦了一声。耀阳也跟着停步，问道：“怎么了？”

倚弦指着桥下的河水，惊异地说道：“你看，这生死河的河水竟然是这样的……”

耀阳顺着他的指向看去，果然发现生死河的河水与别不同的地方。

透过朦胧的雾气定睛看去，生死河的原貌一时展露无疑。原来一条河竟然可以掺杂两种不同的河水，只见一黑一红的混沌水流浑然一隔为二，紧密无间又互不干扰，静寂无声地向前奔流。

正当两人感到新奇诡异之时，一股莫名大力如潮水般从四面突如其来地涌了过来，将两人的身躯紧紧阻隔在奈何桥的正中位置上。

此时，两兄弟感到自己的灵体再也不受自我控制，灵体前后好像都有一堵无形的墙挡住了他们，既不能进前半步，也不能退后半步。两人相互对视一眼均感怪异。

牛使者感应到他们灵体被困的情况，诧异地瞧了两人半天才道：“生死河上奈何桥，乃是三界六道阴阳之气的交汇地，但凡阴阳二气超过界定限制的灵体便无法通过，容不得半点偏差。但即便是神魔玄妖四宗寻常弟子的灵体过界，也不至于会出现这种情况，除非是已经得道的法统传人……”

人儿这时赶过来听到这番话后，惊异万分地盯视眼前兄弟俩，面具后的眼神中尽是难以置信的怀疑。

“得道?”兄弟俩同时挤出一丝难以自已的苦笑，试想如果不是被那个什么东圣道的蚩伯所欺骗，他们又怎么会连性命都弄丢了。

牛使者沉吟半晌，正色道：“此事非同小可，必须及时上报冥帝，否则……”正说话间牛使者忽然顿住，似有所感地望向来时的方向。

倚弦、耀阳和人儿三人看着牛使者欲言又止的惊疑表情，都弄不懂是怎么回事，然后循着他的目光往后望去，可是来路仍然是一片昏暗，视线根本及不上数丈远的距离。

人儿好奇地问道：“牛大叔，怎么啦?”

牛使者面色凝重，看了眼前的耀阳与倚弦一眼，沉声道：“有人来哩!”

话音未落，茫茫阴雾深处，劲风破空之声业已传来。不等这边几人作出反应，一个娇嘀嘀的喝斥声传来：“两位引魂使，请慢行一步!”

倚弦与耀阳都听出这等熟悉的声音，心中一阵紧张，大感不妙。两人虽然想即刻离开此地，无奈他们被生死河上的那股大力紧紧缠住，怎么也脱不了身。

马使者和人儿感应到强劲妖能的逼近，及时做出防备架式，人儿更是紧张地问道：“牛大叔，来者何人?”

人儿的话甫一出口，桥上四人便见到朦胧阴雾中走出一位黑纱罩体、雪肌隐现，不论容貌身段都引人遐思的娇媚女子，已经俏然盈立在奈何桥头。

正是自称为万妖之后的千年狐妖妲已。

耀阳与倚弦兄弟俩不由对视苦笑，心中均想难道人死了这妖怪还不想放过他们不成?两人想到妲已的可怕，忽然感到哪怕是躲入冥庭之内，也好过落入妲已之手。

只听牛使者怒喝道：“尔乃何人?可知擅闯冥界是何罪名吗?”

妲已一脸不屑地瞟了牛使者一眼，然后一脸正色地说道：“以你小小一个引魂使的身份，还不配问本宫是谁！你只需要将这两个灵体交给本宫就行了!”

牛使者闻言吃了一惊，只因搞不清楚对方的底细，是以试探着说道："不知阁下是哪位上神的弟子，请报上尊号，只因擅自拘放灵体的罪名我实难担当得起，还要向上请示才行！"

人儿素来娇纵任性，此时哪能容忍妲己的嚣张气焰，厉声冷笑道："难道只要是诸神弟子，便可以随意到冥界来撒野吗？"

妲己闻言冷哼一声，也不多说，只见她的身形在几个飘然闪动之间，妖宗至强的"魅影幻法"便已施展开来，欺身抢入桥上四人身侧。果然不愧是妖宗顶尖的高手，根本不等牛使者与人儿反应过来，妲己已将耀阳与倚弦从桥上挪了出来。

耀阳与倚弦只觉灵体感应到一股柔力送至，便轻飘飘地脱离了生死河的异极旋力，回到了奈何桥头。闻到一股香风扑面，两人才定睛一看，妲己若隐若现的身形也挪回他们身侧，顿时吓得大呼小叫，撒腿向两旁逃去。

"两个小冤家，这又是何必呢？"妲己以暧昧的眼神瞟了他们一眼，手中法诀暗暗引动，耀阳与倚弦就身不由己地跑回她的身边，一动也不能再动了。两兄弟知道刚刚被她施了妖术，也只好闭上眼睛颓立在她身旁，一脸任人宰割的绝望神情。

人儿一时气急，纤纤十指已然环扣成诀，三界帝君之一冥帝亲传的"玄冥气剑诀"立时挥舞而出，只见十道凌厉剑气亮彻生死河两岸，曲折出的数道奇形玄光轨迹，划破层层森森阴雾，齐齐向妲己攻袭过去。

不仅妲己震惊于眼前这丫头的玄法道行，连牛使者也感到大为惊奇，平时见惯了她任性贪玩的一面，哪里想得到她发起威来，竟也如此强悍。

"来得好！"妲己哪会不知这丫头的气剑诀厉害，再加上一个不知底细的牛使者，她自知凭刚恢复的元能根本没有必胜的把握，当即娇喝一声，体内刚刚恢复的妖能迅速布成一道"魅绝护体结界"，将耀阳、倚弦和她三人罩在一片混沌光影之中。

"小丫头，本宫倒想看看你最后会伤了谁？"

人儿见妲己明知结界无法同时护住三人，却还是施展出来魅惑自己的剑气，摆明了是准备用耀阳与倚弦当挡箭牌，心中气得七窍生烟，但还是担心犀利剑气误伤两兄弟，所以只能临时改变法诀指向，任由失控的剑气纷乱无章地射入生死河中，激起无数剑华水影。

“乳臭未干的小丫头，你再倒回娘胎修炼五百年，或许才够资格同本宫一较高低，知道么?”妲己玉手轻挥，将耀阳与倚弦两人的灵体化作两道气体，吸入掌心封印起来，再从怀中掏出一物丢向牛使者，一副极不耐烦的样子，道，“这两人事关重大，一旦有所延误，你们担当得起吗?”说完莲足轻点，身形划空飘然而去。

人儿气愤之极，正待追去，却被牛使者及时喝止：“公主，还是算了吧!”

“怎么回事?”人儿见牛使者手中拿着一块五彩斑斓泛出异芒的石头，惊疑不定地问道，“这块发光的石头是什么?”

牛使者乍闻此言真是有些哭笑不得的感觉，摇头轻叹，然后肃然起敬道：“这块石头称之为五彩石符，乃女娲娘娘闻名三界的令符。记得当年神魔之战中，魔门异族共工氏头撞不周山，意欲塌天陷地，女娲娘娘临危受命，炼就五彩神石终可补天自救，那是何等伟傲的功绩！这五彩石符便是后来遗留的五彩神石所制，天地诸神一致恩准，三界六道见石如见人……”

“够了，够了……”人儿不耐烦地打断牛使者的话，道，“不就是一个居功自傲的老家伙，有什么了不起的嘛，就凭她的手下拿块石头就可以这么嚣张说怎样就怎样……也太不将我们冥界放在眼里了!”

人儿想起刚才发生的那一幕，再想到耀阳与倚弦两兄弟，人儿恨得直跺脚，想来她身份殊异，冥界上下对她无不敬畏三分，何曾有过那种一见如故的知交，现在好不容易见了两个言谈投契又有趣的兄弟俩，却又被妲己捉走了，怎能不让她气愤难平。

牛使者见她似乎动了真怒，赶忙诚惶诚恐地说道：“公主息怒，事情不是这样的，而是……”

人儿恣意打断他的解释，愤声道：“而是什么？反正我不管，这笔账我记下了，哼，女娲，你等着吧！总有一天我会让你知道我的厉害!”话一说完便气呼呼地掠空跑走了。

牛使者看着这个刁蛮的小公主渐渐远去，摇摇头轻叹了一声，再次愣愣地盯着手中五彩缤纷的石符，喃喃自语道：“想不到真是五彩石符，那两个小鬼究竟是什么来历，竟然触怒了女娲娘娘，看来冥界怕又要多事了，我要立刻禀报才行!”

他头也不回地没入奈何桥上的层层阴雾之中，身形转瞬间便悄然隐逝。

妲己携带耀阳与倚弦两人的灵体出了冥界虚域，望见天色尚早，她祭起妖云一路向朝歌城以东方向行了三十余里，才降下云头，原来此地前有舍水环绕后有山丘相衬，是一处废弃已久的墓冢。

杂草丛生的坟丘隐没在后山坡堑中，残缺不全的墓碑上依稀可见几个篆文，也已破损得模糊难辨，孤零零的残碑杂坟孑立在山岗之上，显得分外凄凉。

妲己缓缓止步，望着眼前高约数尺的残碑，冷哼道：“轩辕啊轩辕，枉你为后世成就千秋万载的不世基业，却想不到一个衣冠冢最终还会落得如此凄凉!”

语罢，妲己极为不屑地嗤笑数声，四下环顾片刻，娇躯一扭借法便凭空潜入墓地陵园之中。尽管陵地深埋地底，入眼漆黑伸手不见五指，但妲己一双妖瞳霍霍有光，轻车熟路地穿行其间。

不到片刻工夫，妲己已潜至最后一间墓室。

只听她“啪啪”击掌两声之后，墓壁上的磷火灯烛腾地尽数燃出光亮，赫然见到在空荡荡的墓室地面上摆放着两具硬邦邦的尸身，再仔细一看，在尸身外一圈淡淡的紫气妖雾隐绕中，依稀可以辨出正是耀阳与倚弦两兄弟的肉身躯体。

妲己莲步轻摇走近两具肉躯，对着他们冷笑道：“你们两个倒也幸运，竟能累本宫以‘紫冰续气术’助你们维持一口阳气不灭，否则五气化散、阴阳断绝……即便大罗金仙亲至，也救不回你们两条贱命！”

妲己朱唇微启，念动独门法诀秘咒，但见她左手玉掌虚空一摄，将环绕两具肉躯的紫气妖雾尽数吸回本体，然后右掌心的封印一松，放出耀阳与倚弦的灵体，在双掌妖能的控制下，缓缓逼入两人的肉身躯体中。

虽说表面看来这只是一个极其简单的过程，但熟知三界万灵禀性如妲己之类的法道高人却知道，灵体与肉身是天道自然合一的圆满共融，所谓“天道不可逆转，人死不能复生”，任何有心无意的疏忽都将导致不可估量的后果。

妲己以全身妖能慢慢将两人的灵体送入肉身，直至肉身的五行脉气与灵体的阴阳元气完整吻合无痕，才惊觉恢复后的元能已经实在难以延续，不由娇容一阵苍白，感到虚脱无力，只能瘫坐在地，任由虚汗浃背喘息不止。

她自千年苦修有所成就以来，虽结下仇家无数，殴斗厮杀也曾多有经历，但却从未像今日这般狼狈不堪，故而此时妲己的心中对蚩伯恨得咬牙切齿，更迁怒于眼前两兄弟，眼中凶光毕现，一副达不成目的便要将二人生吞活剥的骇人模样。

“……”

只听一阵呻吟声中，耀阳首先从浑浑噩噩中醒来，缓缓睁开双眼，觉得一阵阵头痛欲裂，挣扎着撑起上半身来，竟模糊地感觉到肉身带来的沉重感，难以置信地端详自己的身体，便大力掐了自己一把，当他痛得直咧嘴时，还不敢相信眼前的一切。

“无须怀疑，你的确已经死而复生！”

耀阳回头一看，说话之人正是妲己，心中虽然吃了一惊，但在得知还生后的心情正是大喜过望，倒也没觉得有什么惊怕，赶忙去推搡同样蜷曲躺在身旁的倚弦，抑止不住兴奋的神色，大声喊道：“小倚，快快起来，我们已经……”

此时，倚弦闷哼着应声翻过身来，当耀阳看到正逐渐清醒的倚弦时，惊讶得嘴巴张得老大，瞪大眼睛连话也说不下去了，颤声道：“这……这是……怎么回事?”

倚弦这时也感觉到身体的异变，正感诧异之际，一眼见到身旁的耀阳，也骇得大惊失色，不由自主抚摸自己的脸庞，讶异无比地问道：“你是小阳?”

耀阳呆立了半响，木然点点头，也不由问道：“你是小倚?”

妲己被二人莫名其妙的对问晾在一旁，胸中无名火起，当即立起娇躯，厉声喝斥道：“本宫奉劝你们两个小王八蛋，最好少在我面前玩花样。本宫既然能让你们生，也可以让你们死得更难看!”

耀阳看着倚弦那张既陌生又熟悉的脸孔，苦笑道：“拜托，现在是娘娘你在玩我们，而不是我们玩花样!”

倚弦跟着说道：“死也就罢了，但像现在这般活着看自己受罪，简直比死更难受！试想你如果看着自己站在自己面前跟自己说话，你会觉得怎么样?”

妲己轻咦了一声终于明白过来，一脸不屑一顾地冷哼道：“不过是将你们的灵体搅浑了而已，有什么大不了的？本宫现在重新给你们换回来就是!”说到最后几个字简直就像是从牙缝中迸出来一般，让倚弦与耀阳都不自禁地打了个寒战。

妲己强行提炼出一口元能，莲步轻移，眨眼便来到两人中间，一双晶莹如玉的修美手掌迅速按在两人头顶，妖体元能迅疾透掌而出，泛射入两人肉身躯体内。

随着妲己妖能的入侵，倚弦与耀阳顿感那股元能在自己体内形成一个元力漩涡，或者可以说是一道飓风力量。以躯体上中下三处丹田渊海为基点，不停席卷拉扯他们的本元体脉，瞬时间，锤凿、针扎、炙痛、冷刺等等百般痛苦，直叫他们兄弟俩痛不欲生。

如此生剥活取灵体的手段，简直是闻所未闻，竟以纯粹的妖能侵入他们身体，首先分割体脉五气的阳能，然后再将两人的阴灵魂体分别囚禁在各自思海深处，抽丝剥茧地逐寸逐分往外抽离……

不到一盅茶时间，耀阳与倚弦的神智逐渐变得模糊起来，好在两人并无类似于元能、道基之类的外力抵御，灵体很容易便被妖能逼出本体之外，在虚空中互换一圈，然后落回各自本有的肉身躯体。

却就在这灵体转换的最后关键时刻，耀阳与倚弦的灵体各自回归躯壳的刹那时，异变骤然发生——

“砰！”一声闷响忽起，兄弟俩的躯体周围霍然掀起一股强悍莫名的力量，竟带动肉身躯体徐徐悬空，转旋而动的力量与妲己的妖能相撞，浩大的魔能狂涌而出，沿着妖能向妲己席卷而去。

惊逢异变，妲己强自压抑住自身翻涌的妖能和烦躁的情绪，错步避开魔能的侵袭，一个踉跄险些跌坐在地，再定神一看，悬浮在虚空中的倚弦与耀阳显然已经陷入昏沉之中，但面容却意外显出神态极其安详的样子。

更让妲己震惊非常的是，兄弟俩双眉之间印堂部位所浮现出的一线华光，呈一种圆头尖尾的半鱼形印记，一青一紫，各自颠倒相向若隐若现地印在兄弟俩额前，闪现出奇魅无比的骇人异芒。

仅在瞬息之间，转旋在兄弟俩身际的那股魔能便已充盈整座墓室，激起尘封千年的万千粉尘应力围绕他们二人，形成一个圆形双鱼的壮丽奇观，一阵无缘由的吸力与斥力拉扯得妲己丝毫也无力动弹。

妲己惊栗当场，只因她的妖灵邪魄首次感应到如此强劲的魔能异力，不由从心底倒吸了一口凉气，忍不住一阵颤栗。

她虽然不清楚为什么会出现这种状况，但由此却证实了她最初的想法——归元魔璧的双极魔能果然已经被这两个小子所吸取，更坚定了她千方百计要从两人身上窥取魔极元能的想法。

面对这辗转数千年才遗留于世的魔极元能，妲己哪敢再行逞强，当即散去全身妖能，回归本体人身，才险险避过魔能纠缠之厄运。她暗自吁了一口气，蹒跚着踱步出了当前墓室，躲坐在另一个相邻墓室中，熬不住妖能损耗过剧，只能端坐在地静养元能。

耀阳与倚弦此时也不好过，尽管他们自己体内少了妲己的妖能绞翻，但在灵体互换归位的刹那间，感应到本体肉身中残留的一丝异样灵能，却甫一触及本命灵体便产生一种怪异反射，如同火种一般将灵体中潜藏的另一股力量燃点起来。

紧接着，燎原般的灵能随之爆发出来，他们兄弟俩均感到体内那股力量游窜至全身各处，桀骜不驯地反复涤荡他们的肉身躯体，带来强过方才数倍的痛楚，使得二人哼了两声便晕厥过去。

当他们反复晕厥几次又再次醒来后，不可思议的奇妙事情发生了——

耀阳与倚弦陷入精疲力竭的昏沉中，先是觉得眉心一阵胀痛，然后一股柔和的异力分别自两人眉心溢出，缓缓游散于全身，与周身五气经脉合汇同流，促使灵体与肉身水乳交融地汇为一体……

随着时间的流逝，他们再也感觉不到体内任何力量的流动，眉心的异力也随之消失得无踪无迹，耀阳与倚弦只感到一阵通体舒畅，气力开始慢慢恢复。

两人强自撑开疲惫的双眼，相互对望躺在身边的兄弟，当看到对方像自己一样还活着的时候，微汗红润的脸上都展露出难以形容的会心笑容。在生死边缘几番挣扎之后，他们更能感觉到彼此之间兄弟情义的可贵，两人只手紧握在一起，再也压抑不住心中汹涌的情绪，热泪夺眶而出。

“……”当兄弟俩的双手紧密无间地握在一起时，竟同时惊呼出声，感觉到一种触电般的灵应刺激奇迹地将两人连为一体。

变生肘腋，两人身不由已顿觉心神一震，两兄弟只觉手中传来一阵电流似的灵能力量，麻酥酥的从手上蔓延至全身，这股能量完全不同于方才的粗暴狂野，它的柔和亲切，仿佛给彼此几经伤害的身体注入了新的活力一般。

它十分灵性地散布于全身各处，由里及外地轻轻推拿他们身体的每一寸体脉，使他们犹如处身云端梦海，全身一阵阵懒洋洋、暖烘烘、酥麻麻的感觉不停回荡，个中感觉自是美妙无比。

当这股能量过渡至他们眉心时，方才那种胀痛再次重现，不同的是这次的疼痛只是一闪即逝，眉心中早已熟悉的灵能有如天女散花般轰然一响后遍布全身，由此衍生的异感随即而生——

耀阳体内涌现的是一种温热得体的舒适感觉，而倚弦则感受到一身遍体清凉的舒爽，两人对未知的事物感到无所适从，只能放任这种灵应异感流泻铺卷周身体脉。

随着这种异感的延伸，他们不约而同地感觉到自身的感官和思绪变得轻灵剔透、清晰无比，不但墓室内的所有一切都无端倒映在他们脑海之中，甚至连尘埃飘落的痕迹都清楚地一一展现。

把握到其中玄妙所在，耀阳与倚弦无比激动地相互对望，只因不知这是出于什么原因，所以不敢肯定这种现象究竟是好还是坏。

耀阳从那懒洋洋的温暖感觉中清醒过来，忍不住脱口问道：“小倚，这究竟是怎么回事呢？”

倚弦轻轻摇摇头，尽情体会这一刻难得的轻松舒适，有气无力地答道：“我也不清楚，或许是那个妖狐故意搞出来唬弄咱们的吧……”

耀阳赞同地点点头，又极为不解地问道：“其实，我们只是无足轻重的小人物，而且本身又是受害者，她这样做究竟有什么目的呢？”

倚弦的眼中也尽是难以置信的茫然，再度摇摇头，正准备说话之际，忽而心念一动，与耀阳不约而同地对视一眼，尽管他们的身躯仍然无法动弹，但一种从未有过的异样感觉充斥于心神之间——

妲己来了！

第九章　元能玄奥

美艳不可方物的妲己俏生生走到二人身后，冷若冰霜地望着两兄弟，喝道："既然已经醒了，就不要在本宫面前装死，还不起来！"

耀阳、倚弦两兄弟相互对视一眼，心中叫苦不迭，只能挪动极度疲惫的身体挣扎起身，怯生生地望着眼前这个女煞星。

妲己吁出一口气，轻抬玉手拭去额间香汗，她显然也已精疲力竭，但此时身形体态的一举一动之间，却凭添一种慵懒妖媚的诱人风采，看得两兄弟差些痴了。

稍顷，妲己盯视二人的眼中凶芒毕露，威喝道："既然魔门蚩枭已死，你们二人从今日起便是本宫的奴仆，无论任何一切都必须听从本宫的差遣，若有违逆定让你们生不得死不得，听到了么！"

二人听得心中一凉，虽然不明她此举的用意，却是知道她的厉害，便纵有千般不依，此时也是不敢当面直述，好在兄弟俩平常受人压迫惯了，深知逆来顺受的道理，于是也不多话，只是噤若寒蝉般连连点头称是。

"你们暂且随本宫一起入宫！禁宫皇廷之内，言行举止忌讳颇多，你们只需记住别在本宫面前玩什么花样，否则别怪我不客气！"

语罢，妲己玉臂轻舒，一手拎一个将两兄弟一把抓起，驾起一股妖风出了墓室，便径直往朝歌城去了。

天色已渐大亮，混沌天地被晨曦映照得一片生机盎然。

耀阳与倚弦犹如两具木偶一般被妲己抓在手中，被妖风的力量托在半空前行，只听耳边风声呼呼而过，不由想起数日前首次骑坐"天乌"灵虎的情景，对照现在的遭遇，心中难免有种历尽沧桑的无奈心情。

不到一盅茶的时间，三人便到了朝歌皇宫的御花园之中。

妲己收起元能妖风，领着两兄弟大摇大摆穿梭于错综复杂的苑径之间，受尽两旁守卫兵士的盛礼逢迎，最后才行至皇廷西苑的“寿仙宫”前。

“寿仙宫”坐落于殷商皇宫西侧，其间庭台轩舍，勾栏琼池，都一一布置得富丽堂皇、精雅不俗，尤显出此宫主人的地位尊贵不凡。此时，守候在宫前的侍女见妲己回宫，个个躬身俯首齐称道：“恭迎娘娘回宫!”

妲己随意唤来一名肥胖宫女，指着身后两兄弟道：“黑妞，你带他们去旁近的杂物别院，随便收拾一个房间让他们住下!”

肥胖宫女恭敬领命，走到两人身旁，随意瞥了他们一眼，露出一个鄙夷的神色，冷声道：“你们两个跟我来!”

耀阳与倚弦只好乖乖地跟随在肥胖宫女身后，往“寿仙宫”侧近的一个别院行去。

闻讯赶来迎接的柳琵琶和喜媚伺立妲己身侧，正好目睹了耀阳与倚弦两兄弟离开。

挥退两旁的伺婢宫女，柳琵琶轻咦了一声，故作不解地问道：“姐姐怎么忽然找了两个呆头呆脑的小子回来？是用来练功的么?”

喜媚也跟着在一旁帮腔，道：“不管怎么看我都觉得这俩小子有点怪，他们让我有一种高深莫测的感觉!”

这话倒是不假，不仅柳琵琶和喜媚有这种怪异的直觉，连妲己本人也隐隐觉出一种潜在的危险感，这完全取决于她们各自苦修而成的妖灵邪魄，是类似于神魔玄妖四宗高手之间的自然灵应现象。

妲己并不回答二女的问题，只是淡淡问道：“我让你们去查蚩皛在阳明山的巢穴，查到什么了么?”

柳琵琶从袖中取出一卷残旧的书简，递给妲己道：“姐姐，这是在那里搜到的一卷宗法秘籍，如果我没有看错的话，这应该是三百年前蜀山剑宗失窃的《玄法要诀》!”

“哦!”妲己略微惊诧地接过卷籍，看着简卷前页上的《玄法要诀》四字，心中暗忖道：“难怪当时看那两小子的法道那么奇怪，原来是以魔身元能施展玄门法技，哼！蚩凫老鬼也可谓用心良苦了！”

妲己思忖片刻，然后挥手示意她们先行退下，道：“你们先下去吧！记得多去查访一下是否漏脱了蚩凫的其他魔门同族！”

话音甫落，妲己拿着那卷秘籍便走入内宫。

喜媚望着妲己远去的背影，小心翼翼地问柳琵琶道：“琵琶姐，你说她甘冒被女娲娘娘识破的危险，将那俩小子从冥界抢回来，究竟葫芦里卖的是什么药呢？”

柳琵琶冷冷一笑，道：“试想，魔璧蕴藏天地无极力量的玄奥，三界众神对它皆无能为力，又怎会无缘无故便成齑粉呢？综合方才那俩小子给我们的感觉，唯一可作解释的是，魔璧之能已被他们吸收！”

喜媚一怔，惊道：“难道她想从他们身上将魔璧元能逼出来？”

“这一点毋庸置疑！”柳琵琶道，“初时魔璧被封印五彩石内，妲己费尽千辛万苦才解开封印的力量，却发现魔璧的开启之法隐有玄机，几经尝试始终不得其法……如此一来，即便魔璧在手也等同一块废物。”

喜媚恍然大悟，道：“既然魔璧元能尽在俩小子身上，自然好过依旧被封魔璧之内。而相比三界四宗百族而言，应该没有比咱们妖宗更懂得如何利用肉身元灵的门族！”

“正是如此！”柳琵琶眼中异芒频频闪现，道，“不过，依现在的情况来看，妲己贱人应该还没有想到办法，我们不如静观其变，伺机而动！”

喜媚点头应了一声，问道：“那我们要怎么应付申公豹呢？”

柳琵琶略一皱眉，冷哼道：“以申公豹一贯阴险狡诈的性格，我们一定要想方设法稳住他的心，否则他能将归元魔璧现世之秘告知闻仲，也同样会将消息四下散布，届时魔门五族一乱，神魔玄妖四宗将再起争端，我们多半也捞不到什么好处了！”

“妹妹知道了！”喜媚连连点头，道：“姐姐，咱们不如现在过去看看那两个小子，怎么样？”

柳琵琶思忖片刻，正待说话之际，妖灵邪魄忽而一动，立时心有所感，一双妙目异芒流转，道：“妲己已经去了！”

跟随肥胖宫女身后，顺着寿仙宫旁侧的小径一路前行，耀阳一边走，一边捏着鼻子朝倚弦挤眉弄眼。

倚弦知道他是指肥宫女身上传出的异味，于是耸耸肩也做个无可奈何的动作，指了指肥胖宫女的裙底。

耀阳大惑不解地顺他所指看过去，不知是否肥胖宫女肆意卖弄，只见她那宫裙裙底竟露出一小截黑色狐尾。

看得耀阳暗自骇然，与倚弦对视一眼，心中均想到这宫中肯定已是妖孽横行，自己兄弟定要万分小心才是，不过好在二人死而复生，再次落入妲己的魔掌控制，早已心灰意冷，也就浑然不在乎了。

于是，两兄弟撇开不开心的顾虑，开始悠哉游哉地借着晨曦观望皇宫内廷的景致，他们上次进宫是夜晚，加上被守卫兵士四处追杀，根本没来得及观赏一下，这次倒是大不一样了，他们一路上不时互相撞撞肩，一脸嘚瑟地笑笑，用两人自小形成的独门手势、眼色和表情相互交换意见。

不多时，三人来到一座堆放杂物的小别院前，肥胖宫女随手指了一处地方，道："你们自己随便收拾一个房间吧！"说完也不理睬他们，便径自去了。

耀阳与倚弦无可奈何地看着这座小杂院，收拾了半天，两人终于倒腾出一间空房，心中的感觉像是打翻了五味瓶似的。他们自小流落市井，过的是三餐难继的混混日子，哪曾住过此等寻常家院，所以一时间颇多感触，久久无法释怀。

还不等他们有时间歇口气，妲己已飘然而至。

妲己一双美目首先环顾杂院四周，然后轻瞟了毕恭毕敬的两兄弟一眼，问道："本宫问你们，蚩老鬼究竟教了你们一些什么样的法道玄术？"

耀阳与倚弦闻言一愣，弄不明白她为何这样问，支吾半晌不知该如何回答。

倚弦见妲己神情隐有不悦之色，生怕她因此迁怒他们兄弟，再一想也不是什么大事，于是看了看耀阳，不作隐瞒答道："我们只知道他给的是一卷破旧残缺的秘籍，好像是叫作《玄法要诀》吧！"耀阳见倚弦无所顾忌地说了，也就跟着点头附应。

妲己听他们并没有撒谎，颇为满意地点点头，从袖中拿出方才柳琵琶交给她的书简，就手扔给两人道："你们看看，所说的可是这卷东西？"

倚弦哪敢不接，赶忙伸手托住沉重的书简，首先看了看表封的简叶，再随手翻阅了几页，确认无误后点头应道："应该是这个没错！"

耀阳偏头看了看倚弦手中的卷籍，略微沉吟片刻，似是想到什么但却没有说出来，只是不停点头附应倚弦的话。

"既然如此，你们就继续用这个参研修习，有什么不懂的尽管来问本宫便是！"妲己冷冷抛下两句话，头也不回地再次飘然而去。

耀阳与倚弦茫然对望一眼，齐齐愣在当场，首次感到一种高深莫测的震惊，因为直到此刻他们都无法猜透妲己的意图，难道真是垂涎他们本身所谓的天赋异禀？

经历过这么多事之后，他们兄弟俩早已不再相信类似这样的说法，但除此之外，还有更贴切的理由吗？

耀阳与倚弦陷入深深的迷惑不解之中。

此时，尾随妲己而来的柳琵琶、喜媚两姐妹不敢靠得太近，一直隐于数丈之外，将一切都看在眼里，待见到妲己离去，喜媚才不解地问道："姐姐，她究竟在干什么？怎么可以将这么重要的秘籍交给那俩小子呢？"

柳琵琶思量再三，缓缓道："看来事情比我们想象得还要复杂，我想那个贱人一定是因为没有把握从他们体内逼出魔璧元能，所以才会出此下策，妄图以助他们修炼为名，摸清楚元能的禀性极向，方能有机可乘！"

"这就奇了！"喜媚道，"如果以咱们妖宗的'殄天吸真诀'来摄取任何先后天的元能，即便法道再强的四宗高手，只要落在咱们手中，也只有俯首求饶的份！却为何她连两个未入道的小子也搞不定呢？"

"除非……"柳琵琶骤然想到某种可能，神色一变道，"除非他们在无意中已经达到灵元合体的地仙之境？"

"这……这根本不可能！"喜媚大惊失色道，"灵元合体、阴阳归真，肉身成圣、灵神不灭的地仙之境，乃是天地三界任何修行之士都梦寐以求的境界，怎么可能会出现在他们身上呢？"

柳琵琶叹道：“除了这个答案之外，已经很难再有其他理由可以解释，像妲己这等级数的高手怎会舍近求远将玄门秘籍转手他人呢。”

柳琵琶又自轻笑一声道：“这样也好，时间拖得越长越对我们有利，我们就有更多的时间从容布置一切了！”

说到这里，心怀鬼胎的两姐妹相视一笑，隐没的身形腾地消逝在虚空之中。

耀阳与倚弦呆立在杂院前，好半天才反应过来。

耀阳从倚弦手中拿过卷籍，好奇地翻看半晌，再环顾四周一圈，终于忍不住说道：“小倚，抛开那只狐狸精的意图先不说，你有没有觉得，这卷《玄法要诀》跟我们最初看到的完全不同！”

倚弦点点头，道：“我看出来了，这一卷应该是完整的《玄法要诀》才对！”

耀阳边看边皱着眉头道：“究竟哪一卷才是真的呢？又或者这都是假的？不过看他们随手便将这玩意儿抛来抛去，我估计也不是什么很了不起的东西！”

倚弦摇头不语，此时的眼光早已被卷籍中的内容所吸引，还不时喃喃读阅一段，然后专注思忖片刻，再掌指齐动独自比划一阵，继续往下看。耀阳被他的行为感染，也情不自禁地摊开面前的卷籍，仔细翻看起来。

“……调和阴阳，以正道鼎。道引为物，乃先天元能之本，宗道万法之源也。盖因万灵生于天地之间，被后天本体凡躯所限，生则受累于经脉气血之变，死则受制于三界六道之困。故而，应当修其心净其身，借一线玄元道引之功，正和脉气，以虚迎实，散之千经百骸，聚之一气归元……”

倚弦一气念完曾经残缺不全的卷籍内容，不由长吁了一口气，感慨道：“这应该是真的！”

耀阳若有所思地点点头，继续往下念道：

“……所谓先天道引，实乃道基深厚之士以苦修而成的本命灵元为引，视各自体性禀赋之差异，种入其人体脉上中下三处丹田渊海，而后以一脉先天为本，涤净后天之凡俗尘垢。循宗道正法日益精进，达至阴阳归真、还本清源之境，始能超凡入圣，长生不灭于天地之间……”

读到此处，耀阳不由咋咋舌，笑道：“这说得未免太神了一点吧！”

倚弦相反却摇头道：“我倒认为蛮有道理的！还记得花子爷爷经常说过一句话，师父领进门，修行在个人。这一段诀要应该就是在说这个道理吧！”

耀阳一想到他们兄弟曾经被蚩伯欺骗，心有戚戚然道：“谈何容易，想你我一日三餐不济，终年混噩度日，时不时被人追捕，哪里可以寻到肯为我们植种道引的有道明师呢？何况现在我们又落入他人控制，过的是朝不保夕的日子……”

说到这里，耀阳又自一叹，放下手中卷籍，心灰意懒地爬上矮墩的院墙，随手扯一根尾草叼在嘴里，双手枕头靠依在墙头上，从这宫院的残缺一角越过千重檐角眺望东升的朝日，心中却是说不出的沮丧。

倚弦的心中又何尝不难过呢，只是他生来随性不羁，对成败得失一贯看得不重，但此时见到身边一贯积极的兄弟变得意志消沉，心头骤然一热，抬头远望朝阳，泪水顺颊而下，道：“小阳，我好想花子爷爷……”

耀阳闻言一怔，耳边又响起一阵再熟悉不过的悠扬低鸣，回首看时，沐浴在晨阳金辉中的倚弦嘴抿青叶，正吹奏着两兄弟幼时学自花子爷爷的叶笛曲。顿时间，哽咽的泪水滚滚而出。

试问这世间的苦难又怎能及得上他们生死患难的兄弟之情呢？既然已经经历过生死轮回，那还有什么比这更可怕的呢？

生有何欢，死又何惧！

耀阳与倚弦这对生死与共的兄弟再次相视一笑，和煦的晨光柔和洒落在两人此时温暖开怀的脸庞上。

就这样又过了几日，耀阳与倚弦起初以为妲己会想着法子来折腾他们，提心吊胆了几天，但是除了一日三餐有人按时送来之外，别的时候没有任何人来打扰他们。两兄弟一见平安无事，也就自然放下心来。

他们自小吃苦惯了，从未像现在这般轻闲悠哉地度日，前几日尚且偶尔懒惰一下，却始终改不了每日早早起身的习惯，但是起得太早又没什么事可做，索性两人一起摊开《玄法要诀》读上半日。

自从冥界复生之后，两兄弟失了“金傀符”的魔能依附，再也无法按图索骥般使用《玄法要诀》上的玄术。虽说他们体内暗藏归元魔璧之能，但两人浑然不知此中玄机，更丝毫不明驱元御能之法，尽管守得宝山一座，却只能时时空手而归。

对已经体验过玄能异法的他们而言，那是一种根本无力主宰自身的挫败感，躯体经脉似乎被完全掏空了一样，再也无复丝毫灵能流淌的痕迹，任何有意无意的召唤或驱使都无济于事，仿佛重回以前凡躯俗身一般。

再则，归元魔璧之能暗藏天地无极力量之秘，又岂是寻常法道玄术可以驾御得了的，之所以妲己将《玄法要诀》投予两人修习，也是基于弄不明白魔元禀性的缘故。

随着时日的推移，耀阳与倚弦几乎已将整卷要诀通背下来，正如姜子牙与蚩伯所料，他们二人的天资禀赋确实聪颖不凡，每每想通其中关键之处，都不由热血沸腾、兴奋不已。最可惜的便是不能学以致用，只能空自欢喜一场。

这日清晨，两兄弟趁着晨曦天光又在院前研读要诀。

倚弦手捧半卷简叶，苦思半晌，摇头皱眉道：“看了好些天，总觉得这前半卷所讲述的只是玄法修持的过程，不外乎密法净身、道引加持、正法修炼与灵元幻法四步，虽然这些解释由浅入深、细致入微，但却并未涉及任何法诀的具体内容，我们纵然看得再懂也是没什么用处！”

耀阳扫了一眼手中的半卷诀要，摇头一叹道：“这下半卷法道玄学开篇也讲明了，内中所收录的尽是一些稀松寻常的五行小术，即便学会怕也对付不了像骚狐狸、蚩老鬼这等级数的高手！”

倚弦忽而心思一动，道：“难道除此之外，还有其他的诀要卷籍不成?”

“我想也是！”耀阳大头一摇，颇为肯定地点点头。

倚弦放下手中卷籍，不知出于什么原因，一无所得的结果反而让他松了一口气，心中涌起一阵如释重负的轻松感，道：“我们已经闷了好几天了，不如出去走走，反正从这里往北宫一路都是宫侍们的住处，没有什么宫卫兵士把守。”

耀阳一听之下立时心情大好，抛开手中厚重的卷籍，欣然道：“就等小倚这句话，我一早就闷得发慌哩！瞧瞧今日万里无云，不晴不阴，正是出游的好天气！”

两人一拍即合，同时漫步行出杂院，空留下此时摆放在地的玄门秘籍。殊不知两人如此对待《玄法要诀》的态度，若是被昔日创下蜀山剑宗千年基业的老祖宗看到，非气得大骂他们有眼无珠不可。

蜀山剑宗，源自于先天道宗的分支，与北明元宗、昆仑道宗并称玄门三大宗，数千年的不世基业成就出一代又一代的剑仙游侠，更在二次神魔大战中表现卓越，鼎鼎盛名威赫三界六道。

试想申公豹等魔门高手费尽心机潜入蜀山，辗转数百年才窃得此卷秘籍，可见这卷诀要的重要，但此时却被两兄弟当作废弃之物一般。

其实，《玄法要诀》的精深真髓之处在于实修求证的微奥阐释，越是真切体验过玄法修持的人便越会了解它的可贵之处。所以，尽管耀阳与倚弦两兄弟看得明白，却因未曾实修实证的缘故，与真正的玄门正道法诀失之交臂。

出了小杂院，耀阳与倚弦沿着寿仙宫的殿墙往北漫步，穿过一条花草繁盛的石径，他们的眼前豁然开朗，空旷别致的御花园已在身前不远处。远远望去，错落有致的诸宫殿室巍然林立，层叠起伏的飞檐屋角遥相对应，整齐划一地衬托出整座殷商皇宫的辉煌气势。

守卫御花园的宫卫兵士见他们身着宫侍服装，而且又从寿仙宫方向走过来，揣测到他们主子的身份，于是也不阻拦询问，任他们一路去了。

耀阳与倚弦由远及近又行了数十步，此时在他们兄弟脚下的不远处，静静流淌的护城河上，正是令他们记忆犹新的青石淇桥。

静立桥头，兄弟俩一同相视苦笑，俯首观望静水河面，他们的脑海中又再浮现出数日前夜闯禁宫的夜晚，奇怪的是虽然仅只相隔数日，但当时紧张绝望的情绪却早已淡化无形，此时唯独再现心头的是那一幕九星并现的天体异象。

倚弦远眺护城河的尽头，苦笑道："这些天我们经历了太多事，想起来还是觉得以前逃来逃去的时候活得比较快活！"

"小倚还是老样子！我倒觉得没什么。记得花子爷爷曾说过一句话，人往高处走，水向低处流。我想我现在终于懂了！"耀阳语气稍顿，一脸正色地继续说道，"见过蚩伯、姜子牙他们之后我就不再甘于平凡。看过幽云公主之后我就不再念想其他女子。经过生死之后我更加坚定我们兄弟不是寻常人的想法！"

倚弦心有所感地看着面前的兄弟，摇摇头叹道："我又何尝没有想过，只是你我从头到尾都身不由己受人摆布，究竟可以凭什么往高处走？"

"这就要靠我们自己哩！"耀阳满怀信心地露出一个灿烂的笑容，道，"你想，妲己为什么不让我们死，而且还将完整的《玄法要诀》交给我们，这说明她跟蚩伯一样存有某种企图。先不管她究竟有什么图谋，但只要还有机会咱们就绝不能放弃。"

"其实，大不了就是一死，我们又不是没死过，有什么好怕的？"耀阳大大咧咧地负手而立，摆出一副大无畏的无赖表情。

倚弦没好气地一笑，做出懒得理会的模样领步继续前行。尽管他的心里明白摆脱妲己是根本不可能的事情，但此时深深感受到耀阳激励自己的一番兄弟温情，这是任何艰难险阻都无法与之相比的。

"喂，小倚，你究竟有没有听到我说话……"耀阳难得摆一次英姿勃发的雄浑姿势，却眼见倚弦不识趣地走开，只得埋怨了一句，急忙追上前去。

兄弟俩的心情似乎因此开朗起来，而且许久以来也未曾像现在这般悠闲，两人一路悠哉游哉顺着淇桥往北玩耍过去。

朝歌皇城经殷商六百年数十余朝帝王修葺完善，早已成为当时中原最繁华的中心地带，皇宫内城更是富丽堂皇、金碧辉煌，到纣王临朝之后又一再扩整加修，增添殿阁重檐、琼楼玉宇，愈显出超卓奢侈的不世气派。

北宫殿阁先前原本住过后宫嫔妃，虽说现时是地位低卑的宫侍居处，但曾经也经历过大规模的修整，周围景致比之他处亦是丝毫不逊。尤其可贵便在于因宫侍居处之故，沿途并无任何宫卫兵士巡守，显得格外幽雅清静、气氛怡人。

两人沿着护城河道一路赏玩，不时侃侃从前的趣事，相互交流一下观摩《玄法要诀》的经验，相谈甚欢之间仿佛浑然忘了眼前的重重危机。

倚弦举目远望护城河水蜿蜒出宫，遥想城外舍水狂放奔流，心中竟开始向往昔日三餐难继的生活，无奈道："想不到这深宫皇廷中竟早已妖邪遍地，真分不清楚什么人才不是我们的敌人。"

耀阳闻言郁闷了半晌，最后扑哧一笑道："小倚，你怎么老改不了多愁善感的毛病呢？现在妲己摆明有求于我们，一天供吃供住不算，还甩一本玄法秘籍给咱们修炼。所以，在未达成目的之前，她应该是我们最要好的'朋友'才对！"

倚弦自是明白这个道理，苦笑道："只怕是最要命的朋友吧！"

"对了！"耀阳似是想到了什么，道，"小倚，你可别忘记，除了妲己之外，我们还有一个头号大敌！"

倚弦奇道："头号大敌？谁？"

耀阳故意摆出一个非常惊讶的样子，哂笑道："您老可真健忘，咱们可是幽云公主那丫头的头号大敌。唉，谁让咱们的倚大少爷拔了她的头筹呢！"

倚弦立时想到那旖旎惊艳的夜晚，俊脸不由一红，别过头又好气又好笑地骂道："拔你个死人头！头筹？亏你把它用到这里。"

耀阳看到倚弦的窘样，笑得更是大声，顿了顿又道："哈，说的也是，我一直很想问你一句，幽云公主的玉体上有没有什么美人痣一类的诱人胎记……"

不等倚弦设法打断耀阳的说话，就听他们身后传来一声娇叱——

"贱胚找死！"

两人同时一惊，急忙转头循声望去，只见一身素雅装扮的幽云公主粉面含冰地俏立丈许外的花草丛中，杏眼含煞地盯视着他们兄弟，活脱脱一副俏罗刹发威的模样。

耀阳吐了吐舌头，小声道："完了！"

倚弦一听就知要糟，急忙上前一步辩解道：“公主息怒，那晚我们兄弟……”

幽云公主见他还要再说，心中更觉气愤火大，一声怒喝打断倚弦的说话，道：“你还敢再说！”话音没落，握拳便朝倚弦打去。

这幽云公主素来是纣王最疼爱的女儿，不但娴静美艳、琴棋书画样样精通，而且天资聪颖慧根不浅，幼时曾得一异人传授武艺剑技，身手也是了得。那晚被兄弟俩险些占了便宜，全因裸身泡在浴桶中羞涩不便的缘故，后来想起始终如同芒刺在心，今日又听见耀阳这般调侃，大怒之下含恨出手，自是毫不留情。

倚弦还没来得及解释，就见公主的粉拳直冲自己面门而来。拳风劲起，速度之快顿时令倚弦惊立当场，自问根本无力躲过此拳，只能眼睁睁看着粉拳袭来，腰生脚硬唯有等着挨扁的份儿。

就当倚弦闭目准备受拳之际，身后的耀阳见情况不妙，也顾不上什么时机已晚，只是一个劲地推了倚弦一把，却不想奇妙的事情适时发生了——

倚弦周身一震，心神恍惚之间条件反射地闪往一边，恰恰避过擦耳而过的一拳。这根本不是他所能做到的，但现在偏偏轻松写意地做了出来。倚弦对自己的身体反应感到震惊，尤其此刻周身上下充斥着一股冰凉怡心的异感，令他顿时怔怔地连退数步。

幽云公主心中一讶，对倚弦的反应甚是惊疑，但见这一拳并没有击中倚弦，脚下错步而前，顺势又再翻拳向倚弦身后的耀阳攻去。

耀阳见倚弦躲过幽云公主一击，心中原本松了一口气，却料不到幽云反应如此之快，傻呆呆站在那里根本反应不过来，理所当然地挨了这结结实实的一拳。

“哎呀，痛啊……”耀阳受了一拳，吃劲退了两步，不由自主地捂住痛处，口里滋滋抽着冷气在那里大呼小叫。

倚弦听到耀阳的呼声才清醒过来，靠近他一看，只见耀阳左眼上现出一个清晰的拳印淤迹，黑紫发乌，再加上此时耀阳跳脚呼痛的样子，其状甚为滑稽，令倚弦不由觉得一阵好笑。

幽云公主一拳落实便已抽身后退，却当她看到耀阳的样子时，也不自禁强忍心中笑意，仍旧装出一副极度恼怒的模样，喝问道："你们到底是谁？光天化日之下，竟敢私闯皇廷禁宫！"

听到说话声，倚弦与耀阳的目光立刻集中到她身上，但见朝阳灿烂之辉斜照在她半边脸庞上，映出无比秀美的柔和轮廓，衬合那宛若完璧的无瑕肌肤，在那双秋水翦瞳般的流连目光中，格外有一种惊心动魄的美丽。

倚弦不由看得痴了，浑然忘了如何回答她的问话。

耀阳瞪大眼睛见到幽云此时圣洁绝艳的样子，浑然忘记了脸上的疼痛，呆呆地观望半晌，喃喃道："真是太美了，要是可以娶到她，哪怕只活一天我也认命……"

想那幽云公主的身份是何等尊贵，一人之下万人之上，可是今日却被这无名小子屡屡调侃，让她如何受得了这般羞辱，没等耀阳说完便再次挥掌向身前二人攻去。

倚弦对耀阳口不遮拦的毛病真是恨得要命，可是偏偏又没办法，此时见幽云公主脸色大变，立时知道要坏事，赶忙急急将耀阳推向一边，同时大声喊道："小阳快闪！"

耀阳正沉浸在自我想象当中，哪里听得见倚弦的呼喊声。只见幽云快若流星的粉拳眨眼即到，直到劲风逼体耀阳才生出反应，但已躲闪不及。

"砰"一声闷响，一击到位，只听拳劲击体的声响，可见幽云此击劲道十足。

却也奇怪，虽然又是一拳打在耀阳身上，不过感觉完全不同，这次耀阳并没有感到太大的疼痛，反而觉得体内生出一股温热爽和的异感，再看幽云竟脸色微微发白，在那里不停揉搓粉拳，好像是她挨了打似的。

幽云立时怒火重燃，美目厉芒乍现，娇喝道："好！既然你们各有所持，本公主今日就和你们斗斗！"说着玉手一招，朱唇微启，表情肃然请咒道："凤鸣！"

只见一道七彩芒光倏地闪过，幽云公主的手中凭空多出一柄晶莹玄彩的凤纹古剑，抖手轻划，交叠出数道奇形轨迹，划出九朵剑花异芒交织成一道独特剑网，在阳光下耀出千丝万缕的剑芒覆罩向耀阳与倚弦。

兄弟俩几时想到幽云的剑说出即出，而且竟有这般厉害，猝不及防的情况下，只能倒身滚往一旁，好在护城河两岸筑有石栏护杆，两人才侥幸不致于滚落河中。

剑势落空，幽云想来定是恼极了耀阳的轻薄调侃，凤鸣剑紧紧随他而去，照准他双眼便刺。耀阳正好滚倒石栏边上，势尽力竭，眼见剑芒异动汹汹而来，心中惊慌无比，身躯更是挪不动半分，心中直呼完了。

滚到另一侧的倚弦哪能眼睁睁看着耀阳丧生幽云的凤鸣剑下，情急之下飞身扑去，速度之快连他自己也禁不住暗自咋舌，双掌终于及时拍在凤鸣剑上，奈何所有力气都用来前扑，掌上力道过小，只能将剑荡开少许。

凤鸣剑虽然未能刺伤耀阳的双目，却在他的眉鬓处划出一线创口。

耀阳趁幽云剑势用老，连忙缩地一滚爬到倚弦身边。

幽云公主见他们一个眉角受创滴血不止，一个双手因触及剑锋也血痕累累，心中怒气倒是消了一大半，掌中利剑直指两人，喝斥道："本公主再问一次，你们是什么来历，混入宫中究竟有何目的？"

耀阳与倚弦两人颓然立起身，倚弦揖身拱手苦笑道："启禀公主殿下，小民兄弟两人当夜确实是受奸人所害，才导致无意冒犯公主。"倚弦瞥了耀阳一眼，语气异常诚恳地继续说道："我这兄弟虽然口没遮拦，爱说胡话，但绝对不是对公主心存邪念，不过只是惊艳而已，想我等兄弟出身低贱，平常一日三餐都难以自给自足，又哪曾见过像公主这般容貌绝艳的女子呢？"

这番话甫一出口，如果换作是耀阳说，幽云肯定又是一剑挥上，只怕不会有丝毫客气，可是从容貌清秀的倚弦口中说出后，却偏偏别有一种诚恳的味道。

幽云公主初初听到这些直白的夸赞词，桃腮不由一片嫣红，显然有些受用，口中却斥道："你这人本也不是什么好人！"

耀阳惯常察言观色，怎会不知事情大有转机，连忙跟口对幽云说道："对对对，我真不是存心轻薄公主殿下，再说我们还是妲己娘娘的贵客，又怎敢对公主您存有丝毫不敬之意呢。"

幽云的怒气原本已消了大半，但此时听了耀阳的一番话后，顾念到母亲之死，心中一阵难过，看他们两人的眼光更是不顺眼起来，面寒如冰地恨声道：“原来你们是那妖妇的贵客，难怪如此飞扬跋扈目中无人！如此一来，今日本宫就更不能客气了，一定要替父王教训教训你们这些狗奴才！”

倚弦猛然想起当日命馆的一幕，这才猜到原来前些日子含冤枉死的姜皇后便是幽云公主的母亲，而那狐妖妲己正是她的天大仇人，立马心知又要糟糕了。耀阳则缩在一边心想，这丫头怎么说变就变，禁不住直呼受不了。

幽云公主挥舞掌中凤鸣剑，照准两人分心便刺，显然心中气愤已极，剑式翩动竟没有半分花架子。兄弟俩一见大事不妙拔腿就跑，好在他们身体的反应还是很快，比之方才的手忙脚乱，自是多了一些经验。

幽云公主一剑刺空，轻盈的身形紧随上前，轻抬玉脚堪堪正踹在耀阳身后，一股劲力透背入心，使耀阳顿时跌扑倒地，险些背过气去。

倚弦蹲身正欲扶起耀阳，却见眼前剑光一闪，幽云的凤鸣剑已然掠至眼前，眼看避无可避就要伏尸剑下，倒地的耀阳急中生智，舍身一扑而上，竟以身躯撞向幽云公主的软香玉体，显然用的是无赖打法。

幽云公主一贯自持身份尊雅高贵，怎会容许他人有丝毫侵犯自身的机会，顿时手中剑势一收，及时错步挪身，险险避过耀阳的舍身一扑，凤鸣剑含怒再度出手，锐利剑锋化作一道厉芒直刺近在咫尺的耀阳。

倚弦大惊失色，奈何距离差得较远，已然救援不及，不由目光尽赤，大喊一声道：“小阳！”

耀阳的一扑之势力竭而止，此刻面对眨眼即至的剑芒，已根本无力作出任何反抗。

然而就在他双目紧闭引颈就戮之际，异变忽生——

第十章　众魔猎奇

凤鸣剑在耀阳身前三分处赫然顿住！

变生肘腋，幽云公主只觉掌中宝剑硬生生被一股柔力紧紧缠住，不管她如何用劲催剑或收剑，都一概无能为力，剑便如同生了根似的，定在原处无有寸进。

“幽云丫头，他们既然已经报上本宫的名号，你多少都应该赏几分薄面才是！俗话说，打狗还得看主人，何况他们还是我‘寿仙宫’的奴才呢！”

惑人心神的话音骤然响起，千娇百媚的妲己自幽云公主身后缓步走出，行至三人之间，娥眉微蹙似嗔怪状，然后轻施玉指作势去拈幽云的凤鸣剑。

“你敢！”

正所谓仇人相见分外眼红，幽云心中早已愤恨难平，此时又怎会任由妲己触碰自己心爱的凤鸣古剑，顿时手脚齐动，准备对她略施惩戒。哪知身躯竟不听使唤，丝毫也动弹不得。

倚弦原本以为公主手下留情，谁知最后解救耀阳的还是妖狐妲己，不过总算是松了一口气。但此时又见幽云公主受妲己妖法缠身，不停作势挣扎，不由怜悯心大起，对着佳人暗叹道：“你怎是这狐狸精的对手呢，还是算了吧！”

妲己微哼一声，仅只三指轻拈便将凤鸣剑从幽云手中取下，然后只听“当啷”一声，凤鸣剑被妲己扔掷于地。

眼看危险已经度过，耀阳长吁了一口气，爬起身与倚弦一起乖乖站到妲己身后，心有余悸地望着动弹不得的幽云公主。

妲己狠狠横了两兄弟一眼，有意炫耀般喝斥道：“你们两个有眼无珠的狗奴才，竟如此放肆，连大王最心爱的幽云公主也敢冒犯，还不赶快赔礼道歉！”

耀阳与倚弦听到妲己这一番话，只觉格外刺耳，仿佛两人真成了她的奴仆似的，但心中纵有不满也不敢流于表面，连忙应声揖身赔礼，道：“小子们有眼无珠实在该死，还望公主大人有大量，饶恕小子吧！”

幽云公主看也不看面前三人，一脸不屑地说道：“你们不用在此惺惺作态，要滚就快点滚，本公主迟早会再找你们！”

妲己并不发怒，脸色反而显得分外娇媚，对他们嗔道：“走吧，人家都已经生气了，再不走怕是把你们炖了来吃也说不定！”

耀阳与倚弦闷闷不乐地垂头从幽云身旁走过，被人误解的滋味着实不好受，更何况还是被一位绝世佳人所误解，两人有苦难言只能随妲己悻悻离去。

妲己临行前回头再次瞥了幽云一眼，禁不住琼鼻冷哼一声，妖芒湛现的一双美目之中杀机一闪即逝。

待到三人离去不久，幽云公主只觉一股大力狂涌而至，一个踉跄跌倒在地，身躯总算恢复自由。只因呆立太久腿脚酸麻难忍，她挣扎半晌才立起身，拾起心爱的凤鸣古剑，奈何心中怨气积聚太甚，她不由抬手举剑照准身旁草木便是一通乱劈，直到精疲力竭才停下手来。

“母后，孩儿没用……”

凤鸣剑当啷一声从手中跌落，幽云双膝跪伏在地上，双手掩面，绝望而悲伤的泪水自眼眸中狂涌而出。

妲己将耀阳与倚弦带回寿仙宫杂院，狠狠瞪了两人一眼，道：“你们莫要忘了自己的身份，平时只管待在这里别四处乱跑，好好去领会那卷《玄法要诀》的内容，以备本宫不时之需！”

耀阳哭丧着脸答道：“娘娘明鉴，不是我们兄弟不用心，只是净看诀要又能如何，我们根本没有办法学以致用!”

妲己一怔，蹙眉问道：“究竟怎么回事?”

倚弦接着说道：“不知是否因为死而复生的缘故，我们体内以前的元能已经丝毫无复存在，学而无用，纵使这卷秘籍再如何精妙，我们也只有干瞪眼的份儿。”

妲己知道他是说蚩伯加诸在他们体内的金傀符力量，不由心中暗骂两人愚钝至极，但又不便明说，装作不耐烦地说道：“知道了，本宫自会想个法子帮你们开窍!”

话虽如此，妲己心中也是焦虑难安，一切都正如柳琵琶的猜测，她确实是因为不明魔璧元能的禀性才迟迟不敢对两兄弟下手，基本上每晚她都会封印两人的灵神，然后百般尝试各种方法，但都无能为力。

准确地说，她的妖灵邪魄能够感觉得到元能的存在，却无法探寻出它循行流转的任何痕迹，不知其所在又谈何摄取呢?

妲己继续威喝着叮嘱了几句，便返身回了寿仙宫。

耀阳见妲己走远，终于舒了一口气，但又再想起方才的险境，不由大呼了三声“好险”，接着碰了碰倚弦的肩，探手翻出一枚凤彩玉簪，得意地笑道：“嘿嘿，跟咱们‘混世双宝’斗，谁也捞不到什么好处!”

倚弦立时猜到应是耀阳作势舍命一扑时顺手从幽云发髻上扯下来的，不由又是感动又觉好气，摇头笑骂道：“小命都快玩完了，你还想着偷人家的簪子，真有你的!”

耀阳仔细掂量了一下手中的玉簪，又故作无赖状地轻嗅一息，啧啧赞道：“好香啊，只看这整支玉簪上的彩罗璇纹便知价钱不低，正好用来补偿咱们兄弟的肉体伤害!”

倚弦闻言噗嗤一笑，差点没将肚中的隔夜饭尽数喷了出来，禁不住爆了耀阳一个响头，啐骂道：“什么肉体伤害?你看她也怪可怜的，刚才还那样胡说八道去刺激人家，难道你真想她永远误会我们吗?”

耀阳轻咦了一声，以一种异常暧昧的眼神紧紧盯住倚弦不放，围住他转了好几圈，别有深意地讪笑道：“听听咱们倚大少爷说话的口气，再加上一副怜香惜玉的表情，莫不是已经喜欢上人家了！”

倚弦禁不住面色一红，啐了一口，故作正色地回道：“瞎说什么，咱们现在朝不保夕身不由己，你竟然还有心思想这想那，拜托正经一点好不好？”

耀阳见倚弦似乎动了气，连忙收起吊儿郎当的模样，正经八百地点头应声道：“小倚说得对，我知错哩！”话甫一出口，声调又自一转道，“不过，这也怨不得我们，谁让她心情不好，一心只顾着拎咱们来出气呢？想起来，那丫头的剑还真狠，几次三番差点置我们兄弟于死地，相反妲己倒成了咱们的救命恩人了！”

倚弦知道他没完没了的性情，摇摇头接口岔开话题，道：“从这一点上可以证明你最初的猜想，我们对于妲己来说，确实还有利用的价值。”

耀阳得意地甩了甩头，道：“所以呢，我们不妨好好利用这一点，说不定还会有一线逃出生天的机会！”

“逃出生天……”倚弦心中默默念叨这四个字，涌起一阵说不出的灰心失落感，但侧身一看到耀阳那副信心满满的阳光笑容，不由心中一暖，与耀阳对视一眼，展颜露出会心的一笑，道：“我也这样想！”

接下来的几天里，兄弟两人因为自知得罪幽云公主的缘故，不敢再在宫里四处乱闯。不过日子的枯燥无聊与生存的压力，也刺激起他们修习玄法的兴趣，两人在这种情况下开始卖力地学习《玄法要诀》。

尽管身体对于法术诀要始终无动于衷，但他们的进步却是相当可观的。两人的领悟能力得到空前发挥，虽然不能学以致用，甚至有时因为没有亲身修持的原因，无法触类旁通举一反三，但却扎扎实实做到了逐字逐句地学识与领悟。

其实，这种净观典籍修悟玄学之道的方法，却恰恰是玄门正宗悟玄修道的不二法门。珍藏此卷《玄法要诀》的玄门第一大家——蜀山剑宗的入门弟子首要进入藏经阁，苦研本门玄学典籍三年之后，方能正式开始修持玄法道术。由此可知，玄、法、术、道四部的正统修习最是注重循序渐进，丝毫马虎不得。

耀阳与倚弦两人却根本不知道，他们这一番误打误撞的际遇，正好切合了玄门正统的宗道传承方法，而且他们起步研修的便是——被蜀山剑宗称为镇门秘宝“一典三籍”之一的《玄法要诀》，如此际遇不可不说是得天独厚。

玄门正统典籍潜移默化的引导，为他们日后的无限成就奠定了扎实的根基。

这日，两人刚刚起身，负责送饭的宫女小玉却早早地来了，她先朝倚弦打了个招呼，然后将手中的两层食盒置放在倚弦面前，道：“吃早点吧！”

倚弦礼貌地点头应了一声，而耀阳一见是娇小俊俏的小玉，立时翻身下地，大大咧咧地朝她来了一个灿烂的微笑，故作亲昵地问候道：“小玉姐姐，早！”

小玉心不在焉地应了一声，从食盒中拿出几样面食糕点，然后关切地吩咐了几句，便收起食盒起身要走。

倚弦看出她的神情有异，不由关切地问道：“姐姐平时都会等我们吃完才走，为何今日却要早早离去呢？”

耀阳闻言细细一看，小玉的神色果然显得慌张不安，想起这些日子的起居照顾，顿时胸中气愤难平，忙道：“小玉姐姐人这么好，是不是有人欺负你了？如果有的话，只要告诉我们，不管是谁，我们都一定会想办法帮你的！”

小玉心中一阵感动，摇头道：“你们多心了，我没事！只是宫里刚刚传来一个消息，说是朝歌相师姜子牙抓了琵琶贵妃，讲什么贵妃娘娘是妖精……大王与比干丞相现在正在摘星阁审问此事。宫里也因此闹得沸沸扬扬，说什么贵妃娘娘既然是妖精，那她的姐姐妲己娘娘……”

话一说到这里，小玉神色紧张地四处望望，不敢再说下去了。

耀阳与倚弦乍一听闻姜子牙的名字，几乎同时心神一震，知道朝歌城唯一能救他们兄弟的高人此时正在宫中，欣喜万分的心情可想而知，不由同时好声劝慰小玉一番，然后将她送出了小杂院。

顾不得进食那些味道极佳的糕点，兄弟俩已经迫不及待开始商量该如何把握这次千载难逢可以逃出生天的机会。

倚弦冥思苦想出种种可能性，不由有些丧气地说道：“摘星阁是皇宫内苑重地，以我们的身份就算通过御花园怕是都困难重重，更别说是靠近摘星阁!”

耀阳摇摇头，一脸不肯放弃的坚毅神情，道：“这是我们现在唯一的机会，再说妲己如今还不想对咱们怎么样，所以无论如何都得试一试!”

倚弦原本想到更多不利的因素，但甫一触及耀阳锲而不舍的目光，立时心有所感，应声沉吟道：“那我们就要好好想个办法了!”

耀阳皱眉冥思道：“到底有什么办法可以混过御花园的宫卫……想想看，这皇宫禁苑里，究竟什么人才可以通行无阻，又不会被宫卫兵士盘查呢?”

两人虽然平时不太走动，但时常寻机与宫女小玉聊天，对宫中的事情多少还有些了解。此时联想到这个问题，两人几乎同时脑中灵机一动，不由异口同声答道：

“寿仙宫的宫女!”

寿仙宫通往御花园的旁近小径上，迎面走来两位神态忸捏的束髻宫女，一路低着头缓缓向御花园行去。

“想不到女人衣服这么碍脚，走起路来一点也不方便，刚刚差点被裙摆绊倒……”身形略显高大粗鲁的“宫女”一边小心翼翼地东张西望，一边连连出声埋怨。

“这个馊主意可是小阳你想出来的，不关我事!”模样清秀的“宫女”闻言抬起头来，也紧张地四处观望，还不时调整自己和同行人的身姿步态。

两人的举止行动间，都掩不住忐忑不安的匆匆神色，仔细一看，原来这两人便是化装后的耀阳与倚弦兄弟。

方才，两人搜肠刮肚才想到这唯一可行的办法，然后偷取了寿仙宫后晾架上几件翻晒的宫女侍服，再经过一番精心的“梳妆打扮”，两人终于完成了有生以来第一次易容假扮女人的艰巨任务。

模仿平时小玉的神情动作，两兄弟耐着性子练习了好半晌，才鼓足勇气踏出小杂院的门槛，鬼鬼祟祟顺着偏径溜出“寿仙宫”范围。

“小倚，别动！”耀阳忽然回头小声喝止倚弦。

倚弦闻言一愣，紧张兮兮地四下望了望，见并没有什么异常状况，不由低声问道：“怎么了？”

耀阳一本正经地学着女人叉腰戟指的样子，嗲声嗲气地讪笑道：“瞧你这姑娘，模样还挺俊俏，不知今年芳龄几何，有无婚配？”

“婚……昏你个死人头！”倚弦又好气又好笑，一个响头敲过去，正准备小施惩戒之际，忽听一阵整齐的脚步声自前方传来，立时收声望去。

一大队手持明亮剑戟的宫卫兵士巡行而至。

耀阳与倚弦慌忙低头避至一旁，待到大队兵卫巡过身边，他们才松了一口气，望着远去的队伍，见自己的装扮竟然已经瞒过兵卫，顿时欣喜不已，自信心大增。

“我早就说过了，这个法子一定能行吧！”耀阳高兴地直在一旁朝倚弦挤眉弄眼。

“咱们先别高兴得太早！”倚弦不无打击地说道，“整座皇宫这么大，我们根本不清楚摘星阁在什么位置，总不能一个地方一个地方去找吧？”

耀阳先是一怔，旋即沉吟片刻又自笑道：“这有什么难的？所谓摘星阁，也就是手可摘星的地方，相信只要我们找到宫里最高的宫楼，自然便找到了摘星阁！”

倚弦不得不承认耀阳说得极有道理，不由举目望去，他们正好身处在皇城禁宫的中央位置，东南西北四面宫城一览无余，几番对比之下，他们终于确定了位置——

东北纵向的一座方形宫楼，高峻突出，玲珑有致，赫然矗立在宫阙林立的皇城之中，显出独具一格、轻逸非凡的不二气势。

正如兄弟俩所料，这座皇城最高的主楼便是摘星阁。

绕过御花园的主径，耀阳与倚弦小心行走在花草虚掩的偏径上，左穿右入避过往来的兵卫宫侍，逐渐向摘星阁一步一步靠近。

御花园东北一角的尽头通向摘星阁，需要经过一条人工小湖，湖面上亭台轩榭，玉砌回廊，相得益彰，精雅不俗。

耀阳与倚弦先是缩在花草丛中旁顾左右，在确定没有阻碍的情况下，两人这才踏足湖岸上的拱形玉石桥，拾阶而上疾步向摘星阁方向行进。谁知两人甫一踏上玉石桥头，才豁然惊觉在他们远望不到的另一侧桥面正迎面走来二人。

前者是一位老者，头戴莹玉官冠，一身盘龙缕金的漆黑朝服，配合他魁梧挺拔的身姿，予人一种异常沉重的压迫感，步伐开阖间更有一种如狂波激浪般的不世气势，虽然满头白发斑斑，却更显出他威猛稳重的形象，给人极具智慧与力量的感觉。

紧随其后的是一名丰神俊逸的健朗少年，二十好几的年纪，束髻顶冠长身傲立，剪裁得体的龙麟战甲衬出其人伟岸强健的身形，轮廓分明的脸庞泛出健康内敛的光泽，一双清澈明亮的眼瞳锋芒毕露，透出仿佛足以洞悉一切的逼人气势。

兄弟俩虽然不明这一老一少的来历，但是一见到二人，便顿时身不由己感应到一股潜在的危险气息逼了过来，尤其是那位老者一双凤目中投射出有如实质的眼光，更是让他们不敢与之对视，只能低下头快步闪往一边，暗自祷告面前二人快些走过才好。

偏偏越是担心便越是有事，朝服老者行过两人身旁，竟无缘由地停住脚步，凤目厉芒隐现，炯炯注视着两兄弟，沉声喝问道："你们是哪一宫的？为何见到本太师竟敢不下跪？"

两人闻言之下，都不由自主心神巨震，禁不住冷汗浃背，更加不敢直视对方。他们混迹朝歌城中，又岂会不知殷商太师闻仲的鼎鼎大名呢？

传说中，闻太师乃是殷商第一高人，胯下坐骑异兽墨麒麟，三眼神光为三界妖魔共忌，战无不胜攻无不克，赫赫威名震惊天下。

朝服老者正是殷商太师闻仲，他刚刚平定北海七十二路诸侯之乱，率徒回宫复命，谁知半路遇上这两名不知礼数的宫女，竟让他无端生出非一般的魔能感应，不由停下脚步，厉声盘问起来。

兄弟俩猜到老者的身份，垂头对望一眼，强自镇定心神，立时便转身跪下。

耀阳憋着嗓子变音说道："奴婢两人是……是妲己娘娘的随侍，只因刚刚进宫不久，所以不识太师尊颜，还请大人恕罪。"

话一出口，兄弟俩都不由自主地捏了把冷汗。

闻太师听到耀阳阴声怪调的声音，不由眉头一皱，道："又是妲己？哼……"他冷哼一声，不耐烦地挥挥手道："算了，你们走吧！"

两人知道他们又捡回了两条小命，哪敢在闻仲面前再多待片刻，慌忙躬身再行一礼，便急急下桥向摘星阁走去。

观望两人远去的慌张背影，傲立一旁的少年略作思忖，轻声禀道："师尊，方才徒儿用法眼神光小作探视，发现这二人并非妖魔二宗之人，而是寻常人界男子！却不知为何乔装成宫中侍女模样？"

闻太师神色微变，肃容沉声道："却不知是何缘故，为师虽是第一次见到他们，但总觉察出一种隐隐不安的感应，此二人定然大有来头！"说到此处，闻太师的目光中魔芒异现，冷冷道："戬儿，从现在开始，你去跟踪他们，有什么发现随时通知为师！"

"是！"少年欣然领命，只见他口中念念有词，高俊伟岸的身形翩然若动之间，便有如一团雾气般悄然散去，隐没于虚空之中。

闻太师静立桥头，掌中十指连番齐动，掐算半晌之后，别转雄躯径直下桥，直朝"寿仙宫"方向行去。

就在耀阳与倚弦换掉装束去往摘星阁的途中，他们的小杂院来了一位身份特殊的客人——

一身素装白衣的幽云公主俏颜含霜一脚踹开院门，怒不可遏地厉声喝斥道："你们两个贱胚，还不快给本公主滚出来！"

见半晌没有任何回音，幽云公主举步踏进院内，四下寻了一遍，整个小院也没见到两人，心中暗道：“难道他们真的不在?”不由心中萌生退意，但随即又怒气更甚，想道：“管不了那么多，反正是他们先偷我的东西……”

想到这里，她一把推开面前的房门，趁着懊恼的怒气开始四处翻找，显然是在寻找某一样至为重要的东西。

谁知她把屋子里外整个搜遍也没能找到什么，无奈之下气得脸色发青，心中更是越想越觉得难过，竟不由呆坐在一旁，怔怔地落下泪来，喃喃自诉道：“母后，孩儿没用，连您唯一留给孩儿的凤仪簪也保不住……”

原来她要找的东西便是被耀阳顺手捻走的凤纹玉簪，这是她的母亲姜娘娘唯一留下来的遗物。哪知自从上次遇见倚、耀两人之后，玉簪便遍寻不见，幽云自然猜想是两人搞的鬼，于是让丫鬟小娇探听到两人的住处，准备上门索回玉簪，同时更打算好好教训他们一下！

然而现时找不到玉簪，幽云也不敢确定是否是两人所为，只能暂时作罢，她拭掉面上泪水，环视简陋的杂物间，恨声道：“算你们走运，如果让本公主得知那支簪子真是被你们取了去，我一定会杀了你们!”

语罢，幽云公主翩然行出门外，出了院门，正准备循原路返回居处霁月宫，却在她转身离去之际，赫然见到五丈开外的宫墙前，一身朝服的闻太师正举步踏入寿仙宫宫门。

她远远望见，不由心中一疑，暗忖道：“闻太师平时在朝中处事谨慎稳妥，对父王忠心耿耿，与这妖妃妲己素无来往，今日为何甫一班师回朝便突然来她这里呢?”

幽云公主寻思半晌也想不出一个所以然来，不由被勾起了强烈的好奇心，忍不住心念一动，悄然追随其后潜入寿仙宫之中。

奇怪的是，此时的“寿仙宫”竟完全大异寻常，空荡荡的并无一人。甚至明明眼前晴空万里，却忽然掀起一阵阴风，惹人一身惊栗不由遍体寒战。

幽云刚刚还亲眼见到闻太师进宫，此时却看到宫内一个鬼影也不见，难免心中一惊，警惕忐忑地四下张望，然后躲躲闪闪继续往内宫潜行。

转过几处偏殿，幽云便听到一阵银铃般的娇笑声从旁近一处侧殿中传出，她心下一喜，轻移莲步循声靠近殿窗，寻了一处窗格缝隙，凝神往里看去。

娇媚风骚的妲己正躺在大浴池中享受百花浴，太师闻仲雄躯鹜立在浴池旁侧，静静注视浸没在百花叶瓣池水中的妲己，面对眼前活色生香的一幕，他威严的面孔并没有透出丝毫变化，一副袖手旁观的不动神情。

缭绕的蒸熏热气中，妲己轻施玉手擦拭白净无瑕的肌肤，若即若离的肢体动作加上躯身有意无意的迎合，尤其是伸臂抬腿的间隙透出她若隐若现的诱人部位，果然妖媚不可方物。

妲己微启朱唇，娇声道："哟，不知闻宗主大驾光临，有何指教？"

"大驾不敢当。"闻太师鹰眉微挑，眼中魔芒湛现，淡声道，"老夫究竟为何事而来，相信妲己娘娘理应心知肚明才是！"

"心知肚明？"妲己脸色一变，一反方才娇媚无限的样子，冷哼道，"你九离一族的门徒胆大妄为盗我宝物，不知身为宗主的闻太师又该有何交待？"

闻太师负手而立，冷冷瞥了妲己一眼，道："娘娘说话未免过于颠倒是非吧，想那归元魔璧向来便是我魔门之物，却不知几时竟变成妖宗的宝物了！"

窗外的幽云闻听两人对话，得知闻仲竟是魔道一门的宗主，早已骇得面色苍白，心中虽然萌生退意，但双腿之间却挪不开半分步子，只因她少时得异人传授剑技之时，也曾听闻过三界四宗的说法，当然清楚这些妖魔上品高手的厉害，知道此时只要有任何轻举妄动被他们惊觉，后果都将不堪设想。

殿内，妲己心中暗自一凛，不动声色道："哦？归元魔璧失踪达千年之久，早已变成三界无主之物。正所谓，奇珍异宝唯有德者居之！你魔门五族沉寂三界之末也有数千年的时光，既然无才无能取回异宝，便不应再厚着脸皮坚持'归元璧'乃是魔门宝物之类的荒唐说辞！"

闻太师一阵大笑道："九尾狐啊九尾狐，你也太不将我魔门五族放在眼里了吧？想你妖宗素来法弱势微，自首度神魔大战开始，便一直归附于我魔门五族之下，没想到你一个在女娲贱人手下打杂的小小妖狐，竟敢妄言我宗道统无才无能，老夫倒要问你，你凭什么？难道说凭的是现在这个狗屁娘娘的身份么？"

妲己脸色被激得铁青，但碍于心中筹划的大局未定，只能暂时忍气吞声，于是针锋相对地激道："抛开这些意气之争不谈，本宫想请教闻宗主一个问题——如若魔门其他四宗得知'归元璧'重现三界的消息，你猜最后的结果会是怎样？"

闻太师不愠不怒，神情平静不波一如寻常，反问道："'归元璧'不在我手，老夫又有何惧？"

"难道闻宗主今日来我寿仙宫，只是为了告诉本宫这句话吗？"妲己格格娇笑道，"太师无须在本宫面前尽说些堂而皇之的脸面话，其实你我皆有所求，倒不如一起合作一笔交易如何？"

闻太师冷冷道："交易？不妨再说明白一点，看看老夫有没有兴趣！"

妲己情知伏杀蚩伯一事已被泄漏，只能视现时情况作最坏的打算，她决定先将闻太师硬拖下水，以避免日后遭魔门五族齐噬之祸，于是她把魔能汇入倚、耀两兄弟体内的情况一一说出，然后道："太师应该知道妖宗最擅长灵元合纵之术，再加上你精通魔门元能之秘，相信我们定然可以解开归元璧之谜，共享穷极天地三界的无极力量，岂不比打打杀杀来得更有效益呢？"

闻太师冷哼一声，不屑道："信口雌黄掩人耳目，难道你当老夫是殷辛、费仲之辈的酒囊饭袋么？"

妲己知他一时半刻不会相信自己的话，却也不急不躁地勾起下巴匍伏在浴池边上，一脸信不信由你的无所谓表情，道："相信与否，在于太师自己的判断，但本宫可以保证，太师只要见到那两个小子，自然便会相信这一切！"

"哦？"闻太师故作惊疑地轻咦一声，暗暗心惊不已，霍然想到刚才两名假扮宫女的少年，暗忖道：“莫非这妖狐说的就是他们?”但他怎么也想不到“归元魔璧”之能竟这样遗落于两个无名小子身上，细细一想，便又说道：“老夫还真想见识见识!”

妲己听话知意，清楚闻太师已经松了口风，凤目透出寒光妖芒，道：“既然太师认为我们有合作的可能，便理应坦诚相见，不如现在就让潜在窗外的家臣族将进来吧，犯不着再偷偷摸摸哩!”

闻太师闻言冷冷一哼，道：“老夫堂堂九离一族之主、一国太师，怎会做这等卑微鄙事，起先老夫还以为是你家姐妹暗中窥伏，却原来不是!”

妲己脸色微变，冷哼一声，身影自浴池中一掠而起，激起漫天粉色瓣雨，化作一件轻薄黑纱恰恰覆于一丝不挂的皎洁玉体之上，玉手屈握成爪向窗外一挥一抖，妖宗无上秘法——“玄阴九姹诀”随即发动。

幽云在窗外听得心惊胆战，这才知道行踪早已被他们察觉，慌不择路抽身想退，哪知身后窗格吱呀而开，从殿中骤然传来一股牵丝连缕有若网状的阴柔力量，还没等她反应过来，就觉浑身一紧，身体不由自主向屋内倒飞而去。

幽云感觉身体被重重摔在地上，撞击力震得她浑身像散了架似的，异常沉重的压迫力随之而至，她勉力睁开双眼，一团黑雾已然迎头罩下，无孔不入的妖能在瞬息间渗透周身体脉，幽云眼前一黑便失去知觉，可怜一缕芳魂就此消逝。

闻太师辨得此女竟是幽云公主，更料不到妲己下此重手，心中一惊，魁健身影一跃而起，一把拎起幽云尸身，将右手拇指、食指、无名指分别按在幽云的人中穴和双眉之上，精湛魔功立时透指而出，口中念念有词道：“尔之魂魄，遵吾号令，魂藏泥丸，魄隐紫府，释——”

紧接着，便见一缕黑丝缠雾由闻太师手中五指冒出，钻入幽云面部七窍之中，源源不断延伸直入体内。与此同时，闻太师前额正中豁然现出一只怪异的眼睛，闪现一团烈阳魔芒，聚敛成线覆照于幽云顶额之上，一闪即逝。

片刻间，幽云再次缓缓睁开双眼，木然呆滞地望向前方，眼神再也无复从前的灵动，幽深的眼瞳中仿佛笼罩了一层幻雾似的，黯然无光。

“元灵锁魂术！”妲己拍掌赞道：“太师果然好手段！”

闻太师冷哼道：“你的手段未免太过毒辣，也不看清对方是谁便狠下杀手，幽云这丫头怎么说都是殷辛最宠爱的公主……”

“本宫平生最看不惯背后鬼祟的小人行径！”妲己振振有词道，“太师未免多虑了，现在不是很好吗？这样我们又多一个帮手，而且在我看来，那两个小子好像对她还蛮有点意思。”

闻太师阴沉着脸凝视跟前的幽云，心中盘算眼前这个妖女的提议，正反复思量间，一股妖风旋进殿来，立定身形一看，正是九头鸠鸡精喜媚，神色慌张地跑了进来，呼天喊地哭诉道：“姐姐，不得了……不得了啦，琵琶姐被姜子牙抓了……现在正在摘星阁受审，还说要用三昧道火烧出她的原形……姐姐赶快去救她吧！”

妲己心中一惊，愤声道：“你们也是多事，怎会无缘无故去惹他呢？”

闻太师尚属初次听闻“姜子牙”之名，不由奇道：“这姜子牙究竟是何许人，竟有这般本事？”

喜媚知他乃当朝太师的身份，更是魔门九离一族的宗主，言辞不敢怠慢，道：“奴家不知，只是最初见他在城南的‘天命异馆’批命看相，听闻对于命相数术很是了得……后来柳姐姐入宫当日，我盘算着请他进宫为两位姐姐说些吉祥话，讨个好彩头，谁想他不但不赏脸还差点打伤我。今晨柳姐姐说是为给我出气，便去寻他晦气，谁知……”

妲己狠狠瞪了喜媚一眼，美目中精芒如电，接口道：“姜子牙的真实身份，其实是昆仑山玉虚宫元始天尊老头的门下弟子，记得前些年在西王母的寿宴上，本宫尚且见过他一面，此人外表憨厚老实，实则狡诈阴险。此次胆敢欺上门来，本宫倒想看看他究竟有何目的？”

语罢，妲己轻扬玉手隔空摄物，悬挂丈外衣物架上的华丽宫服在妖能挥应之下，即时落于妲己身上，不到片刻工夫，妲己便盛装隆重鹤立于前，对闻太师说道：“太师不妨先考虑一下本宫的提议，待眼前事情一了再给我答复如何？”

闻太师不置可否，缓缓道："老夫也准备去看看，那玄门昆仑道宗第一人——元始天尊的门下弟子究竟是一位何等厉害的人物。为了避嫌，老夫先行一步！至于幽云那丫头暂且就留在你这里，待会儿老夫布坛行个法事，自会让她日后服服帖帖听我们差遣！"话音甫落，高大的身形已然掠出门外，消失不见了。

妲己以元能探测四周，确定闻仲已经走远，才缓缓回过身来，一双凤目迸出骇人厉芒紧紧盯住喜媚，一字一顿地冷声道："记得前些日子蚩老鬼来犯，你们恰巧都回了梦冢，本宫曾几度传唤你们，但都见不到你们的踪迹，而且最近又时常鬼鬼祟祟出双入对，甚至今日还搞成这样！"

"说——"妲己凤眼一瞪，厉声喝道，"你与柳琵琶究竟有什么事情瞒着本宫，快些从实招来！"

喜媚吓得冷汗直冒，扑通跪倒在地，哆嗦着将申公豹唆使柳琵琶与自己密谋陷害蚩伯的事情一一道出，其间自是将自身责任大而化小、小而化无，说完还拿出刚从柳琵琶身上取来的"金傀符"递给妲己，哭哭啼啼道："姐姐明鉴，这一切都是柳琵琶强迫我干的，妹妹一直对姐姐忠心耿耿，怎会背叛您呢？"

妲己细细听完经过，一把取过喜媚手中的符巾，看也不看便冷哼一声道："你们定是在想，本宫最好是与那蚩老鬼同归于尽，对吧？然后将本宫之位取而代之……"

喜媚跟随妲己日久，自是清楚她凶残的本性，立时被这一番话骇得三魂失了七魄一般，慌忙支吾解释道："姐姐误会了，我们绝对没有这个意思……"

不等喜媚把话说完，妲己掌中蓄势已久的元能一动，网状妖能甫发即收，将猝不及防的喜媚紧紧封印起来，随手置入一个皮囊之中。她再一细看手中几张符巾，美艳无匹的脸上现出一丝难以觉察的笑意，身形腾空掠出殿门，直奔摘星阁而去。

空荡荡的大殿只留下神情呆滞、浑然无觉的幽云公主，双目之中空洞的眼瞳直勾勾望向水雾蒸腾的一片虚空……

第十一章　阴阳初合

耀阳与倚弦匆匆赶到摘星阁外，入目一见四处兵士林立，远远望去，阁楼之上人人正襟危坐，如临大事一般，他们心中不由一凉，均知道戒备如此森严，即便以妲己随身侍女的身份也休想进得去，看样子找姜子牙帮忙的希望完全破灭了。

两人四处窥探了许久，在确定没有办法溜进摘星阁的情况下，他们躲在阁楼背面台阶下的草木丛中，颓废的心情愈加低落。

耀阳无可奈何地叹了口气，不无自嘲地说道："照现在看来，我们兄弟两人最近的运气还是不怎么样！"

好在倚弦起先只是抱着试试看的心态来到摘星阁，所以失望的心情并不严重，反倒出言安慰耀阳道："说不定这是老天爷在磨练咱们哩！这个办法不行，总还有别的法子可以行得通，最重要是我们不能放弃！"

耀阳懊恼地吁出一口闷气，道："真不知道我们还可以熬多久？"

倚弦远远一望，忽然扭过头来，神色一凛，做个噤声的手势，埋下头低声道："小声点，妲己来哩！"

只听头顶石阶上一阵脚步声响过，阶上的宫卫兵士纷纷跪伏迎驾。两人惊得缩在台阶下的角落中，连大气也不敢喘一口，好不容易熬到这位煞星匆匆踏阶而去，两兄弟才松了一口气。

耀阳整个人神情委顿，靠在阶边的石壁上，脸色阴晴不定地变换着，最后盯着倚弦道："小倚，咱们应该怎么办才好？"

倚弦心中也没了主意，叹了口气道："咱们还是回去吧，摘星阁的事情一旦结束，妲己寻不到我们，难免会遭她迁怒，而我们现在还是不要过于触怒她为好!”

倚弦小心翼翼地旁顾四周，然后起身走出草木丛，耀阳愣了愣追上前去，两人再次扭捏着顺着来时的路往御花园方向行去。

摘星阁上，闻讯而来的文武百官早已列席就座，高居主阁楼之上一位中年男子金帘冠顶、龙袍覆体，额宽眉长方鼻大口，眉目之间虽是一派皇者霸气，但仍掩不住一脸倦色，此人正是当今殷商天子纣王。

阁前空地中，数百名宫卫兵士远远地将一位仙风道骨的道袍老者围在中心，成堆的柴薪架在广场中央，缚柱上的柳琵琶被两道金符所封印，一动也无法动弹，一双美目中透出无比怨憎的妖芒，直欲将那道袍老者姜子牙生吞了一般。

只听一声令下，四围的兵士齐齐将手中火把投入柴薪之上，火势蔓延直上，片刻间已将柳琵琶团团围住，不知姜子牙施了何种法术，原本随风飘摇的火苗尽数聚于缚柱之上，熊熊燃烧的炙热令柳琵琶禁不住低吟出声。

姜子牙卓立火堆旁边，双手各捏一式玄异法印，十指缓缓举向虚空，凝神挥舞起落之间，天际骤明骤暗，只听霹雳齐响，三道雷电直劈向缚柱上的柳琵琶，几乎在同一时间，姜子牙一声厉喝，眼鼻口三窍中喷出三股烈焰，朝缚柱席卷而去。

“姐姐！救我……”柳琵琶见姜子牙放出三昧真火，脸若死灰，凄厉大叫!

雷电轰鸣，交织出漫天焰芒，夹杂着一声凄惨的号叫后，火灭烟消的广场缚柱上赫然现出一面玉石琵琶。

顿时间，满座文武将官与纣王一道齐声惊呼，表露出难以置信的震惊神情。静立阁楼一角之上的闻太师更是惊诧，双目魔芒劲射紧紧盯视场中的姜子牙，思忖良久。

此时姗姗来迟的妲己甫登摘星阁，恰好见到眼前的状况，脸色顿时大变，望着姜子牙傲然卓立广场之上，气得真恨不能生啖其肉，咬牙切齿暗道："打狗还得看主人，你一个小小玄宗弟子便如此不将本宫放在眼里，我誓必杀你，姜子牙！"

纣王一见妲己上楼，立时疾呼道："美人快来！原来你那妹妹柳琵琶竟是一个妖精变化而成，幸亏有昆仑异士姜尚识破她的本来面目，并替朕与美人消除了这个妖孽！"

妲己行前倚坐在纣王身侧，强自压抑住心中怒火，故作惊怕非常地说道："吓死臣妾了，照这样看来，琵琶妹妹定是早已被这妖精所迫害，可怜我那命苦的柳妹妹……"说着竟嘤嘤哭泣起来，累得纣王连声哄让安慰，气氛吵闹不堪，令文武群臣均感到尴尬异常，尤其惹来右下殿台上亚相比干、武成王黄飞虎等一众忠臣的愤慨目光。

过了半晌，纣王好不容易才哄得妲己止住哭声，忙适时问道："美人，你看应该如何处置这琵琶妖物才好？"

妲己勉强挤出一丝笑容，道："既然姜异士已将妖孽除去，而且臣妾观这玉石琵琶质地上乘，理应有数百年的乐龄，不如嘱人将其取上楼来，待妾身上了丝弦，早晚取乐于陛下，岂不更好！"

纣王正愁无法取悦美人心，闻言正中下怀，立时着人取了玉石琵琶上楼，交到妲己手中，问道："此次姜异士捉妖有功，美人认为朕应该如何赏赐他呢？"

妲己心念一动，忙道："臣妾以为，既然姜异士才术双全，何不封他为官，留在朝中保驾也好！"心下暗忖道："只要你姜子牙留在宫中为官一日，本宫便自有法子置你于死地！"

纣王龙颜大悦，即时颁下圣旨，封姜尚官拜下大夫，特受司天监职，随朝听用。

姜子牙候在摘星阁下，初见有人取走柳琵琶的本元妖身，奈何已来不及阻拦，只好作罢，哪知等到后来竟又接到封官加授的旨意，不由哭笑不得，虽然明知是妲己从中作梗，但苦于君命不可违，也只能暂时应允，领旨谢恩而去。

耀阳与倚弦两人顺来路回到小院，打开厢房只见四处狼藉的样子，不由都被吓了一跳。耀阳瞪着大眼，有些哭笑不得地说道：“难不成这皇宫也有小偷？不过，这小贼显然比我们还笨，咱们这里可是一点宝气也冒不出哩。”

倚弦皱鼻轻轻一嗅，奇道：“小阳，你有没有发现房间里有一股淡淡的香气？”

耀阳经倚弦提醒，果然发觉房间内残留着一线淡淡香气，皱眉思忖片刻，喜笑颜开地说道：“我记起来了，这应该是幽云丫头身上的体香！”

倚弦瞪了耀阳一眼，道：“她肯定是来找那支凤纹簪的，瞧瞧这都是你惹出来的祸事，你自己想办法将那支簪子还给人家吧！”说着摇摇头耸耸肩，摆出一副事不关己的姿态，极不自在地扭了扭身体，道，“这身衣服穿在身上，真是活受罪！”

耀阳故作不解道：“小倚，这就是你不对了，当时如果不是我们俩配合无间，我又怎么会如此轻易便得手呢？再说……”言语一顿，耀阳斜眼扫了倚弦一眼，做出一副猪哥嘴脸，涎笑着继续说道：“再说，你现在这样子还蛮水灵的，干脆哥哥我就将这簪子送予你得了！”

倚弦没好气地呸了他一口，道：“去你的！”

两人正说话间，只听“砰”的一响，院门被人一脚踹开，两人刚刚回来还来不及换下一身别扭的装扮，想到最有可能便是怒气冲冲的幽云公主，或是姐妹被姜子牙抓去的妲己，两人立时吓得缩在房中一处角落，一声也不敢再吭。

不多时，从门外闯进一个丫鬟打扮的宫女，盯着两人看了半天，才疑惑不解地问道：“请问两位姐姐，这里有没有住过两个很无赖的……男子？”

耀阳听声音挺熟，抬眼一看原来是幽云公主的贴身丫鬟小娇，顿时松了一口气放下心来，心中难免有些气恼，一时玩性大起，扭着屁股一颠一颠地轻挪到小娇身边，尖着嗓子问道：“姐姐要找的两人莫非一个模样秀气讨人喜爱，另一个身形俊伟雄姿勃发呢？”

小娇初次听到耀阳故作娇情的不伦不类的声音，顿时头皮发麻，起了一身鸡皮疙瘩，不自觉地退了两步，喃喃道：“这位姐姐，那你知道他们现在在什么地方吗？”

耀阳苦忍住笑意，继续道：“不知道，不过姐姐有什么事情尽管吩咐便是，如果我见到他们，自然会替你转告的！”

小娇叹口气，皱眉问道：“其实也没什么，只是公主殿下今早说是丢了一样东西，很有可能是被他们……捡了去，所以亲自来这里找他们，谁知现在过了好长一段时间还未回宫，我四处找不到公主不免有些担心，所以特地来寻她。”

耀阳与倚弦不自觉对望一眼，心道：“原来幽云丫头真的来过！”耀阳面上却仍然故作惊讶地说道：“公主？姐姐莫不是开玩笑吧，公主的千金之躯又怎么会来我们寻常宫奴居住的肮脏地方呢？”

小娇闻言面色大变，颤声道：“公主真的没来过么？”

语毕，小娇的眼泪哗啦就掉了下来。原来方才纣王见到身边宠爱的妃子居然是妖精，难免担心起女儿的安危，是以遣人通传幽云去摘星阁让姜尚驱驱邪。谁知小娇遍寻幽云不见，再一联想到妖孽藏宫，这怎能不让自小伴着公主长大的她焦急担心呢。

耀阳哪里想到简单的一句话竟让小娇有这么大反应，一时间不敢再胡说八道，手足无措地愣在那里。

倚弦听到小娇爱主心切的哭声，心中着实不忍，走上前去柔声对小娇道：“小娇姐姐先不必太难过了，幽云公主很可能刚刚来过，或许是我们没有碰到罢了，再说她千金之躯，一人之下万人之上，相信在这皇宫内院也不会发生什么意外，慢慢再找找，说不定待会儿她自己便回宫哩！”

小娇猛然听到男子声音，神情一怔，呆望向眼前这位好心的宫女“姐妹”，支吾了好半晌：“你……你是谁？”

倚弦看到小娇疑惑的样子，尴尬地指了指耀阳道：“小娇姐姐，对不起！我们只是跟你开个玩笑，现在给姐姐介绍一下，他是我兄弟叫耀阳，我叫倚弦！”

小娇听罢终于知道耀阳刚刚在耍她，但现在哪有心情与他计较，只是生气地瞪了耀阳一眼，又再次问道：“我问你们，公主究竟有没有来过？”

耀阳插口答道：“公主真的丢了吗？我们兄弟可是真不知情！”

小娇红着眼圈道：“公主说是来找你们的，怎么会不见了呢……反正我不管，要是公主出了什么事，呜……我就拉你们一块去见大王……呜……”说到最后，她抵不住心中担心又哭了起来。

倚弦最是听不得别人哭泣，尤其是像小娇这般柔弱的女孩子，心中一软很是不忍，道：“我们虽然没见到公主过来，但好在这屋里还残留着公主的独特体香，证明她肯定来过，既然来过想必也不会走得太远，不如咱们帮你分头去找找公主吧！”

耀阳虽有几分不愿，但他与倚弦的性情有一点相同，都是见到女子落泪便会心软的人，再则他怎会放过一个能讨好和亲近公主的机会，于是应声附和道：“对！我们三人分头找，小娇姐姐去公主常去的地方看看，我们则在附近找找，只要有心肯定能找到，而且说不定公主现在已经回宫了呢？”

小娇止住哭泣，连连点头道：“嗯，我现在就回宫去看看！你们如果找到公主就要马上通知我，切莫忘记了！”说完一溜小跑地回宫去了。

耀阳与倚弦两人匆匆换回本来衣物，再度出了小院，顺着寿仙宫的宫墙向外寻去。耀阳边走边问道：“小倚，你说幽云那丫头会去哪里呢？”

倚弦思量片刻，道：“一个偌大的皇城禁宫，如果不见了一两个宫奴或许一时间很难查出来，但身份贵如幽云公主若是在宫里转悠，寻常宫卫肯定会有所注意！既然小娇四处问询不到，估计宫卫们也不知情，所以最大的可能——”

耀阳顺藤摸瓜往下猜测道：“照你这么说，幽云丫头最大可能就是遭人软禁，或是已经被谋害？”

倚弦煞有其事地点点头道：“很有可能！”

耀阳一脸不敢相信的模样，道：“幽云丫头是大王最宠爱的公主，就像那天的事，连妲己都得让她三分，谁还敢拿她怎么样？”

倚弦摇摇头道：“或许平常人都不敢开罪她，但妲己绝对是例外！”言语间抬眼望了望面前不高的宫墙，顺着墙根摸索起来。

耀阳一怔，揣测到倚弦可能翻墙而入的想法，急忙一把拉住倚弦，惊道：“小倚，你疯了吗？妲己虽然不在宫中，但谁也不知道这寿仙宫里究竟匿藏着什么样的妖魔鬼怪？”

倚弦正凝神思虑之际，忽被耀阳出手打扰，专一的心神不由自主感到浑然一震，不知出于何种无法言传的缘因，难以置信的感觉瞬息间如迅雷闪电般发生——

倚弦打出一个噤声的手势，附耳贴在宫墙上细细倾听起来，脸上浮现出一个非常古怪的表情，看得耀阳丈二金刚摸不着头脑，但见倚弦一脸认真的模样，又不便打扰，于是也只能好像若有其事一般，东眺西望装出一副望风等待的猴急样子。

还没等耀阳反应过来，倚弦已蹑手蹑脚摸着墙缝爬上宫墙，跃身而下。

耀阳苦笑一声，终于品尝到很多年来倚弦陪着自己闯祸的滋味了。

阴森可怖的寿仙宫空无一人，倚弦与耀阳毫无阻拦地来到正殿前，耀阳不停俯在各个窗格上向里窥望，透过薄丝窗幔可以清楚看到殿内的一切摆设，显得精雅不俗，令他们很难想象这是那妖人的寝宫。

一览无遗的殿室空旷阴晦，连寻常的宫婢也不见一个。

倚弦一路皱着眉头并不言语，神情始终透出一丝怪异，行为更显匪夷所思，似乎循着一条早已知晓的路线一直往最里侧的偏殿行去。

耀阳连连路过几处殿室都找不到任何蛛丝马迹，禁不住嘟哝道：“好奇怪，为什么这么大一个寿仙宫竟连一个宫奴也没有呢？记得那日我们进宫，不是还有一个宫女打扮的黑狐肥妖押送吗……难道小妖们也全都去摘星阁了？”

倚弦终于在一处偏殿外站定了脚步，语气出奇肯定地说道：“应该是这里了！”

耀阳小心翼翼地靠近殿窗，半信半疑地看着倚弦，问道："你肯定幽云在里面?"说着偏头挤在一处窗格缝隙处往里看去，就在他毫无准备的心理情况下，跃入视线之内的情景令他不由自主震惊当场——

素淡雅致的衣饰装扮，清丽脱俗的动人背影，这一切都是那样熟悉，耀阳怎么可能不认识呢，背对他们站立在内殿之中的女子正是幽云公主。

耀阳回过头以一种难以置信的眼神望向倚弦，喃喃问道："小倚，你怎么会知道幽云丫头在这里呢?"

倚弦摇了摇头，双目也透出迷茫不解的神情，道："我也不知道为什么，只是当时在墙角被你硬拍了一下，我就恍恍惚惚听到一个声音，好像是幽云公主在召唤似的，刚才循着声音来源的方向便找到这里!"

"我拍你?"耀阳看了看自己的双手，再看了倚弦一眼，双手快速递前拍击，促狭地笑道，"那不妨再试试吧!"

倚弦被打得措手不及，猝不及防挨了两下，奇怪的是这次反而一点异状也没有出现，他愣了一愣，醒悟过来，捂住生痛难忍的前额一脚踹向耀阳的大屁股。

耀阳早有所防范，腾地一跃而起，避过倚弦的攻击，捧腹笑道："我看你小子八成是撞邪了!"说完一把掀起身前的窗格，灵活的身子一缩，跳进殿内。

倚弦首先机警地环顾四周一圈，在确定没有发现异样情况后，才自窗口进到厅内，小心翼翼关上了窗子。

两人进到殿内，才隐隐觉察到事情不太对劲，试想两人刚刚在窗外如此大声谈笑，殿内之人怎会听不到，而以幽云公主平时的性格，见了仇家又怎会无动于衷呢?

耀阳顺了顺胸膛舒了口气，目不转睛地看着幽云那引人遐想的背影，轻轻碰了碰倚弦的肩，奇道："她怎么了?我心里总觉得发毛，怪怪的……"

倚弦一样感觉到不寻常的变化，摇头道："不知道，我们小心一点便是!"

两人蹑手蹑脚终于靠近幽云身旁，倚弦隔得数尺距离拦住试图更靠近一点的耀阳，小心地躬身试探道：“公主殿下，草民倚弦和兄弟耀阳首先向您请个罪！此时打扰公主是因为方才受了小娇姐姐之托，特地来寻你的……”

耀阳瞪大眼睛一直在注意幽云的神情动态，此时他拉了拉倚弦的衣角，摇了摇头表示她一点反应都没有。

两人这才别过身走到幽云面前，一眼便看到此刻的幽云脸色苍白、目光呆滞地望向前方，竟完全对面前二人视若无睹，好半晌都一动不动的娇躯更令兄弟俩感到诧异万分。

倚弦再次轻声问道：“公主殿下，你身体有何不适吗?”

幽云依然没有回答。

兄弟俩大眼瞪小眼，哪里弄得清楚这葫芦里卖的是什么药。耀阳壮着胆子伸手在幽云公主眼前晃了晃，幽云的眼光一样呆滞若痴。

耀阳贼眼兮兮地一笑，装模作样学着寻常医士举起右手探向幽云的玉腕，说道：“不如就让在下替殿下把把脉吧!”耀阳见幽云依旧没有反应，悬指便果真压在幽云玉腕脉门之上。

“去你的！都什么时候了，还想着占人便宜!”倚弦在一旁没好气地抬手向耀阳打去，耀阳嘻笑着偏头一闪，习惯性地举起左手一迎。

然而，就在倚弦与耀阳两人双手交接的一刹那，怪异的事发生了——

兄弟俩只觉各自眉心一阵胀痛，由不得浑身一震，奇妙的灵应感觉随即扩散至周身上下，心神相通的异能流动窜行于二人体内，他们感到一种融通天地的透彻流淌在心头，周围数丈距离的一切纤毫毕现。

正当两人感怀并震惊于自身的变化之际，他们沿着灵能的伸展追本溯源，终于发现他们的力量完全被一股巨大的吸力所牵引，而那股吸力则来源于幽云体内，两人齐齐望向近在咫尺的幽云公主。

一阵若隐若现的耀眼荧光自幽云胸前闪烁不定，巨大的吸能便是自她玉手腕脉传来，似急若缓、似收还敛的异感纷呈，倚弦与耀阳的心神出奇般凝定不移，但觉脑中思感在瞬息间如水银般倾泄而出。

似有若无的痛苦呻吟声随即在两兄弟心神之间回荡。两人心神巨震，惊得放手各自后退一步，难以置信地相互对视一眼，骇然望向幽云公主。

耀阳露出一副古怪神情，道："小倚，你感觉到什么没有？"

倚弦皱眉点头道："很奇怪吧，刚才我在宫墙外的感觉也是这样的！"

耀阳应声苦笑道："惨了，这次连我也一起撞邪哩！"

"撞？撞你个死人头！我想幽云公主肯定是中了妲己恶婆娘的妖法！"倚弦沉吟半响，再次握起幽云的玉腕道："刚才究竟是怎么回事？"

耀阳有一样学一样地握起幽云另一手的腕脉，道："小倚错哩！刚才应该是这样的——"

倚弦闭目感受良久，摇头道："我一点感觉都没有。"

耀阳仔细回想刚刚发生的一幕，似有所悟地举起自己的右手，喃喃道："难道是因为我们相互牵手的原因？"

倚弦闻言心中一动，左手一把抓住耀阳举起的手掌，怪异的事情再次出现——

因为事先有心理准备，他们这次可以清晰地感觉到，眉心的胀痛又一次出现，随着痛感的加强，他们体内仿佛有股力量随时涌之欲出一般。

紧接着，似乎像是受了某种召唤一般，一道荧光流转的光环从幽云身上流溢而出，在三人间呈波浪状荡漾开来，倚弦与耀阳循光源望去，原来一切异变出自幽云胸前一块做工精巧的凤首铭纹玉锁，正是姜子牙赠与幽云公主的护身神物，光环便是莹心锁放射出的柔和光芒所织成。

波浪状的光环在触及两人身体后，居然像有弹性似的反弹回去，倚弦与耀阳此时产生了一种异常奇妙的感觉，仿佛三人自六手交触的那一刻起便融汇成一个整体一般。

三人之间这股思感异力如同一池深邃的幽潭，在莹心锁的灵应作用下，缓缓扩散开来，一旦波及到耀阳与倚弦的躯体，便如同触碰到两旁池岸一样，异力所荡漾出的涟漪就自然反卷回荡开来。

异感回荡的同时，兄弟俩感觉到自我的思感仿佛融入这异力涟漪中似的，随着它的流动推向幽云胸前的莹心锁。一阵冰凉剔透的异力穿透般沁入他们心神，幽云的痛苦呻吟声在一片黑暗虚无中清晰传入两人的思感。

"……救我……我好难过……"

耀阳心中一喜，急问道："是公主么?"

不知是否莹心锁发挥了神奇的功用，幽云似乎听到了耀阳的问话，又一阵无力而欢喜的呻吟声传入两人思感："你们……你们是谁?"

耀阳连忙应声答道："是我们哪，没想到在这里还能见……听到公主美妙的声音，真让人高兴。"

倚弦生怕他胡言乱语刺激幽云公主，忙问道："公主殿下，您怎么会在这寿仙宫呢？究竟发生什么事了?"

幽云似已听出两人的身份，思感传来的语气骤然变得激动起来："……你们与那妲己妖妇同是一路妖人，何必在此惺惺作态，幽云清白之身，即便死了也不愿受你等一点一滴的恩惠，滚……"

倚弦就知道事情变糟，连忙辩解道："公主误会了，其实我们兄弟也是迫于无奈才被妲己妖人所控制，只因……"于是，倚弦将他们兄弟的事情简略地一一说明，并将小娇拜托他们寻她的事一并申明。

"相信公主一定看得出来，我们根本不会什么妖法玄术，否则那日也不会险些被您所杀。再说如果我们真是妲己妖人的奴仆，那现在这样救你又有什么目的呢？所以希望公主不计前嫌将事情经过说与我们知道，大家再一起想想办法才能帮你!"

幽云公主似是沉吟了片刻，终于幽幽叹了口气，将她去找两人寻母后凤簪，然后发现寿仙宫中闻仲与妲己密谋，最后失手被擒的事情经过一五一十地说了出来。

说到后来，幽云言词间有点迷茫："我当时只感到周身一阵剧痛便失去了知觉，不知为什么，等我再度醒来时就发现自己竟被囚禁在自己的身体里面，这里一片漆黑，什么也看不到、感觉不到……"语声愈渐悲切，不等两人好言相慰又自呜咽起来。

其实幽云的魂魄灵体在死去的一刹那间，尚不及沦入冥界，便被闻太师施法禁于泥丸紫宫之内，倘若再等闻太师布坛行法之后，她的灵台神智将彻底变为受闻太师操控的木头人，好在莹心锁在这关键时刻发挥了护主功用，使她得以保住清明本神。

当然这一切还要归功于倚弦与耀阳体内本质截然相反、却同出一源的归元魔极能量相助，若非极向相异的魔能各有所持，又岂能引发莹心锁的本源共振，促使三人间的思感传递，不过这些就连身为当事人的倚弦与耀阳也是无从知晓的。

耀阳听到幽云嘤嘤的哭泣声，连忙献殷勤道："公主不要怕，我们兄弟一定会帮你的！"

倚弦搜肠刮肚苦思良久，无奈仅只他从《玄法要诀》上所学，远远无法与妖魔二宗错综繁杂的千邪万法相比，又怎能明白这些驾御魂灵魄体的法术玄奥，不由叹口气皱眉望向耀阳，道："但是……咱们也不知道应该怎么做才能救公主殿下？"

幽云凄然一叹："唉，算了吧！自从母后屈死，我便已意冷心灰，再则我命本就如此，你们不用再浪费时间了，赶快离开这里，以免被妲己妖妇发现，连累你们一同受罪……这样的话，我死也不会心安的！"

"不行！我们怎能抛下你不管呢？"耀阳毅然一口反对，然后提议道："有了！咱们不如去找大王，宫中智者能人无数，一定会想到解决办法的！"

幽云再一叹："不行的，父王受妲己妖孽蛊惑，已经不理朝政久矣，我更是几个月都无法见得父王一面，何况现在我又是这副样子，通不过他身边侍卫的校验，更不可能见到父王！"

耀阳颓然道："那该怎么办？小倚有什么主意吗？"

倚弦忽然心中一动，信心满满地说道："有！"

虽然在这异能交织的漆黑虚空中互不相见，只能用思感交流，倚弦还是可以感受到自己自信的话语所带给幽云与耀阳的希望，二人几乎同时询问："什么办法？"

倚弦悠悠答道："天命异馆！"

不等他把话说完，幽云与耀阳已经猜到了答案："姜子牙！"

耀阳拍拍自己的脑袋，笑道："真是的，今天早上我还想到找他帮我们逃出生天，怎么这会儿又偏偏把他忘了呢？害得这次又被你小子抢了风头。”

倚弦揶揄一笑，道：“小阳是关心则乱，一时间显得太笨而已？”

耀阳不服气地别过头望向一边，故作深沉道：“我才没有你说得那么不济，我刚才是在想，咱们应该怎样出宫？”

幽云公主的声音应声传感过来：“这个倒不困难，我宫中有一面父王钦赐的通行玉牌，只要找到小娇拿来玉牌，我们同坐一轿自然可以顺利逃出宫去！”

倚弦与耀阳闻言大喜过望，心中登时燃起逃出生天的希望，不由欣喜若狂地对望一眼，心底齐呼万岁，大叹：“果然天不绝我！”

耀阳与倚弦兄弟分工合作，首先由倚弦背负幽云出了寿仙宫，回到小杂院中等待耀阳领着小娇与宫里轿夫来到，两兄弟再又重新扮回宫女装束，扭扭捏捏地跟在幽云鸾轿后面，一路簇拥着径直往宫门口行进。

借着通行玉牌的便利，他们一行人顺利出宫，倚弦与耀阳领着四人合抬的凤铃鸾轿沿青龙大街向朱雀大街的天命异馆行去，他们心中均是既兴奋又忧虑的复杂心情。

兴奋的是他们终于可以暂时逃出妲己的掌控，忧虑的是自己的命运与现时的幽云公主一样，充满未知之数，无法确定姜子牙能否救得了他们。

尽管一路行来阳光分外明媚，暖风阵阵拂面，倚弦与耀阳四下观望街道两旁的热闹景象，不但没有平常的兴奋心态，反而总觉得有一股森凉发毛的异感从心底直往外泛，却又说不出为什么。

青龙大街已至尽头，转右便是朱雀大街，位于街心的天命异馆转眼视所能及，可是兄弟俩心中怪异的感觉却丝毫没有减弱，反而愈加强烈，更夹杂着一丝隐隐不安。

兄弟俩相互碰碰肩，倚弦对耀阳小声道：“肯定有什么地方不对劲，莫不是咱们的行踪已经被妲己她们发现了？”

耀阳面色凝重道：“但如果我们被发现，怎么对方一点动静也没有呢？”

倚弦怔怔道："这就是最奇怪的地方，妲己怎会眼睁睁看着我们去找姜子牙？难道我们真的已经逃出妲己的控制了？"

此言一出，连耀阳也不由为之一愣。在经过冥界转生的过程后，他们心灵深处对妲己的手段已充满根深蒂固的畏惧，所以当他们想到脱逃的愿望可以实现，心中仍然不免有种不敢相信的后怕。

耀阳指向前方，大大咧咧一笑，抛开所有思虑道："唉，哪里管得了那么多，天命异馆到哩！"

第十二章　献身天地

鸾轿落地。

望着掩映在繁华街道中的天命异馆，倚弦与耀阳的心中咯噔一顿，禁不住想起数日前姜子牙为二人看相断命之事，虽然仅仅事隔数日，却让兄弟俩格外生出一种业已事隔多年的感叹。

小娇立在轿旁，好奇地环顾四周，轻咦了一声，道："这里平时都很热闹，今日怎么反而显得冷清呢?"

耀阳与倚弦闻言一震，这才注意到天命异馆前的冷清样子，不由感到大惑不解，现在已近未时，又到了下半日悬市布卦的时候，照寻常来看此时理应是一天最热闹的时间，却为何显得如此冷清?

倚弦想到今晨摘星阁灭妖一事，禁不住担心道："难道姜老先生被妲己刁难，已经回不了相馆……"

说到这里，三人同时心里一沉，正当他们感到希望破灭之际，姜子牙苍老雄浑的声音自阁楼之上遥遥传来："你们带她上来吧，老夫等候多时了!"

小娇一行众人四处张望却只闻其声不见其人，倚弦与耀阳欣喜万分地对视一笑，知道姜子牙既然未卜先知料到他们要来，那么就代表他们获救的希望又多了一些把握。

小娇先是嘱咐几个轿夫暂行退避，然后倚弦与耀阳扶持着魂灵被制的幽云步出鸾轿，四人一起穿过异馆大堂向后楼行去，虽然这一路依然园景别致、幽雅怡人，但是故地重游的他们却全没有心思去观赏了。

踏步上楼，耀阳、倚弦和幽云三人一体，在莹心锁的帮助下，默默相互鼓励着。此时的耀阳与倚弦在魔能异感的熏陶中，心中涌起更强烈的不祥预感，随着上的楼层愈高，他们愈有种心往下沉的感觉。

终于再一次来到“藏道阁”，帘门左右的那幅匾联跃然入目——

“自古贫贱相注定”；

“从来生死命相随”。

只听屋内传出姜子牙的朗朗语声：“你们进来吧！”

耀阳、倚弦与小娇三人依言将幽云公主带进房内，掀帘入室，阵阵檀香伴着淡淡茶香迎面扑来，沁人心脾的味道使得众人精神为之一震，顿时有种一切烦忧都尽可抛诸脑后的轻松感。

绕过琉璃屏风，头戴莹玉官冠、一身朝服的威严老者盘席高坐，双目之间的犀利异芒炯炯注视着四人，似笑非笑的神情透出鄙夷嘲弄的意味。

三人止步，不禁同声惊呼道：“闻太师！”

闻太师长身而起，负手兀立四人身前丈许外，双目魔芒大盛，隐藏于额前的第三只眼再度显现，闪出诡异莫辨的光芒罩定众人。

此时，倚弦与耀阳感应到一股刚劲非常的魔能异力隔空传来，将自己紧紧锁制于无形当中，身形丝毫都无法动弹，而且魔异的眼光更让他们产生一种身心赤裸无法隐藏任何秘密的怪异感觉。

压抑的力量上下牵制他们的躯体，两人只觉体内气血逆流、五脏移位，撕裂般的疼痛翻江倒海般席卷而来，令他们呼吸急促渗出一身冷汗，扶持不稳的幽云颓然落地，身旁的小娇更是难受折磨，已然昏死过去。

就在他们直觉痛疼欲晕之际，那股压迫力却霍然消失，两人身心俱惫地软瘫在地，骇然望向闻太师，心中都想不通他为什么会出现在天命异馆。

闻太师一脸不屑地瞥了两兄弟一眼，仰首一阵得意长笑，嚣张狂妄之态尽现无遗，额前怪眼更射出一道斗光透顶激出，直冲云霄，更增其势。

骤然间，四周景象在他的笑声中慢慢改变，原本祥气盈然的斗室已不复存在，入眼却是一间阴森可怖的昏暗石室，他们身侧两旁是两排威猛魁梧的石像，手持各样剑戟，神色清晰形态逼真，一派肃杀之气。

闻太师魔神般魁伟的身躯后多出一位束髻顶冠的俊朗少年，一身龙麟战甲英气逼人，额前与闻太师一般隐现出一只魔棱怪眼，时隐时现地闪出夺目异芒，他们身后摆放着一副巨大的石棺，两旁金龙盘柱的琉璃座灯，耀出阴青色的焰火，跳跃的光影映照在二人脸庞上，更衬出一种狰狞阴森的气氛。

耀阳与倚弦看到四周景象异变，猜到定是闻太师在利用魔能异法作怪，再一看到倒在地上的幽云主仆，想到最终仍然在劫难逃，心中惊得慌了神，顿时都没了主意。

闻太师饶有兴致地看了兄弟俩一眼，然后对身旁少年道："戬儿，你做得极好！现在为师要问他们几句话，你出去把守墓门，以免妲己贱人来此坏我大事！"

"是！"少年应声驱动身形化作一团光影，片刻便消失在众人面前。

只剩下耀阳与倚弦兄弟愣愣地看着凶神恶煞般的闻太师，不由开始揣测他所要问的几句话，然而等了片刻，闻太师不但没有厉声喝问，反而单举右掌催起一个青色的魔能光球，轻柔无比地慢慢推出，光球落地后奇迹般弹跳滚翻数下才隐然消失。

倚弦与耀阳同时感到脚下地面开始微微颤动，心中大呼不妙，不约而同地跃到幽云主仆身边，分别护在她们左右。

"看不出你们年纪轻轻，却也懂得怜香惜玉，算得上性情中人！"闻太师点头赞道，"你们肯定很想救她，是吧？好，那就随本太师来吧！"

随着闻太师低沉犹如兽嘶般的语声飘散，地面产生一阵呈波浪状起伏的异常波动，四人脚下立时现出一个巨大的裂口，就像一个庞然巨兽的血盆大口，在他们还没反应过来前便悄然无声地将他们吞噬进去……

昏暗的恍惚震极中，倚弦、耀阳与幽云主仆四人急速下降的身形奇迹般地突然一顿，被一股柔和的异能所包裹，如浮游入水般缓缓沉下，最后轻飘飘落在实地上。

两兄弟慢慢睁开双眼，环顾四周景致，顿时被映入眼帘的一切惊呆了，仿如一幅梦幻般的画面跃然入目——

广阔无垠的莫名空间中，流溢浮动着似纱如雾般的微尘，含糊不清的远景仿佛蕴含着某种奇异玄奥的灵能，似是将数之不尽的山川河岳尽揽其中，似真似幻朦胧异常，令人置身于此地当中，感受到自身何其渺小，体会这时隐时现的虚幻，但踩在脚下的泥土偏又无比真实。

疑似身处梦境的兄弟二人忽被流质空气的一阵波动惊得醒过神来，转头望去，闻太师负手孤立于右方不远处一座小山丘之上，一身漆黑朝服迎风摇摆，在一片虚实难辨的朦胧中尤显高深莫测。

闻太师仰望昏暗虚无的上空，缓缓说道："此处名为'虚灵幻境'，地处轩辕古墓之中，是千余年前轩辕黄帝老儿飞升之前，集聚自身修行千载玄能所造就而成，其人一身所学及其修为令老夫也不得不服!"

倚弦与耀阳闻言均自一震，才知道他们原来置身于朝歌城南的轩辕古墓之中，想起花子爷爷说过的统御华夏的古今第一奇人——轩辕黄帝，再面对这千古至一的"虚灵幻境"，他们心中不免对那位轩辕皇帝备感崇敬无比。

这时，闻太师狂傲无比的声音又自传来："轩辕老儿就算你有捏虚造灵、统御华夏之能又如何？今日本太师便要在你墓中借你一臂之力融合我魔族归元圣璧的无极真能，然后我东圣九离一族统御三界六道自是指日可待，哈……"

耀阳只听闻太师说起归元璧，立时心思一动竖起耳朵，再听到东圣九离时心中更是疑惑，暗道："不知这鸟太师的东圣九离和蚩老头所说的东圣道有没有关联?"

正当他思忖入神之际，一声怒喝自身边传出，是倚弦含愤出口的声音："闻太师！你若要对付我们兄弟只管冲我们来，但为什么仍然向已经被你施以毒手的女流之辈下手，真是卑鄙小人，猪狗不如!"

耀阳这才发现倚弦正抱着浑身颤栗的幽云，一脸怒火难忍的愤恨，再看神情呆滞的幽云娇躯缩成一团，周身不住在抖震，口中竟泛出丝丝白沫，他心中也是一阵怒火狂燃而起，攥紧双拳真恨不得冲上前去与那老头搏命一场。

闻太师暴喝一声道：“无知小辈，休要胡言！幽云丫头是被妲己所杀，本太师丝毫不屑对如此女子下手。至于现在她体内呈现出的异状，乃是因为保住她魂魄不散的‘元灵附体符’与此地‘幽玄幻境’满布的玄能产生排斥的缘故！”

迎向两兄弟仇视莫名的目光，闻太师一字一顿地说道：“想我闻仲纵横三界多年，乃堂堂圣门一族之宗主，更位居当朝太师之位，一人之下万人之上，却不想今日竟被尔等无知小儿骂作猪狗不如！哈……”

闻太师仰天大笑数声，目露凶芒道：“既然你们想我救醒幽云这丫头，好，本太师今日就破例助你们一次！”

倚弦与耀阳只听闻太师笑声可怖，又岂会听不懂他话中之意，立时感到不妙，双双护在幽云身前，惊恐万分地望向数丈外山丘上的闻太师。

闻太师冷眼旁观眼前这不知天高地厚的两兄弟，不屑一顾的神情再度浮现，单手轻挥一击，浑厚的魔能应势而出，毫无征兆地穿过耀阳与倚弦的身躯，准确无误地袭入幽云娇躯之内。

兄弟俩清晰地听到幽云发出一声闷哼，直觉幽云出事了。

他们哪里顾得上身旁虎视眈眈的闻太师，相互对望一眼，二人互相握住对方的手，然后一起握住幽云的玉腕，组合成可以互通思感的阵势，在“莹心锁”的帮助下，三人之间那种玄之又玄的情形再度出现——

水波涟漪般的异能荡漾开来，眉间隐藏的魔能紧随而至，两人的思感也顺着“莹心锁”发出的波纹异能再次感受到奇异的思感所在，谁知任两人如何百般呼唤也不见幽云回应，正在他们心中焦急万分之际，思感却被另一股力量强行逐出，体内魔能也沿各自手臂狂涌而出，向幽云奔泄而去……

两人大惊失色，丝毫不明白这当中出了什么问题，然而他们体内涌现的魔能在度入幽云体内之后，每回转一圈便相互融会交流一次，耀阳与倚弦感应到魔能回流后对肉身的反噬，胀麻酸痛寒热往来，百般折磨着实令人不堪其苦，但毫无知觉的幽云相反却随着魔能回转渐渐有了反应，开始呻吟出声。

自三人六手交接的刹那，闻太师便感应到三人之间那两股流动的异能，心中诧异非常，心想：“难道这两个小子已经能够自如运用归元圣璧的真能了？”但随即又否决了这个可能，百思不得其解之际，他再一仔细观看三人，忽然发现幽云胸前荧光隐现的锁状物事，额前魔眼几度闪现，辨认清楚后不由心中一震，暗自惊道：“蜀山剑宗的‘凤首莹心锁’怎会在幽云丫头身上呢……”

此时，“莹心锁”牵动得魔能在三人之间形成一股漩涡状阵场，不知出于何种缘故，魔能经过几度完整的周天运转之后，竟演化成愈来愈庞大的两股异能，在三人之间幻出一紫一青两团气雾，映照在疑幻似真的“虚灵幻境”中，尤衬出一种玄奇灵奥的诡秘氛围。

如此强劲的变化，不但置身其中的耀阳、倚弦两兄弟不明所以，就连立身圈外冷眼旁观的闻太师也看不出究竟是何缘故。前两者想不到原本思感相通的方法怎么会忽然失效，当然更料不到会出现这样的情况；后者方才只不过是对幽云的灵神略施惩戒，却意外促使二人魔能共振，得以见到归元魔璧的真能合流。

其实，这一切究其根本是因为“虚灵幻境”中所蕴轩辕黄帝玄能之故，而那“莹心锁”本是玄门至宝，受玄能催发后发挥出至强至盛的功效，这才激发出耀阳与倚弦体内的庞大魔璧真能，形成这诸般惊人的变化。

闻太师思忖片刻后再向三人处望去，见他们已被紫青双色气雾笼罩其中，他身为魔门九离宗主，深知传说中归元魔璧的厉害之处，揣测应是莹心锁强行引动归元圣能，导致三人遭到魔能反噬，如果不加阻止，待魔能运转圆满后不但会撑爆两人本体，而且以魔璧元能之强，这小小轩辕古墓怕也难堪它的冲击，届时不止无法窃得这两股元能，反而首当其冲受元能侵吞的就是他闻仲。

闻太师暗叫糟糕，朝服一展大袖轻挥，凌空向幽云三人扑去，双手各捏一记魔宗“修罗魔破指印”，凌空释出一束高度集中的劲波，击向幽云胸前的莹心锁，可万没想到三人周围的紫青雾气不但异能充盈，而且已集结成一个强横结界，将袭来的魔能劲波尽数挡将回去。

闻太师猝不及防，顿时被强劲的魔能反震弹出，重重摔在地上，一丝鲜血从嘴角流溢而出。他一跃而起抹去嘴角血痕，想到此时虽有良方，却苦于无力施展，不由皱眉暗自叹道：“难道毫无办法么？”

此时，闻太师的魔灵异心骤然一动，脸色阴晴不定地望向上空，朗声道：“妲己娘娘既然来了，何不现身一见？”

“闻宗主法力高深，难道这等些微小事也还需要本宫帮忙不成！”

只闻一阵格格娇笑声响起，妖媚惑人的话语声远远传来，人随声至，妲己妙曼可人的身形已如一朵邪魅黑莲般飘落地面。

望着妲己娇靥如花的脸庞，闻太师冷哼一声道：“废话少说，想必娘娘应该还记得今日你我之间的约定，我正打算吩咐徒儿去请你移驾过来，既然碰巧你来了，倒省了不少工夫。”

妲己哪会不知闻仲心中打的如意算盘，不由暗骂一句老狐狸，反唇相讥道：“闻宗主真会说客套话，刚刚在墓门外若不是本宫略施小计，怕是早已被你那俊俏徒儿当作寻常村野女子非礼了！”

“哦，我那徒儿对男女之事素来眼光甚高，由此可见娘娘妖媚邪功的境地之高！”闻仲颇为不屑地冷笑一声，以他对自己徒儿的了解，自是不会相信妲己所说的话，当下不耐烦道，“好了，废话少说，先解决眼前的事情要紧！”

“宗主难道不担心你那宝贝徒儿吗？”妲己表面上并不理会闻太师的焦急神情，反而一直在娇笑调侃，却其实早将千年苦修的妖灵邪魄锁定旁侧的庞大魔能气场，越来越强劲的元能变化令她也不敢小觑。

“以你之能，欲生擒我徒杨戬，必然要在百合之内，然而你心急如焚意欲闯入墓室，又怎会耐着性子擒杀于他，故而娘娘此问实属多余！”闻太师说话间看也不看妲己一眼，只是睁开眉间魔眼，透过紫青重雾关注耀阳、倚弦与幽云之间的魔元极能变化。

此时的倚弦与耀阳完全感觉不到距离他们不远的两大妖魔，两人沉浸在自身不断变化的魔能变化当中，只觉得身体被越来越强大的元能挤至扭曲变形，经脉气血的异变促使血水从七窍中溢出，直令他们痛不欲生。

夹在两人中间的幽云更不好过，颤抖的娇躯难以承受如此巨大的元能回转，鲜血从全身各处气穴缓缓浸出，好在她魂灵之体被禁，终归无法自觉痛苦，倒还算好过一些。三人血污满面的狰狞面孔，此刻看起来便如同从血池爬出的厉鬼一般。

倚弦与耀阳哪会猜到最终会有此骤变，均想到也许只要甩开对方的手，切断三人之间的思感异能，三人便不会有事，但事不从人愿，他们三人六手早已牢牢粘在一块，不管怎么努力，都不会有半丝松开的迹象。

闻太师知道场中三人已经到了崩溃的边缘，沉声对妲己道："归元圣璧隐蕴一阴一阳双向无极之能，虽说同出一源，但由于各自附应在两个小子身上的原因，始终难以体用合一，如今受蜀山'凤首莹心锁'的灵力牵引，或许还受了这'虚灵幻境'所蕴玄能的激发，致使双极合流轮回不息，所以才会出现这种一发不可收拾的局势。"

妲己听他分析透彻振振有词，不由暗赞闻仲果然不愧为魔门一族宗主，点头附应道："宗主所言正是！却不知有何妙法可解呢？"

"双极合流的关键在于幽云胸前的'莹心锁'之上，只要断掉它的灵力牵引，自然便可令双极逆转各归其位！"闻太师面色凝重道，"然而，要想突破双极元能自然形成的保护结界，非得你我联手一击不可。但是，归元圣璧所蕴元能禀性极强，恐怕难免会对你我有所伤害……当然，若不这样恐怕极难保住圣璧遗留的浩浩真能，你我也将永远无法从中得利！"

妲己当然知道此中关键所在，想当年她费尽千辛万苦才混入女娲神宫，折腾五百余年才窃得遭"五彩石"封印的"归元魔璧"，如今又怎能眼睁睁看着这即将到口的肥肉飞走呢，于是银牙一咬点头以示同意。

闻太师一番嘱咐之后，与妲己两人同时悬身半空之中，分别聚集各自体内元能，合力击向正在遭受百般煎熬的耀阳、倚弦与幽云三人——

耀阳与倚弦此时无论在精神还是肉体上都已经到了濒临崩溃的边缘，

一直支持兄弟两人的强烈求生欲，也随着巨大的身心痛苦慢慢泯灭，二人的肉身躯体终于难堪充沛的紫青色元能冲击，筋脉俱断，血肉零落。

就在他们的思感愈来愈空洞、麻木，逐渐沉沦于毁灭的黑暗之际，一声轰然巨响印入脑际，另一股强劲力量冲击过来，与他们身际那层紫青结界形成对争抗力，膨满的元能仿佛寻到一丝宣泄的空隙，迎向气劲袭来的方位鱼贯而出。

两兄弟恍惚中的思感随着元能变化霍然膨胀又倏的紧缩，一阵令他们舒爽万分的充盈感与抽空感奇迹般同时出现，两人原本以为危机已然解除，然而好景不长，等不到片刻工夫，一声轰然巨响爆炸开来，两人顿觉身际陷入一片黏稠之中，紧接着头顶一阵吸力袭来，他们感到一种恍兮惚兮的悬空感充盈思感之中，一切痛苦都随之消逝。

巨响过后的残余元能慢慢散尽，受伤不轻的妲己与闻太师各自倒卧五丈开外，凝视眼前一片狼藉的地面，心中的震惊已然无法形容，他们根本无法想到，企图阻止双极元能合流的结果会加快魔能反噬的过渡，造成不可弥补的大错。

在虚无缥缈仿若流纱般的幻境中，耀阳、倚弦与幽云所处之地凹出一道深坑，再一番细看之下，可怜三人的肉身躯体只剩下一片模糊难辨的血污，他们竟在巨大的元能爆炸中首当其冲深受其害，尸骨无存。而离他们不远处，一直昏迷着的小娇也给这股爆力震得七窍流血而死！

深坑上空，隐现异芒的“莹心锁”忽然间发出一圈璀璨的荧光，伸缩回旋不定，仿佛在吸噬着三人残躯遗留下的灵能，荧光随着它的跃动不时闪烁增强，在虚空中划出绚彩耀目的一道道轨迹。

妲己瞥了一眼仿佛正在思索问题的闻太师，翩然跃身而起在空中划过一道妖魅的影像，伸出玉臂探手向莹心锁抓去，毫无疑问她是想将此宝据为己有，可惜在她身形甫动之时，闻太师的脸上便已露出狰狞笑容，

妲己探手恰好触及莹心锁的荧光范围，面上禁不住浮现出一丝得意的轻笑，却在此时，她灵识中的妖灵邪魄霍然一动，感到一线强劲无匹的魔能透体追击而来，无须辨认便知是闻太师暗下杀手，好在她飞身上扑前早

已想到这个可能，这时也不敢多作停留，身形暴退侧飞而回，避开身后的袭击。

闻太师算准她的反应必将如此，雄躯猛然前倾，一身魔功尽数化作数尊分身影像，摆出不同的演变姿势，觑准受伤后行动不便的妲己团团合围而上，四面八方隐带风雷之声的魔能向侧退而回的妲己击去，猝不及防的妲己一时间根本无力抵挡住这等攻势，可见闻太师算计之准确。

妲己岂会感知不到身后的异常状况，但她既已失了先机便毫无选择，心念电转之下，银牙一咬竟将整个后背面向闻太师，一副坐以待毙的模样，令闻太师不由心中一惊，捉摸不透这妖狐是何用意。

攻势一发岂能久待，闻太师认准妲己所处位置，念动法咒催化数个分身合而为一，铺天盖地的魔能力量集结罩向对方。

无上精奥的魔门异法，倾尽全力的攻击力度，无不让置身其中的妲己咬牙切齿，她知道闻仲此举意欲除掉宫廷异己，以免自己妨碍他在殷商皇朝的地位，不由恨不得将其千刀万剐才消这心头之恨。

只听一声凄厉的娇呼声响起，所有的攻击魔能尽数袭入妲己体内，妲己受此重创仰面浮躺在半空之中，鲜血自面部七窍狂涌而出，滴落在“虚灵幻境”的净土上，原本娇艳如花的容颜此时变得犹如修罗恶煞般狰狞。

闻太师一击得手，有些不容置信地怔了半晌，他哪里想得到如此轻易便能将妲己诛杀，正犹疑不定之际，猛然见到自妲己七窍流下的血滴入地即没，心中豁然明白过来，腾身而起怒喝一声：“贱人休走！”

只见地上的血迹片刻间便遁化消逝，妲己娇媚无力的声音远远自虚空传来：“今日蒙太师多次‘关照’，本宫自会铭记在心，日后必将予以回报。”其言语中切齿怨恨之意昭然若揭，“回报”二字更是久久萦绕于“虚灵幻境”之中，分外刺耳使人颤栗。

“贱人！”闻太师情知时机已逝，不由心中暗叹可惜，瞥了一眼此时悬浮在虚空中的妲己的肉身幻影，魔能撮掌为刀，破空击出，“噗”一声闷响过后，幻影立消，一截五尺余长的雪白狐尾应声掉落。

闻太师手臂平抬虚空一摄，凭空稳稳当当地托住了下落的狐尾，只听他冷哼一声，罡阳魔能蓄势而发，顿时便将那截雪白狐尾硬生生烧炙成灰飞烟灭。

却在此时，悬浮于虚空之中的莹心锁在划过最后一道绚彩轨迹后，忽然间光芒尽敛，不等闻太师及时反应过来，居然凭空消失得无影无踪。

闻太师明白此等异宝与异兽灵骑一样有认主归宗的特性，收服掠取的时机一旦错失，便很难再有机会。闻太师想着几经辛苦终于得知“归元魔璧”的下落，却又因缘际会失去占取魔璧浩瀚元能的机会，不由深深叹了一口气。

一阵旋风般的魔能光影掠过，俊朗的战甲少年自空中降落身形，跪伏在闻太师身前，一脸愧色俯首请罪，道：“徒儿看守不严，才令妲己有机可乘，请师尊责罚！”

闻太师看看莹心锁消失的地方，淡淡道：“你的修为与妲己贱人相差甚远，拦她不住也不为过，起来吧！”

“谢师尊不罚之恩！”少年欣喜万分，依言立起身来环顾四周，疑惑不解地问道，“这是何地？为何徒儿总感觉到似乎有一股莫名的力量潜伏在此？”

闻太师以三分赞赏的眼光打量了少年一眼，道：“看来戬儿的‘圣灵异心’已有三分火候，这些年的努力倒没有白费！”随即将目光投向远处虚无缥缈的山川河岳之间，为他解说道，“此墓乃是当年打败我们九离门族祖师爷‘神魔’蚩尤的玄门第一人——轩辕黄帝的衣冠冢，而此地名为‘虚灵幻境’，是轩辕飞升之际以一身元能造就出的虚灵结界，与本族至高境地的‘十绝封印结界’有些许异曲同工之处，只是威力远远无法相提并论罢了！”

少年若有所思道：“为何轩辕会在此地造出这样一个‘虚灵幻境’呢？徒儿想他肯定有一个不可告人的目的蕴藏其中！”

闻太师摇头轻叹道：“千百年来，三界四宗一直都有这样的说法。但不少高手异人包括为师以及那妲己贱人在内，都曾经深入此境试图勘破其中奥妙，最后都是一无所获空手而回，最终也就不了了之淡化成了传说！”

少年轻咦了一声，不再说话，静静侍立在闻太师身旁，但眼神始终由远及近注目四周环境，充满了意图一探究竟的好奇神情。

“唉，为师此次原本打算利用这幻境中的玄门力量，将那两个小子身际的魔璧元能逼出来，谁知人算不如天算，竟无缘无故多出一把‘莹心锁’，弄巧成拙反倒错失了大好机会，铸成平生大错!”

闻太师再次黯然长叹，轻挥了挥手道：“此地玄门克伐力量太重，像你这种圣能修为尚浅之辈不宜久留，否则圣门根器受损此生很难再有作为，走吧!”

少年应声称是，紧随闻太师身后飞出了轩辕古墓，返回朝歌去了。

却说魔璧元能受“虚灵幻境”所蕴玄能的逼压，再经“莹心锁”的牵引合流，已然膨胀至耀阳、倚弦与幽云三人躯身所能忍受的极限，最终又遭妲己和闻太师二人妖魔力量的侵入，引发元能共振自爆。

耀阳、倚弦与幽云三人同一时间被至强至劲的元能席卷而过，肉身躯体立时尽化齑粉，尸骨无存。耀阳与倚弦的魂灵之体无所依托，甫一析出便被一股巨大的异力所左右，腾地将他们吸入一个奇异莫名的空间。

源源不断的异力从四方潮涌而至，却一触及两人的灵体就又自反弹回去，犹如惊涛般发出“哗哗”声响。四周漆黑无明的景象也随着异力反弹的环纹渐渐扩张，片刻间已化为一片广阔无垠的混沌虚空。

恍若梦游一般的耀阳与倚弦兄弟慢慢苏醒过来，难以置信地望着眼前的景象，虽然没有肉身经脉气血的束缚，两人仍然有一种头皮发麻、呼吸停止的感觉，只因从他们现时置身的地方推而远望，立时被眼前深高广阔至无边无垠、静谧深邃至无声无息的虚空所震撼，根本无法自已。

震撼良久，已经有过一次死亡经验的两人再次呆呆对望，回想方才发生的一切，看着此际悬浮虚空中仿若透明的自己的灵体，耀阳苦笑道：“这……这是怎么回事？这里怎么跟上次去过的地方不一样呢？”

话语声一出，即时犹如被一股莫名力量挥发一般，声止音散，毫无一丝余音或回音残留，想来这虚空无尽之地竟如此奇妙，不同于寻常空旷幽远之地，令人不由心生惧意，深感天地奥秘果然深不可测。

倚弦正待答话之际，忽觉眼前视线豁然一亮，俩人同时倏地一惊，环顾四周看去，只见虚空混沌深处忽然泛起漫漫光点，仿佛群星闪耀一般，如海浪滔天之势席卷而来，声势之快煞是惊人，转眼便汇集到两人身前。

正当两人惊恐万分之时，那席卷而至有若实质的星芒光点穿透他们的灵体，将他们团团围住，然后去势悠然而止，形成一幅足以令他们毕生难以忘记的绚丽画卷。

仿佛被闪闪群星紧紧包围的耀阳与倚弦，哪曾想到这等奇异景象是何寓意，一时间愣在当场，不知该如何是好。

第十三章　轩辕图录

仅只片刻间，变化又起，点点滴滴的星芒仿若暗流一般蠢蠢欲动，开始肆意拉伸扭曲，幻化出千千万万不同形状的轨迹，拖动的芒点相互交织变化，重叠出难以意想的图形，逐渐将眼前这无尽虚空幻成一幅越来越清晰的画面。

置身其中的耀阳与倚弦正感惊疑不定之时，耳际忽而听到一颗水珠滴落的声音，四周顿时有若水滴荡起一池涟漪一般，隐约传来各种各样的声响，两人细细听来，竟是万千锣鼓号角齐齐奏响的声音。

随着声音的传来，虚空浮现的画面愈加清晰可见，紧接着海浪怒啸般的巨物狂奔声、兵戎交击声、厮杀呐喊的声音相继传来，只见虚空幻化的场景是一片万里荒原，天际晴空万里，大地上却尘烟滚滚，数以万计的人兽异骑相互交接厮杀，漫山遍野，翻卷如潮，战鼓喧嚣，杀声震天！半空之中更有千奇百怪的灵禽飞兽、妖魔鬼怪、奇人异士缠战死斗……

一场千军万马对垒的神魔大战刹那间铺展开来。

几乎同一时间，色彩绚丽、杀伤极大的玄法魔功缤纷呈现，与各式奇兵异器交相辉映，时不时禽兽尸身、残肢断臂随着漫天血雨洒下，伴着此起彼伏的拼斗厮杀声与厉喝嘶吟声，交织成一幅活生生的人间炼狱图。

倚弦与耀阳两人平生何曾见过这等惨烈场面？今日虽是魂灵之体置身其中，却也直觉漫天席地的烟尘将碧空丽日遮得昏黄一片，别有一种山崩地裂、惊心动魄的感觉。耳边嘈杂声愈演愈烈，渐已听不真切，依稀只能瞧见战场上时有猛兽凶禽、异族兵将力竭倒落，随即便被万千蹄掌践踏而死……

这一幕幕鲜活生动的画面，无不让人真切体会到战场的残酷无情。

耀阳与倚弦被眼前这场战事深深震惊，他们无法肯定亲眼所见的一切，更因此对自己身处何地而感到迷茫，却在他们犹疑再三之际，一股凛冽非凡的气势横空出世，凌驾古战场所有局势之上，并穿越千年洪荒的岁月，逼近虚空图录前身临其境的耀阳与倚弦二人，使他们感同身受几乎被其气势压得喘不过气来。

顺着气势来源望去，只见一人自千万异人兵将、猛禽灵兽后排众而出，他束髻顶冠，面若冠玉，凤眼龙鼻，两道剑眉直插入鬓，气宇轩昂的伟岸身形披挂一身金黄战甲，负手卓立虚空之上，俯览整个战场的激烈紧迫，运筹帷幄的淡淡神情丝毫不为所动，仿若神人现世，英武华贵之气摄人心神。

其人身后竖立起一面玄黄战旗，清晰可辨其正面上书“轩辕”二字，令耀阳与倚弦心神俱震，不由自主都想到：“难道此人便是轩辕古墓‘虚灵幻境’的主人，花子爷爷曾经说过统御华夏的古今第一奇人——轩辕黄帝!”

虚空图录中，只见那人关注战事良久，似乎终于等到某种契机的出现，神情果断地长臂一挥，身后号角声震天而起，无数奇人异兽源源不断地从荒原的四面八方纷涌而至，加入战圈之中，此时场面局势立起变化，另一方势力不堪夹击顿时兵败如山倒，节节败退以至最后溃不成军。

那人再次轻挥手势，号角声由高亢转为低旋悠长，荒原所有异兽兵将闻令尽数撤军回退，并不追赶那群穷兵败寇，然后旋风般席卷整个战场清理一番，抬头瞻仰虚空中寰宇独尊的身影，齐声欢呼喝彩起来，熊熊声势立时横掠莽莽荒原，响彻天地之间。

他淡然一笑，挥舞手势平定万众一心的欢呼，神情肃然望向此时夕阳斜落的方向，战场上硝烟袅袅、横尸遍野，被血污染红的荒原在斜阳余辉中显得格外凄凉，他深邃睿智的目光中深印出悲悯众生的神情，禁不住长叹一声。

耀阳与倚弦怔立当场，恍若自身也成了此际图录荒原上千万雄师中的一员，情不自禁被轩辕黄帝英明神武的不世气质所震撼，久久无法自已，已然分不清楚现实与虚幻之间的距离。

偏偏此刻的虚空图录骤然凭空一散，再次回复成最初的万千光点，虚空幻灭后一切静到极至，兄弟俩的精神顿时为之一空，这才适时反应过来，注视眼前依然在不断变化的点点星芒，一切都恍如梦境。

不等耀阳与倚弦反应过来，万千光点再度变化重组，炫目的星芒轨迹交相辉映，隐约幻化成九块同等大小的巨幅图形，依次并列排开，逐渐清晰可见。

兄弟俩充满好奇，各自试着动了动身子，竟然惊奇欣喜地发现，他们可以如同羽毛一般在虚空中游离，那种轻盈飘逸的感觉着实令他们兴奋不已。

只见第一块巨幅虚空图壁远远看起来，空无一物，玄异莫名，然而一旦静立壁前细细观望，便自可领会其中隐含真义，浩瀚虚无孕育混沌一片，仿佛天地间的一切都尽敛其中，无明无觉，无始无终。

图壁最下端依稀可见寥寥数十余字，或许因为年代相隔太过久远，兄弟俩辨认好半天，才东拼西凑出壁文所含隐意——

“天地之始，洪荒之初，混沌万物，尽归虚无。是为轩辕图录一。”

“轩辕图录？”耀阳与倚弦难以置信地对视一眼，异口同声惊问道：“难道这些图壁尽是轩辕黄帝留下来的遗物？”

倚弦细细回味壁文前几句，道：“这些话太深奥了，好像是说天地最初的样子便是这样，原本什么都没有！”话一出口，他不由心神震撼，一时兴奋不已，难以自持。

倚弦自小文静多思，凡事喜欢究根问底，每每有些奇思异想但都无法弄明白，直到他们兄弟遇到花子爷爷，才从中学懂了更多。然而这世上仍有太多深奥难明的事情，是花子爷爷无法教会他们的。所以此时难得从图壁上得知天地最初的奥秘，自然让他激动万分、感慨不已。

“天地最初的样子？”耀阳围着图壁上下游离细看，忽而皱眉道，“小倚，你看这图壁表面什么都没有，但总给人感觉怪怪的，好像隐隐会动似的……”

倚弦抛开脑中沉思，凝神观看图壁之中的一片虚无，不到片刻工夫，果然看出些许端倪，原来盯视愈久便越会觉得——

图壁混沌虚无的深处有种蠢蠢欲动的力量，似是内敛，又似是外放，静到极至的极点俨然有如整块图壁的界心正中，偏让人有种欲静不静、似动非动的感觉。仿佛眼前这混沌虚无的一切都因其而静，也因其而动，诡奇灵异，玄奥难测。

倚弦看得良久，忽觉心中一动，明明像是感悟到什么，但脑中灵思一闪即逝，徒生一种既有感于心又无从捉摸的遗憾，唯独此时灵体内骤然升起一股冰寒适体的凉意，令他顿时通体舒爽，欣喜由心而生。

另一边的耀阳感觉与倚弦恰恰相反，他被图壁隐隐现出的灵异所吸引，不知不觉思感一空，虽然无法探悟到其中玄奥，但灵体似乎产生了一种自主附应图壁的能力，莫名暖流油然而生，遍走周身上下，让他神志清明，体舒心安。

耀阳情不自禁地嚷道：“哇，这轩辕图录好生厉害……”倚弦也难以抑止心中兴奋雀跃的心情，点头应声道：“看来这图录中一定隐藏着非常奥妙的玄法诀窍！”

兄弟俩各自体会到其中新奇难明的感觉，却偏偏无法说出为什么，相互心知肚明地对视一眼，迫不及待游离到第二块巨幅虚空图壁前，齐齐凝神望去。

“轩辕图录”果然不愧是遗世千年的玄门秘宝，仅只耀阳与倚弦视线所及的图壁表象，便已令他们震惊当场，被如此鬼神莫测的天地之秘所倾倒，心中懵懂茫然的思绪浑然不知所措。

只见图壁上依旧呈现出一片混沌之象，静极生动，动静相生，缥缈虚无的至深之处豁然从中裂开，一道炫目之极的光亮照彻混沌虚空，顿时间，虚无之形尽化为有形之体，浩瀚混淆的广阔虚空，一切立时清晰可辨。

图壁下端写道——

“混沌初开，道玄生一，本元虚无，衍生万有。是为轩辕图录二。”

耀阳与倚弦亲眼见证这“有”与“无”之间的变化，再缓缓念诵壁文，感应到体内缓缓流溢的舒爽异感，不由全身心沉浸在玄异离奇的际遇中，开始一幅接一幅地浏览整个虚灵圣境中的“轩辕图录”。

第三幅图壁紧接轩辕图录二，无形化有形的虚空无尽，在被那股炫目的光亮之能区分之后，动极静生，静极而止，一切仿佛都再次静定下来，自然而然形成清明、阴浊两股不同的气流，充盈其中，无所不在。

“虚实有无，乾元道分，一阴一阳，混元太极。是为轩辕图录三。”

第四幅图壁上，阴阳二气合流归一，循环往复，交换更替，一气混元再分流出二气阴阳，布成前所未有的三气割据之势，然后相互周天环流成圆，浑元一气在阴阳双流的融会贯通下，再度一分为二，赫然形成阴、阳、阳中阴、阴中阳四仪四象。

“阴阳混元，三才合一，环环相生，四象乃成。是为轩辕图录四。”

第五幅图壁色彩缤纷，煞是令人惊慕。只见四象之气转旋相生，始终围绕混元一气以定向的周天方式互联互动，当四气奔腾交替至一定的周天之数，终可臻至圆满之境，充盈于整个混沌虚空之中，盈满则溢，虚空顿时有如第二幅图壁所示，至深之处豁然从中裂开，炫目的光亮映照虚空无尽，将明暗不同的四气融为一体，再又分化出青、赤、黄、白、黑五色之气，形状各异，交相辉映。

“四象周天，充虚盈实，乾一而分，乃生五行。是为轩辕图录五。”

第六幅图壁中，五色五行之气聚而散、散而敛，色彩似是遵循某种特定的规律或变或化，先是青变赤、赤变黄、黄变白、白变黑、黑再变青，其中夹杂青化黄、黄化黑、黑化赤、赤化白、白又化青的变化，既顺行于周天之中，又逆返于周天之外，反复无常，玄奇至极。

“五行化物，以应四时，顺逆阴阳，生克有常。是为轩辕图录六。”

第七幅图壁仍然以混元一气为中心，五行周天圆满之后，重又融会合一，然而合久又分，再从中多化生出一道气极，并五行气机而成六合之势，广至虚空上下左右前后等六方范围，一眼望去，无尽虚空仿若一方实体一般，充盈饱和，震人心神。

“中元坤离，五行蕴空，天地人合，方为六合。是为轩辕图录七。”

兄弟俩看到这里，心里越来越觉得迷惑，只看这字里行间的意思，处处隐意至深，而且字与图之间无法看出任何关联，着实令人大惑不解。

倚弦一边冥思苦想，一边操控自身灵体在虚空中飘荡，感受自由自在的舒适，忽而灵机一动，缓缓念诵道：

“……唯玄法之道，当以修真为基，固本培元，方能净后天还先天，驻炉燃道引，焚经灭度，臻入真人之境，取一元二气三才四象五行之末，佐以时、气、符等等旁门之力，始能成法……道引为物，乃先天元能之本，宗道万法之源也……故而，应当修其心净其身，借一线玄元道引之功，正和脉气，以虚迎实，散之千经百骸，聚之一气归元……”

此一席话正是《玄法要诀》中的“本元道引篇”，听得耀阳更是一头雾水，问道：“这一篇‘本元道引’，似乎跟这块五行六合图壁没什么关系吧？”

“我也搞不懂它们之间究竟有多少关联！”倚弦摇摇头道，“只是觉得……你看从第一块混沌图壁一直到这块六合图壁——”说着，倚弦指向一路走来那几块图壁，道，“似乎都有一个共通点！”

“哦！”耀阳轻咦了一声，顺着来时的路漂移过去，再重新审视七块图壁，结合倚弦方才所说的“本元道引篇”，脑中顿时有些明了起来，恍然悟道，“一元道引！”

倚弦应声道：“是啊，每一幅图壁中的每一个变化，都是以第一幅图壁的混元一气为中心，以一生二，再生三，依次分出四象五行六合。这些现象与《玄法要诀》的‘一元二气三才四象五行’、‘散之千经百骸，聚之一气归元’的说法不谋而合！”

耀阳脑中混混沌沌的念头立时摸出一些门道，连连点头赞道：“就知道小倚的脑子是最管用的！”

倚弦哂笑道：“你不是想不到，只是担心图壁会忽然消失，所以顾着记住这九幅图壁，没用心去领悟罢了！”

耀阳先是大大咧咧一笑，然后拍了拍额头，像是猛然记起自己的目的一般，道："是啊，还剩两幅图壁，我们赶紧去看吧！"

两人晃悠着灵体向剩下的两幅图壁飞去。

第八幅图壁与以往七幅完全不同，只因图壁上不再是虚空混沌之象，六合之气还原五行根本，一切似乎都豁然一片清明，日东月西，活脱脱一幅日月云气图的样子。令人一时间习惯不过来。

五行之气依旧周天循环，唯一不同的是，交替往复的过程中必须附应日月阴阳，互为生克，然而固有规律一旦派生变化，隐蕴五行之中的混元一气自然而然应势而出，并和五行、日月而成八股全新气极，对应八方而存在。

"日月五行，并作七政，六七得一，八极乃生。是为轩辕图录八。"

第九幅图壁上，八极元气以五行变化为基，循日月变化之规律，转旋发动，浑然一圆，混元一气独居其中，任八方气极如何变幻更替，始终尊一守中，别具一格的形状拼作九宫之数，再经九九八十一个周天运转之后，九宫蜕八极、逆七政、分六合、布五行、成四象、还三才、复二仪，回归至混元一气之形。

一切仿佛都逆转回来一般，炫目的光亮在虚空中转瞬闪过，映照出图壁下最后一句开示语——"九宫无极，大衍之数，正道臻一，尽归虚无。轩辕图录终。"

光亮逝过，第九幅图壁最终恢复一片虚无之象，兄弟俩看到此处，正感玄奥难解之际，整体图壁恍然一空，丝网状的无数亮点开始在眼前集结，回首再看时，九幅图壁在瞬间已经尽归于无。

还没等耀阳与倚弦反应过来，他们只觉身际一空，巨大的吸附力从脚下抽离出来，将二人卷入茫无边际的黑洞之中……

耀阳与倚弦从昏昏沉沉中苏醒过来，看到眼前昏沉有如梦境的一片广漠，熟悉的阴风嘶吼徘徊耳际，他们明白自己这次又死了一次，再想到方才"虚灵幻境"的奇异际遇，不由相视苦笑，心中均泛起对际遇天命无情安排的无奈。

倚弦躺在不知是何土质的阴凉大地上，仰望浩瀚广漠上空，想起上次在这里见到可爱的人儿和古板的牛使者，也是在前方不远处的奈何桥被妲己掠走，得以阳界重生再遇幽云公主，最后才发生那么多意料不到的祸事，不知这次将又如何呢？

耀阳缓缓站起身，目光透过面前幽旷的广漠望向远方，竟无缘由地叹了一口气，语气少有的低沉，道："不知道幽云丫……公主现在怎么样？她应该比我们先到这里，然后过生死河奈何桥，转世重生。小倚，你说我们下辈子还能碰到她吗？"

倚弦愣了愣，他非常清楚耀阳的性格，知道耀阳很少像现在这样伤感，但一想起芳魂已渺的幽云，他心中也一样涌出莫名的揪痛和伤感，不由缓缓问道："小阳，你真的喜欢她吗？"

耀阳一时间怔住了，好半晌才答道："我也不知道，只是现在心里觉得很内疚，从前做任何亏心事都不觉得什么，只有这一次我心里很难受，总在想是自己害了她，如果有机会的话，我一定要还这笔债！"

倚弦沉默片刻，不知该说些什么，他又何尝不是这个想法呢，但事情总归已经没有转圜的余地了，暗自一叹，岔开话题道："不知道这次接我们的会是谁呢？"

耀阳果然从感伤中反应过来，想到未曾见过真实面目的人儿，立时眉飞色舞开始变得兴奋，道："最好还是那个可爱的小丫头……"

倚弦会心一笑，有些疲倦地闭上眼，此时脑中忽然浮现出"轩辕图录"的形象，令他难以自禁地陷入深思，浑然忘了此时此地的处境，只因深奥的天地之秘已经完全将他带入另一片玄异天地，足以让他忘乎所以沉迷其中。

此时一声娇呼从他们身后传来，两人循声望去，只见一个头戴马脸面具的女子俏生生地立在不远处，一双秋水如翦的眼眸满是欣喜地看着他们，那张丑陋的面具丝毫无法掩饰，在她紧身黑色劲服下，苗条而玲珑浮凸的绝佳身段，引人无限遐想。

正是当初引渡他们步入冥界的使者之一，兄弟俩都念念不忘的女子——人儿。

还没等倚弦与耀阳两人反应过来，人儿已经蹦蹦跳跳跑到他们身边，高昂着头颇为自信地说道："一早就猜到你们会来，人儿等你们很久了！"

兄弟俩回过神来，心中顿时涌起旧友重逢的喜悦，多少冲淡了生死之间的伤感，耀阳不解地问道："人儿难道一直在这里等我们吗？"

"人家哪有空专程等你们！"人儿格格一笑，面具后的美目中迸出炫耀得意的目光，道，"方才那只臭狐狸又来了，四处在找你们，于是人儿算准你们会来，而且最近比较闲，所以四处逛逛，没想到竟这么碰巧撞到你们。"

耀阳与倚弦一听妲己也在这里，心中不由一阵恐慌，倚弦更是不由自主站起身，满面紧张地四处张望，耀阳则试探着问道："人儿，那骚狐狸还没有走吗？"

看着他们神经兮兮的样子，顿时惹来人儿又一阵银玲般的笑声，道："放心！那坏女人被我警告了一番，暂时不敢在冥界乱来的，瞧你们被吓的样子……"

倚弦闻言只觉面上一阵发烫，窘迫狼狈的样子被人戳穿毕竟不是光彩的事。耀阳却干笑两声，装作若无其事一般，顾左右而言他道："人儿笑起来就是好听！"

人儿被耀阳赞得心花怒放，喜孜孜地问道："你说的是真的吗？"

"当然哩！"耀阳看到人儿一脸满足的可爱样子，心中不由升起捉弄她的想法，看着那层马脸面具，好奇心大起，于是哈哈一笑道："我和小倚都认为，人儿不但笑声好听，而且……"

说着故意卖个关子，用肩轻撞了撞倚弦的肩头，倚弦当然知道这是需要配合的暗示，当即极为诚恳地点点头，只是眼中尽是疑惑不明的神情，不知耀阳又要出什么馊点子整蛊面前的可人儿。

人儿少女心性，听耀阳这么一说，自是好奇得不得了，追问道："而且什么？"

“小倚不让我说!”耀阳走到人儿身边，向倚弦顽皮地眨巴了一下眼睛，对人儿小声道，“不如我小声一点告诉你吧。”

倚弦看耀阳有心接近对方，以他们自小形成的默契来猜测，耀阳的意图不说自明，想到可以一睹这可人儿的真实面目，倚弦心中也禁不住感到一阵莫名兴奋。

人儿果然上当，一听说耀阳要告诉她，急忙将耳朵凑到耀阳身前，还不忘狠狠地瞪了倚弦一眼，哼道：“还是小阳好……”

没等人儿把话说完，耀阳得意地嘿嘿一笑，做了一个作势欲说的假动作，然后神不知鬼不觉地探手一把抓向人儿面上的马脸面具，谁知甫一触及那层面具，便觉一股罡猛大力忽涌而至，将他立时掀翻倒地，引得人儿一声娇呼。

“无知小辈，竟敢蓄意轻薄!”

语声一落，一道高瘦身影凭空飘移而出，一袭黑袍晃荡在幽旷广漠上空，加上面部所覆的牛头面具，出奇的阴森可怖、诡异莫测。三人定睛一看，原来也是老熟人——牛头使者，这才大大地松了口气。

牛头使者飘然落地，冷冷扫视被自己击倒在地的耀阳，目露凶光逼近两步，喝道：“我倒想试试看你究竟是何方神圣，竟有如此狗胆!”语罢，掌中元能聚敛虚摄，有如无形之手一般，隔空将耀阳拉扯至半空之中。

耀阳哪曾想到一个小小的玩笑会招致如此祸事，抛开方才被罡能击中后的扭曲难受感，急欲开口辩解，却发现灵体受制于一股无形之力的控制，口不能言，身不由己，只能眼睁睁看着自己被倒吊在半空当中。

倚弦大惊失色，正欲闪身挡在耀阳身前，却只看牛使者另一手迎风一展，罡猛的元能便隔空袭至，立时将倚弦轰得凌空飞起，倒卧至三丈开外，一时间，撕扯、憋闷、扭曲的难受，让他体会到灵体受袭的不同滋味。

但不到片刻时间，倚弦只觉灵体一颤，一股冰凉沁寒的异能随之流溢而出，将逼迫灵体的元能尽数驱散，取而代之的是舒爽怡体的清新感觉，令他精神为之一振，冷眼注视牛使者的目光中更添凛然锐气。

与此同时，耀阳在牛使者的元能控制下几度挣扎，受压制的灵体内霍然升腾起一股炙热异能，水一般倾泻而出，呈递进式膨胀开来，只听“蓬”的一声闷响过后，耀阳从牛使者的无形控制中解脱出来。

可惜兄弟俩还未弄清楚异能的来龙去脉，灵体异感便又凭空消失了，回复平常后的心绪顿时一空，让他们生出怅然若失的感觉。

牛使者看着眼前兄弟俩，攥紧被震得酸麻难忍的掌指，暗自心惊不已，忖道：“寻常魂灵魄体受我‘冥元手’逼迫，怕是早已七窍生烟，难以承受，只有跪地求饶一途，想不到他们竟然毫发无损，似乎全然无惧一般，莫非真是神魔玄妖四宗的弟子？”

想到这里，牛使者更是老羞成怒，想来以他在冥界身居要职，一张老脸始终挂不住在两个少年面前失手的尴尬，当即聚集一身元能，怒喝道：“没大没小的东西，就让我来替你们师门教会你们该当如何尊贤重道！”

还不等牛使者寻机出手，人儿已经闪身挡在兄弟俩面前，肃然道：“牛大叔息怒，你刚刚不是说过，他们是我母……帝君指明要见的人，如果现在伤了他们，我怕万一出了什么差错，你到时候担当不起！”

牛使者顿时心神一震，蓦地醒悟过来，暗自散去凝结的元能力量，辩解道：“公主误会了，我并无伤害他们的意思，只是遵照帝君的意思，擒他们回去复命而已。”

人儿一副得理不饶人的刁蛮模样，没好气地质问道：“他们不会走吗？你问过他们没有，难道一定非要动手不可？”

牛使者为之语塞，只得俯首道：“公主教训得是，卑职知错！”然后语气和缓地朝兄弟俩人问道，“你们可否愿意跟我去面见冥界帝君？”

耀阳与倚弦闻听人儿竟然贵为冥界公主的身份，全都傻了眼，耀阳更是暗自拍着脑门直呼好险，这时再听牛使者的问话，谁还敢说一个不字，感激地看了看人儿，然后只管闷着头连点，不敢再多说一句话。

牛使者举步走到倚弦与耀阳跟前，冷冷道：“既然如此，那就跟我走吧！”说罢，率先往广漠深处行去。

耀阳与倚弦依言跟在牛使者身后，小心翼翼地向前走着，这次两人预先得知人儿的身份，自然不敢再随意跟她搭讪聊天，一路战战栗栗只觉浑身不自在。

四人闷声不响地行了一段路，生死河业已横跨眼前，人儿首先憋不住了，娇喝一声道：“停！”前方三人止步回望，便听到她忿忿不平道：“一早便猜到你们两个家伙一旦知道我的身份，就不会像上次一样陪人家聊天的！”

人儿有意装出一副强横的模样，对耀阳与倚弦说道：“你们别忘了我是公主，一个不高兴一样可以要你们好看！”

耀阳与倚弦对视苦笑，不由自主看了看前面的牛使者，想到他们和人儿地位悬殊，不分尊卑妄自扯谈在人间都是重罪，更何况是在冥界，但得罪公主的罪名可也不小，他们不由左右为难慌了神。

人儿跑到牛使者身前，拉住他的袖口，可怜巴巴地娇声道：“牛大叔，前面还有好长一段路，你就通融一下，让他们陪我说说话，因为上次的事我被母亲罚了闭关三日，都快闷死了！”

牛使者着实招架不住人儿的手段，无奈之下正准备开口答应，忽觉一丝柔寒元能自袖口顺延而上，不到片刻已经遍布周身，瞬息间已在体外形成一圈冰网结界，将牛使者困在其中，一时间动弹不得。

“牛大叔，得罪了！”人儿格格一声娇笑，回身拉过耀阳与倚弦，不等他们兄弟反应过来，便拖带二人腾身跳下生死河去。

只听一声短促的闷响，牛使者即时破开人儿布下的“冥冰结界”，听得耳际响起的“扑通”声，急步行至奈何桥上，凝神往茫茫生死河面望去，却只看到灰茫茫的一片阴雾朦胧，早已寻不到三人踪迹。

孤立桥侧，牛使者想到生死河乃三界阴阳极至之源，具有毁化万物之功，不由惊了一跳，但转念想到公主腕上那对冥界三宝之一的“界神镯”，便又放下心来。

他深深叹了一口气，心中业已做好接受帝君严厉惩罚的准备，踏足奈何桥上，身形轻掠而起，往阴雾更浓的冥城方向飘然逝去。

生死河，发源于冥界禁地轮转山，流经奈何桥、秦广、楚江、宋帝、五官、王吕、阎罗殿、卞城、枉死城，环绕于三万余里冥地与十八层地狱之外，最后回归轮转山底。宽约十丈的河水乃天地阴阳两极之气所汇，毁化万物于无形，触者立亡，除奈何桥尚有一线结界护持外，其余地方纵是神仙也难渡。

此时，位于轮转山的生死河源流交汇处，倚弦、耀阳和人儿三人在一片淡红色的浑圆结界护持下，奇迹般从生死河中鱼贯而出，警惕地四处打量一番过后，他们才鬼鬼祟祟潜上岸来。

只见人儿双臂一收，腕上一对黑白异色的镯子发出一声轻微脆响，浑圆结界随即渐渐淡化，尽数化作一线异芒敛入镯身之内，不复再现。倚弦与耀阳总算松了一口气，颓然瘫倒坐在地上，呼呼喘着粗气。

倚弦环顾四周，发现这里不再是阴雾缭绕的一片昏暗，比来时的冥域广漠更显得光亮许多，若不是清楚知道自己已经沦落冥界，肯定还会以为又重回阳间了。

他们三人此时身处在一处怪石嶙峋，陡峭苍峻的山脚之下，眼前流淌的黑红交缠的生死河水，正是从不远的山腰处飞泻而下，但怪异的是如此洪大的水流从半山高处坠下，汇入地上河面，居然没有发出一丝声音，溅不起一片水花，一切都静寂得可怕。

耀阳也注意到这个怪异的现象，惊讶得吐了吐舌头，问道："人儿，这里到底是什么地方?"然后又指着眼前的飞瀑道："难道你们冥界的水都是这样的吗?"

人儿道："这座山叫作轮转山，离我们来时的奈何桥有将近几十冥里的路程，至于生死河的水为什么会是这样，我也不得而知，只晓得千百年来便是如此，没什么好奇怪的!"说到最后，她嘻嘻一笑，用充满肯定的语气道，"今天阴得很，否则你们还会看到更惊讶的物事!"

"哦?"倚弦与耀阳被引得好奇心大动，不由齐声问道，"是什么物事?"

"你们一定会看到的。"人儿满意地看着两人一副急于知道的模样，娇笑连连，摆出就是不告诉你们的姿态，道，"不过，最重要的是先找个地方躲起来，我估计现在整个冥界的人都想找你们的麻烦！”

兄弟俩听得头皮发麻，哪曾想到会惹出这么大的麻烦，顿时紧张得如同热锅上的蚂蚁一般，两人心绪不宁地四下张望，耀阳连忙趋前挤出苦瓜脸，哀声道：“人儿，你是冥界公主，你一定要帮我们才是！”

“那是当然！”人儿满不在乎地挥挥手，道，“不用怕，跟我来！”语罢，领着二人沿僻静的山径一路往山上行去。

不多时，三人爬到山腰倒吊的水瀑前，耀阳与倚弦看着近在咫尺的水瀑，不明白人儿带他们来这里是为什么，正准备回身询问，却感到身后猛然传来一股大力，推得两人一个踉跄，直往瀑布深处落去。

“啊……”兄弟俩齐声惊呼，身体即将撞到红黑水幕之际，熟悉的淡红色浑圆结界柔和地将他们包裹起来，托着二人穿过瀑布水幕，冉冉往上升腾而起，片刻便到达实地，入眼是伸手不见五指的一片灰暗。

正当两人不知所措的时候，各自被一双柔腻的小手抓住，人儿如珠走玉盘般清脆悦耳的声音随之传来：“两个呆子，你们傻站在这里做什么？跟人儿过来吧！”

两人摸黑随着人儿左转右转，走了好长一段灰暗的路程，眼前的些微光线让他们感到豁然一亮，四周的情景再次将他们惊呆了。

原来他们的脚下是一个熔岩石洞，洞深末端有一处齐人高的隘口，翻卷出肆意狂扫的罡风，吹射出大量黑红双色的腾腾雾气，形成一道黑红双色的雾风，急速向他们所在的洞口处刮去。

奇魅莫测的是，去势甚疾的雾风在行至洞中央处时，由急速横卷的速度刹那缓和下来，更在缓缓流动之时渐渐变化，尽数凝结为滴滴水珠，汇成汩汩水流，待流至洞口时，已然汇成洪大的双色水柱流淌向前。

倚弦不得不惊叹造物之神奇，道：“原来刚刚那道瀑布就是这些雾风水流形成的，照这样看来，这里应该就是生死河的源头了！”

“是的。”人儿应了一声，思忖了片刻，然后叮嘱道，“我先要回去看看情况，你们暂时躲在这里，哪里也不要去，我等会儿就回来，带你们去更安全的地方！”

倚弦与耀阳从眼前奇景中回过神来，齐声道：“人儿，你千万小心！”

“你们忘了，这里是我家！”人儿笑道，“没事的，你们放心。”说完扭头便走，玲珑可人的身形随即没入阴暗之中。

倚弦与耀阳看着人儿消失在重重雾气中，仿佛失去依靠一般，心中双双升起一股莫名的失落感。他们虽然已经逃脱妲己的掌控，但未知的命途依然让他们感到悲观无助。

熔岩石洞中并无光线，兄弟俩只能凭借腾腾雾气散发出的些微光亮来辨认周遭物事。除去雾风水流所占的甬道空间外，他们所处的地方已经没有多少空间。洞中怪石林立，青苔丛生，洞顶熔岩上坠下的水滴落在怪石上间或发出“啪啪”的声音，和着罡风口嘶鸣的异响，显得格外刺耳。

随着雾风愈加猛烈，其中异声仿佛滴滴敲击在耀阳心中，搅扰得他生出一股莫名的烦躁，压抑感也愈加沉重，禁不住只想放声大吼一阵，来宣泄不畅难舒的情绪。

此时的倚弦相反却感到一阵祥和，虽然他紧闭双眼，但似乎总能够感受到自身与前方雾风滴水间存在的某种遥相呼应的柔和规律。

耀阳终于忍不住捂住双耳，通过支吾呻吟来抵制耳际的鼓噪烦音。

倚弦不由睁开双眼，不解地盯着耀阳问道：“小阳怎么了？”

“我也不知道……”耀阳茫然答道，“只是觉得洞里面的声音搅得心里很烦躁。”

“奇怪，我怎么听到这些声音觉得很舒服呢？”倚弦看着耀阳痛苦的模样，皱眉思忖了片刻，脑中灵光一闪，忽然想到“轩辕图录”中的一幅图壁，恍惚间似有所悟，但一时间又说不出为什么。

正犹豫不明之际，倚弦忽觉心神一凛，倏地跃身而起，跳到耀阳身边，心血来潮的莫名警惕感令他回身盯视洞外一处昏暗的角落。

“谁？”

第十四章　死后奇遇

耀阳闻言一惊，不由沿着倚弦的目光向外望去——

果然，在石洞外一处昏暗的角落里出现了一个模糊的身影，如黑暗中的幽灵般散发出一股诡秘逼人的气息，然后缓缓踱步行了出来，步履间虽然轻灵飘逸，丝毫不见寻常走动之势，直如鬼魅，但予人的感觉却显得格外沉重稳健。

朦胧雾色中，那道身影一身雍容华贵的镶金黑漆朝服，高挑凸浮的身材依稀可辨是一妇人，脸上覆半截玄银面具，难辨其真实面目。尽管只有半面容颜，但如莹玉般的肌肤，微微高耸的额颧，挺拔高直的鼻梁，细长威严的凤目，冰寒如电的眼神更有一种看尽世情的冷漠，衬以高贵雅致的玄银面具，透出一股神秘异样的不世魅力。

兄弟俩惊得退了一步，相互靠得更近，耀阳装作强悍蛮横的样子，厉声喝道："你究竟是什么人？窥视我们兄弟究竟有何目的?"

黑衣妇人紧紧注视着眼前两个少年，仅只方才感应出她存在的能力，已经让她大吃一惊，深感此行不虚。此刻，她适时在两人身前三丈处停住，柔声对两人说道："我是什么人并不重要，重要的是我不会伤害你们!"

这一段话柔声细腻，倚弦与耀阳两人听后只觉周身一阵酥软，不由自主地望向她面具下一双深邃莫测的眼睛，谁知甫一触及她漠然泛视的目光，他们心中立刻涌起一种难以形容的怪异感觉，就如同接触到一个广阔无边、莫可量度的神圣心灵天地一般，让人不自觉涌起对生命的无限眷恋，以及对天地万物的无尽热爱。

两人就在这种无法言喻的感受中，对黑衣妇人完全失去戒心，目光中浮起一阵朦胧不明、浑浊迷离的异样目光。

黑衣妇人一见二人入魇的样子，静若止水的心蓦地一怔，在确定他们完全受制于自身“慈航法度”的玄法后，皱眉自语道：“既然方才如此轻易便可感应出我的存在，照理说定力不应如此糟糕才对？”

“我现在问一句你们便答一句。”黑衣妇人暗中掐动法诀，推动玄法的展开，沉声问道，“你们叫什么名字？”

耀阳与倚弦早已神志昏沉，目光呆滞，齐齐答道：“耀阳、倚弦！”

黑衣妇人点点头，显然满意他们的答复，于是又再提问道：“你们究竟是哪一宗派的弟子？师从何人？”

二人犹豫片刻，齐声答道：“不知道！”

“不知道？”黑衣妇人的目光中透出难以置信的神情，问道：“那你们与神玄二宗可有什么关系？”

“神玄二宗？”二人各自犹豫了片刻，答道，“不知道！”

黑衣妇人见二人几次回答均有所犹豫，还以为自身所用玄法已有所松动，正欲催发玄元加持“慈航法度”的强度，就在此时，周遭的雾风水流却骤发突变——

原本变化流动缓急有序的雾风水流，忽然间来势一顿，洞内顿时风静水止，然而转瞬便又复归如常，只是雾风与水流的交替方向已然发生变化，初时雾风化作水势顺流而出，现在却转化成水流蒸腾成雾回流入罡风口内，声势由顺转逆，变化煞是惊人。

于此同时，倚弦与耀阳似是受雾风水流的变化所牵引，体内久违的异能呼之欲出，竟从黑衣妇人“慈航法度”的玄功控制下清醒过来。

尤其是清醒后的倚弦，体内本该清凉舒爽的异能此时四处绞翻，更为让他难以忍受的就是一种发自内心的焦躁感，令他头晕脑涨好不难受，偏偏在此刻他忽然感到一股巨大的吸力自脚下逆流的雾风中阵阵传来，竟将他硬生生吸离地面，缓缓向后飘去。

耀阳再度睁开茫然的眼睛，只觉得体内异能缓缓窜流，说不出一股心泰体安的舒适感，然后映入眼帘的是满眼诧异的黑衣妇人，再顺她目光看去，只见一脸痛苦神色的倚弦，正仿佛被一只无形巨手拖得倒飘而飞，卷向狂涌疾奔的罡流风口。

耀阳心中大骇，哪敢再作丝毫犹豫，飞身上前一把抓住倚弦的手臂，虽然缓住了倚弦倒卷而退的势头，但不知从何而出的强劲吸力仍然拖住两人往洞内风口处靠近，尽管耀阳明知如此下去，两兄弟被卷入雾流只是时间早晚的问题，但他仍然牢牢抓住倚弦未曾有丝毫放松。

黑衣妇人目睹眼前怪事，百思不得其解，但事情紧急已经不及细想，当下自是以救人为主，于是掌中玄元凝集归一，抬臂凌空虚摄，庞大的神能透体而出，罩住已经身不由己的兄弟俩，当她正准备施法将二人拖回原地时，却意外感到掌控二人的元能被一股莫名力量牵引一带，偏离固有轨迹滑了出去。

耀阳与倚弦原本苦苦支撑下去，短时间内尚不至于落入风口，但偏偏这时一股大力从旁涌至，拉得他们的身形往后一缓，兄弟俩起先还心中一喜，知道有人正在相助他们脱离困境，正感到脱险有望时，牵引的力道一拉即放，丝毫不等他们反应过来，立足不稳的身躯便被吸入罡风口内。

强劲的吸力拉扯中，兄弟俩最后只是隐约听到人儿一声悲呼，然后只觉一阵天旋地转之后，双双陷入昏迷之中……

人儿眼睁睁望着两人被卷入罡风劲口，怨恨地看着黑衣妇人，恼怒道："娘亲，既然他们兄弟并没有犯下什么滔天大罪，尊为冥界帝君的您，为何还会对两个小辈下如此狠手呢!"

黑衣妇人闻言一怔，然后摇头一叹，走到人儿身边抚摸着她的秀发，双目泛出慈爱的目光，道："傻丫头，你错怪娘了。"

人儿退后一步，避开冥帝怜爱的抚拭，摇头哭诉道："难道娘要告诉女儿，刚刚是女儿看错了吗?"

黑衣妇人怎会不知女儿自小娇纵的脾气，再次摇头喟然一叹，道：

“娘对他们没有恶意，只是想借机了解一下他们犯下了什么过错，竟招至‘五彩石符’的追讨？”

黑衣妇人缓步踱出几步，望向脚下已恢复常态的雾风水流，继续道：“谁知这时正值生死河十二个时辰一次的阴阳交替，不知出于何种原因，他们两人受其阴阳逆反的瞬间流能所牵引，被吸向雾流罡风口。当时娘只是想帮他们一把，哪知反倒害了他们。”

人儿奇道：“人儿记得幼时常来这里玩耍，也经常碰到阴阳交替回流，但都不觉得有什么流能牵引，为什么偏偏他们会被吸进罡风雾口呢？”

“娘也不甚清楚！”黑衣妇人摇头不解道，“生死河乃三界阴阳交汇之处，黑红双色水流更是天地至阴至阳的极气所化。三界之中无论神魔妖玄，一旦坠入生死河中，如无上古神器护体也必将魂消魄灭，但刚刚看他们二人卷入雾风之中，竟能魂魄不灭，难道……”

黑衣妇人似乎想到某种可能性，神芒隐现的眼中呈现出难以置信的目光，喃喃自语道：“除非他们二人的灵体分属极阴或极阳，否则……但这怎么可能呢？凡俗之人，乃至神魔玄妖四宗的门人弟子，若无千万年净世焚身的涅槃苦修，都不可能修达如斯境界。但除了这个解释，刚才发生的一切都将变得毫无道理！”

人儿凄然问道：“他们……他们不会再回来了，对吗？”

“不知道……”冥帝缓缓摇了摇头，娓娓述道，“生死河的源头接通三界阴阳六道轮回，因其地本身所处位置极阴极阳，千百年来一直位居天地间三大禁地之首，不管是神玄二宗的诸仙众神，还是魔妖二道的凶邪恶煞，因其躯身元能的固有限制，无人敢于一探究竟。如果那两个少年的灵体禀性果真极阴极阳，那么一切就很难说了！”

人儿抹掉面上残留的泪痕，靠近黑衣妇人身边，望向诡魅变化的雾风水流，凝神默祷着。黑衣妇人注视着女儿面上复杂的表情，静思中偶感岁月的流逝，心中感慨万千，怜爱地抚摸女儿的如云秀发，不由默然长叹。

耀阳与倚弦同时被卷入罡风雾口后，不断经受罡风揉卷、拉扯，一阵阵灵体撕裂的强大痛楚终于让他们失去了知觉。

不知过了多长时间，倚弦首先自昏沉中醒来，环顾四周竟发现自己处身于一片虚无混沌之中，恍惚间竟还以为又回到了“轩辕图录”的空间中，刚一想着游离起身，却发现脚下毫无着力之处，自身只是凭空漂浮，根本无法移动分毫。

他心中惊诧莫名，放眼四周望去，一片昏暗映入眼帘，自身所处之地居然让他产生了一种只有方寸，但又无限宽广的奇怪感觉。不过，他现在最为担心的还是耀阳，只因自从上次他们兄弟被妲己复生换灵之后，倚弦对耀阳就有了一种特殊的感应——

不论身处何处，他总能清晰地感应到耀阳的存在，甚至有时若有若无还可感知到耀阳的某些想法，偏偏就在此时，那种玄之又玄的感应竟然凭空消失了，试想这怎能不让他感到忧心忡忡呢？

此时一个无比熟悉的声音，带着掩饰不住的喜悦远远传来：“小倚，是你吗？”

倚弦循音望去，视线不远处一道人影正在吃力地挥动双手，正是耀阳，不由大喜过望。但心中仍在疑惑，为何此地明明毫无着力之处，他们兄弟两人却能悬浮其中？这里究竟是什么地方。

兄弟俩正盘算该如何互相接近时，一道悬若游丝的魔能吸力自他们灵体之间传来，细微的牵引力将两人的距离拉得更近，直到兄弟俩相互握住对方的手。

“打死不离亲兄弟！”耀阳咧嘴大笑，对着近在咫尺的倚弦道，“嘿！算起来，咱们的运道好像没有以前那么坏了，不知道这次大难不死又会有什么后福哩？”

倚弦“扑嗤”一声差点没笑出声来，大摇其头道：“拜托，你可别忘了，咱们现在就是在冥界，居然还好意思说什么大难不死？”

耀阳不好意思地嘿嘿一笑，道：“这里有山有水的，和阳界没什么两样，难免会引人误会！”

倚弦环顾四周环境，心中始终有种熟悉的感觉，不由纳闷半晌道：

“这里好奇怪，不知究竟是什么地方?”

“管它什么地方，最重要是怎么离开这里!”耀阳企图翻动一下身体，但仍旧感到手脚无从着力，根本挪不动分毫。

就在两人正感无能为力之际，灵体内忽然莫名其妙地窜出那股熟悉的异能，在蠢蠢欲动，像是受了某种召唤似的，裹带两人的灵体，往昏暗深处沉沦下去。

倚弦与耀阳的心里虽然忐忑难安，但好在有经历“虚灵幻境”的经验在前，心中早已有所准备，此时都不约而同地抓住对方，不敢有丝毫放松，以防被异力冲散，在此等秘不可测的空间中，没有人可以确定下一步你的际遇将是什么。

两人只觉灵体开始无止境地坠落，沉沦至越来越昏暗的未知深处……

不知过了多长时间，倚弦与耀阳但觉脚下光线一亮，隐约向下望去，只见一座金芒闪耀的九菱塔台悬浮在虚空之中，数条异芒流转、颜色不一的光带分别从塔台九个棱角处射出，直伸向了无边际的虚无深处。

随着距离的接近，他们终于看清楚整座塔台的全貌，心中不由大骇，他们哪曾想到在这种环境中竟还有如此令人震惊的景象——

在这座不知为何物所建、纵横十数丈方圆的平台上，九根数十丈长的擎天巨柱巍然耸立，柱表之上雕踞着九条样貌相同却颜色不一的异兽图案，其身十余丈长，三四人合抱的巨大躯体上布满坚鳞，寒光闪烁的森利巨爪，硕大的头首上触须曲卷、虬角直立，寒芒吞吐的眼睛隐泛阵阵幽光，予人一种栩栩如生欲破柱而出的感觉。

照形状神态看来，极似传说中的万千异兽之首——神龙。

这九根龙柱各自竖立于九棱塔台的九角部位之上，看似毫不相干，但若是神魔玄妖四宗任何一位高手仔细观之，都可以觉出其实此中暗合一种玄奥莫测的规律，更与塔台中央一个玄光闪现的奇形异物遥相呼应，隐约布成一道阵式。

随着下落的势子愈来愈缓，倚弦、耀阳与九棱塔台越来越接近，居然生出异样的感应，只觉得那九条神龙正高昂龙首齐齐向他们望来，灯笼大小的眼睛射出森冷警戒的目光，不但如同明灯似的照亮两人身侧数丈的空间，尤为怪异的是居然让两人生出一种只有肉身才有的冰冻感觉。

两人震惊莫名，仿佛就在这一刻，他们眼里的神龙已然复活，而且逼人的气势明显似是在警告两人不得靠近。

不管眼前究竟是幻觉还是真实，倚弦与耀阳现在根本没有办法左右自己的灵体，他们已经完全被体内异能所控制，向塔台方向落去。

却不等他们兄弟靠近，诸龙石柱中一根金龙石柱，竟然发出一股巨大的飓风力量，鼓动庞大的气势激荡而出，其余数根龙柱此时也随之卷出重重玄能，如疾潮狂浪般源源不断袭向两人。

此时，倚弦与耀阳心中大骇，面面相觑，却毫无办法挣脱体内异能的束缚，只能眼睁睁看着自己陷身诸龙石柱的力量攻击之中。焦灼的飓风力量甫一临体，便令他们的灵体立时生出喘不过气的炙热感。

正当两兄弟认为必然会魂飞魄散之时，体内那股要命的神奇异能再次如期而至，适时化作紫青双色的结界将他们包裹起来。尽管如此，他们还是可以感受到来自诸龙石柱的沉重压力，两人不由怀疑自身周围的异能是否能够抵抗这海潮般翻涌的攻击。

果然，随着神龙九柱玄能的阻挡，两人灵体前进的速度缓缓减慢，终于停滞不前，被拒于九龙柱台上空，倚弦与耀阳感觉到灵体四周的无形压力越来越大，竟令人有背负千斤重负的感觉。

随着压力愈趋集中增强，终于到了他们无法抵制的极限，两人憋不住体内撕扯欲裂的极度压抑感，同时爆出歇斯底里的一声大喊：“啊……”

骤然间，他们灵体周围的异能结界倏地一阵爆亮，紫青双色的异芒刹那间映亮九龙柱台的每个角落，竟然将诸龙石柱所发的攻击玄能尽数化散，倚弦与耀阳顿觉全身一阵舒畅，停滞上方虚空的两人灵体在破散柱台护卫法阵后，犹如一支犀利神箭般直射向神龙九柱中央的奇形异物。

倚弦与耀阳原本以为业已安全，却不料骤变突发——

落于九龙柱台上的倚弦，忽然感到一阵巨力自地面轰然而起，根本不容他有思及应变之策的时间，便狂涌直上将他席卷至虚空中定住，相反耀阳却被强行扯到柱台的奇形异物之上。

倚弦又再次恢复悬浮半空的姿势，稳定身形后他定睛下望，在九龙柱台中心那样奇形异物的玄光照射下，整座虚空柱台的里里外外都一清二楚，他朝耀阳所处的地方望去，不由一声惊呼脱口而出："小阳，小心！"

原来，耀阳所立之地正是奇形异物的顶心位置，除了四周一道有形的玄光罩覆于其外，九根盘龙石柱之间列成一块菱形的空间，此时一颗硕大的狰狞鬼头漂浮其中，正缓缓向耀阳游离过去。

明明相隔不到数尺的距离，耀阳却似乎完全浑然不觉，闻言警惕地四下观望一番，最后忍不住问道："小心什么？小倚，你怎么还不下来？"

倚弦闻言一怔，忖道："不可能看不到吧！"转念一想又觉不对，于是大声呼道："……就在你旁边有一个很大的鬼头怪物，难道你看不到吗？"正说话间见那鬼头已经晃悠到耀阳身前，倚弦惊急喊道："快躲开！"

耀阳怎会不信兄弟所言，虽然眼前什么都没有，但他仍然随着倚弦的话作出反应，就势闪到一旁。倚弦见他恰好避开了鬼头，不由感到一阵欣喜，但刚到嘴边的欢呼声却又马上变成一声惊呼。

原来，那面目狰狞的鬼头怪物在电光火石间顿了顿，已然幻出一副魁梧如魔神般的巨型躯体，银发苍苍沟壑满面，唯独双目中的赫赫厉芒，丝毫不被苍老的颜面所影响，咄咄逼人的气势给人一种无形的压力。

老者转瞬间便欺身至耀阳身旁，将他整个人一把揪起，耀阳身高在常人中已高大，但此时却被凌空拎起，脚尖离地竟达一尺之余，倚弦心中又惊又怒，偏又毫无办法可施，更是不敢出声，生怕一语不合惹恼老者于耀阳不利。

耀阳此时更不好受，他哪知会遭此袭击，而且是被无形之物一把拎起，同时灵体被一股若隐若现的莫名力量所禁锢，丝毫挣扎不得，然后另一股无形力量探身而入，游离灵体上下，仿佛在探寻什么似的。

耀阳与倚弦却是不知，眼前老者乃纯以不世气势将耀阳禁锢起来，其中没有掺杂任何邪法魔诀，而此种气势，唯有经千万年修炼达至神魔级数的宗师人物方能拥有。

“桀……桀……桀……”一阵刺耳怪笑声冲天而起，化入无尽虚空，荡起余音阵阵。

倚弦直觉这老者的笑声苍凉、凄厉诡异，似有无尽恨意与怨气待其发泄，而且每一声仿佛都可以将人耳膜撕裂、心肺挖开一般，令他与耀阳感觉好不难受，尤其是思感深处为之郁结的烦躁，直欲让人发狂。

老者笑声逐渐停歇下来，远远地向倚弦投去一个审视良久的眼神，此时在他那极具威严的目光中，流露而出的却是似悲还喜的复杂情感，然后一把松开耀阳，身躯如金山倾倒般跪倒在地，一双按地的枯黄手臂仿佛已是全身唯一的支柱，苍老的脸上不知何时已然挂满泪水，巨型身躯微微颤抖更似在诉说心中的无助与凄苦，看得倚弦心中酸涩难忍，感动不已。

忽然，一股凛冽的气势自老者身际滚涌而出，他高举双手，昂首仰望虚无空际，一双异芒流转的双目中透出狂热与希望，一阵惊雷般的声音从他口中传出，道：“苍天见怜！苍天见怜！”

顿时，整座九龙柱台为之微微震颤，深具灵性的九根神龙石柱好似受到什么惊吓似的，玄能罡风四溢狂卷，飓风般冲荡在玄门奇阵之间，老者的嘶吼声不停回荡在九龙柱台之上，余音久久不绝。

耀阳的眼前空空如也，根本不清楚发生了什么事情，听着耳边响起的说话声，大惊失神地问道：“小倚，这到底怎么回事？”

还不等倚弦缓过神回答耀阳的问话，老者的心情便好似已经恢复平静，喉间一阵梗塞，然后声音晦涩不清地说道：“你们究竟是何人门下？怎么会来到这里？”言语间透出一股慑人心神的不世气势。

“你是谁？”听着眼前一片空无之处传来的声音，耀阳壮着胆子喝道，“为什么鬼鬼祟祟的，有胆就出来！”

“我是谁？”老者凄然一笑，仿佛陷入沉思之中，好半晌才缓缓道，“老夫蜗居于此应该已有千余载，老了，记性也差了，我早就忘记自己是谁了！至于你为何看不到我，或许是因为置身在‘九龙玄武大阵’当中，六觉被法阵灵能封印的缘故。像你那位朋友浮于阵外，自然便可以见到我的真身!”

倚弦听过他的话，想到心中太多不解的疑惑，忍不住问道：“请问前辈，这是什么地方?”

耀阳正有此问，不由聚精会神倾听答案。

老者稍作犹豫，答道：“此地乃是天地间三大禁地之一的‘阴阳劫地’，位处三界极阴极阳之地，不接南北不通东西，但凡六道众生皆出不得进不得，你们又是如何来得此处?”

耀阳心直口快，闻听看不见的高手前辈问起此事，立时将坠入生死河的前因后果一五一十地说了出来。

倚弦见那老者一边听一边连连点头，似乎并不惊讶此中奇异，不由心念一动，再问道：“前辈，这座九龙柱台是怎么回事?为什么我会被拒于阵外，而我兄弟却可以立于阵中呢?”

老者双目炯炯注视着耀阳与倚弦，神秘莫测地一笑，道：“在老夫解答你们这个疑问之前，两位小兄弟可否先答老夫一个问题?”

倚弦与耀阳几乎同时应声道：“什么问题?”

老者期待的眼神望定二人，问道：“你们究竟出自何宗何派门下?”

兄弟俩倏然一惊，从老者的问话忆起蚩伯给他们兄弟带来的伤害，不由对老者生出一丝戒心，于是答道：“我们兄弟不是任何宗派门下!”

老者听到他们的答话，先是皱眉低头自语一番，又望着两人摇头思索半晌，一副好生奇怪的模样。

耀阳等待半晌却没听到老者的回答，禁不住对漂浮空中的倚弦问道：“小倚，前辈还在吗?”

倚弦答道：“前辈还在，好像正在思索什么问题?”

老者闻言抬头注目两人，口吐惊人之言道：“其实没什么，方才只是有些奇怪你们既然没有师门，但为何周身元能充盈，比之任何宗派的法道高手尤有过之而无不及，其修行潜力之强势更是老夫千万年来所仅见!”

耀阳与倚弦俱是一怔，惊问道：“元能充盈?”兄弟俩随即想起在参详“轩辕图录”时灵体的殊异感受，还有方才坠入生死河源头后的莫名力量。

倚弦一直在思索这些灵异的体验，此时听老者说起这事，心中更是好奇，想一探究竟，于是稍整思绪，恭敬道："小子深信前辈所言定然是有所依据的，但我们兄弟生性愚钝得很，有时虽然感觉到一些莫名的征兆，却始终弄不明白其中的关键所在，所以还请前辈解开我们心中的疑惑!"

耀阳也正有此意，忙应声道："对啊对啊，请前辈明示!"

老者负手昂然挺立，微微一笑道："要老夫替你们解开疑惑倒也不难，只是两位小友必须将整件事的前因后果全部说与我知道，否则老夫纵然有心想帮你们，怕也是无能为力的!"

倚弦与耀阳对望一眼，稍作犹豫后细思此事说出也无关紧要，于是便将近些日子的遭遇一五一十尽数告知老者，然后静候一旁迫不及待等候老者的解释。

老者听二人你一言我一语地侃侃而诉，面色骤然变得阴晴不定、时惊时疑、喜忧参半，直到他们讲完后好半晌才恢复常态，再度深深凝视两人，黯然一叹道："老夫已然知悉其中玄妙!"

耀阳连忙性急地问道："什么玄妙？请前辈解说!"

倚弦充满期待地望向老者，他更希望老者能解开这些日子的诸多疑惑。

老者深吸一口气，娓娓而述道："其实发生在你们兄弟身上的这一切事情，全部都是因为那面石壁——三界神魔都称其为'归元魔壁'而起，先是东圣道的蚩伯利用你们吸引妖狐的注意，他然后伺机盗得魔壁，而后妲己将你们从冥界带回人间也是因为魔壁的缘故!"

说到此处，老者掐动指端，紧皱的眉头舒展开来，道："如若老夫所料不差，你们第一次身亡之时，理应是千年难遇的'九星连珠、绝阳蚀月'之夜，对么？"

"九星蚀月？"倚弦与耀阳愣了一下，先是被那块"归元魔壁"的来历所惊骇住，再一回想那晚在淇桥上看到水中倒影的九星天象，不由恍然大悟，便将当时所见到的景象一一详述出来。

老者听完之后缓缓点点头，移步走到柱台中心的奇形异物旁，微闭双目解释道："当夜天枢、天璇、天玑、天心、天禽、天权、天辅、天冲、天丙九星连珠，九阳北斗冲月蚀阴，引得天地间的阴阳之气失去固有的平衡，此等天体异象的契机实属罕见，千年难得一遇。

"而更为碰巧的是，七月十四乃人间界一年当中阴气聚汇最盛的一夜，所以当时阴阳界之气纷争更甚，阳不制阴，阴不消阳，而处在此时此境的修法入道之人最是难受，稍有不慎便有毁灵灭体之厄，所以类似这等天象劫数，俗称'天劫'！

"'归元魔璧'乃天地造化之物，自然也难免受天劫相冲，恰巧蚩伯又焚尽元身引来天雷拼死一击，殊不知天雷乃极阳之气所凝，如此一来，正好达至冲开'归元魔璧'的本元封制，使其中蕴藏的元能阴阳交替、互抵互消，终于破璧而出，融入你们兄弟俩的体内。"

听到这里，耀阳与倚弦顿时有了一种恍然大悟的感觉，正准备问话之际，只听那老者又再继续说道："可惜当时你们的肉身哪里堪受天雷一击，早已百脉俱焚神仙难救，所以魔璧元能尽数融入你们灵体之内，然而灵体不比肉身，古往今来能驱使本元灵身修真合道之士闻所未闻，因此包括狐妖与那闻太师在内，谁也没办法从你们肉身中取为己用，魔璧元能隐而不现藏而不露，这才有了你们二人重历阳界发生的诸多事端。"

看到兄弟俩似懂非懂、半信半疑的表情，老者仰观柱台外一片虚无之象，哂然一笑，道："老夫也不必多说，稍候片刻便立见分晓！"

倚弦与耀阳两人还未来得及思索老者的话中之意，便立即同时感到一股大力忽然间从身体周围出现，将他们兄弟的灵体齐齐卷起。两人在巨力的左右下擦肩而过，奇迹般互换了各自所处的位置。

倚弦踏足奇形异物的顶端，站稳身形环顾整座柱台四周，一片空荡荡的浓雾迷蒙，目光及不了眼前三尺之地，这才体会到刚才耀阳的感受，同时也对这处奇异的地方产生了浓烈的兴趣。

耀阳悬浮到半空中，俯视柱台全景，瞪大了眼睛盯着距离倚弦不到数尺距离的老者，诧异非常地大声问道："咦！老前辈，为什么刚刚我在你面前什么都看不到，离你这么远反而可以见到你呢？而且为什么我们兄弟俩会在这里出现这种怪异的现象?”

老者笑道:“‘归元璧’蕴藏天地至阴至阳的本元奥秘,所以汇入你们体内的元能分属一阴一阳,而此处又是三界禁地,极阴极阳的罡流自始至终环绕流动于此,至于眼下这所柱台正处在禁地中心,所以阴阳罡流与你们的灵体元能才会产生相吸相斥的反应,至于你们看得见看不见老夫想来也是因为这个的缘故。”

兄弟俩听得如此一说,想到终有一天也能达至一定玄法高手的境界,立时欣喜若狂,相互投以激励的眼神,浑然忘了自身所处何处了。

倚弦压下心中雀跃的情绪,略一思忖,向老者问道:“小子还想再请教前辈一个问题,既然我们兄弟体内拥有那么强大的两极元能,那么究竟要怎么样修炼才能随心所欲地施展玄法呢?”

耀阳一听之下也是心痒难当,连声催促老者说出个中因由,直恨不得立时将体内的元能发挥到极至,一展玄法高手的威武英姿。

老者笑而不答,反问道:“你们可知归元魔璧的来由?”

倚弦与耀阳茫然无知地摇摇头。

老者缓缓道:“‘归元璧’乃万千年前一位纵横天地三界、旷古绝今的盖世人物在飞升时,集所有肉身圣体的精元所化,故名之为‘归元’,你们二人各继其一半元能已可达至灵神不死不灭,但这毕竟不是你们自身苦修而来,自然无法融会贯通,又怎能对它如臂使指般运用自如呢?这需要时间与法度的无间结合,总的说来还是一句话,努力去磨炼吧!”

倚弦与耀阳两人闻言顿时信心大增,同时摩拳擦掌做出一副跃跃欲试的样子。

老者喟然一叹道:“这天地间一啄一饮皆有定数,你们兄弟俩既然有此机缘运数,也就注定将来不平凡的作为!老夫在此沉寂苦修千年,感悟天地阴阳造化之神奇,却都不曾像今天这般心潮澎湃难以平定下来!也罢,你们既然与我甚是有缘,索性就让老夫助你们一臂之力吧!不过……”

兄弟俩一听老者有相助他们的意思,大喜过望之下不由同声问道:“有什么问题,前辈尽管指教便是!”

老者饶有深意地望了两人一眼，续道：“老夫也只是尽己所知略加指点而已，最后能否有所成就还是要靠你们自己去争取的！”语罢，老者双目中霍然闪过一道厉芒，高抬的双掌中射出两线紫色异芒，分别射向位置不一的兄弟俩。

倚弦与耀阳只觉眼前光芒一闪即没，还没来得及反应，两人业已被异芒力量包裹在其中，无力动弹半分。甫一触及那股异芒力量，他们仿佛再次感受到肉身窒息般的痛苦，更让他们产生出一种无力抵制也无心抵抗的感念。

就在他们坚持到最后一刻，即将沉沦昏迷的刹那时，几乎同时生出一个很清晰的概念——在他们遇到的诸如蚩伯、申公豹、妲己、闻太师、姜子牙一类的法道高手中，这位不知名的老者无疑是最厉害的。

第十五章　三界异地

老者收掌束手而立，看着被自身“盘龙灭神诀”缠绕至昏迷状态中的两兄弟，神色大慰地爆出连声冷笑，然后陷入苦思之中，思忖良久后掌指翩动，数道元能劲气在虚空中幻出耀眼电芒，划过几道低旋的弧线，紧紧吸附在耀阳与倚弦身际。

只听老者发出一声闷喝，万千银发无风自动，耗尽全力催发的魔能犹如潮水般汇入高低位置不同的耀阳与倚弦体内，昏迷中的两人似乎也隐隐感应到力量的逼进，灵体一阵轻颤扭动，发出难以自禁的呻吟声。

老者似乎并不敢过分催化元能，谨慎小心的态度表明他对某些物事的畏惧，难道他也害怕受到两人体内魔璧元能的反噬？

老者沉吟片刻，终于面色凝重地咬紧牙关，似是做出某种决断一般，周身元能瞬时间由方才的流泻而出转为倒流而回，由此而造成的强大吸附力量带动兄弟俩的灵体来回不停地摇荡。

随着元能力量的叠加，吸附的劲道愈趋集中起来，老者苍老的面庞上浮现出一丝难得的欢悦之情，压抑住激动万分的复杂心情，他催发元能搜寻两兄弟的灵体，哪怕只有些微的灵能征兆，他自信凭当年纵横三界的“北冥搜神诀”便足以将其纳为已有。

那老者一味寻觅兄弟俩体内的魔元踪迹，却浑然不觉耀阳与倚弦的灵体此时已生变化，遭侵体元能吸附的二人虽然没有任何知觉，但灵体受力之后逐渐开始幻化出紫青双色的素彩异芒，然而在九龙柱台的强烈光芒映射下，反倒不明显了。

尤其令人费解的是，在耀阳与倚弦的灵体额前竟分别浮现出一弯淡淡的半月形印记，一紫一青，异芒湛现，分外予人一种气势独具的震撼。

正当老者继续施展魔能时，电光火石间变生肘腋，老者的魔灵异心霍然一震，忽生异变根本不等他及时反应，一股异常强大的力量便从两兄弟体内狂涌而出，“迸”一声轰然巨响，老者的元能力量尽数被弹卷回去，巨大的反震力将他一把掀翻在地。

老者骇然回望，见到原本立身在九龙柱台中心“玄武符柱”上的耀阳此时悬浮腾空，似是受了某种力量的牵引，与半空中的倚弦并列在一起。老者明白这是魔璧元能二极互引的禀性所致，不由暗叹“归元璧”的强悍威势果然不同凡响。

此时，耀阳与倚弦受了劲力共振，已然自昏迷中缓缓醒转，浑然不知他们刚刚从生死一线中侥幸逃脱，只是发现不知在何时，他们兄弟俩已经相隔近在咫尺，而且感觉到体内有一股极其细微的异能在缓缓流动，若有若无地将他们紧紧系在一起，全身多出一种无法以言语形容的舒畅感觉，与他们在“虚灵幻境”中勘悟“轩辕图录”的经历有异曲同工之妙。

老者干咳两声，满面亲切的神情，道：“相信你们已经可以感觉自身的微弱变化，老夫只是给了你们一把可以开启自身潜力的秘匙而已，要想更进一步掌握其中体用合一的方法，还得去一个不为人知的禁界密地，那里蕴藏了三界六道的所有变化以及破解你们本身元能之谜的至深奥秘！”

两人惊喜交加，赶忙问道：“什么地方？”

“此地不但隐秘难寻，而且封印结界甚多，即使按图索骥，仅凭你们二人之力恐怕也很难接近它十里范围之内！”老者望着二人乍喜还忧的神情，叹口气道：“不过既然已经决定助你们一臂之力，老夫自然会想办法帮你们最后一把！”

耀阳与倚弦大喜，齐齐对老者拜谢道：“多谢前辈成全！”

老者略作思忆，说道：“就在你们来此地之前的轮转山西侧十里之外，有一个古往今来、闻名天地三界的小小集镇，名曰‘轮回集’！”言语间，老者的目光中恍然流溢出丝丝向往之情，继续说道：

“那里不但收容冥界不入轮回的孤魂野鬼、凶灵恶魄，人界的玄人异士、能工巧匠，更聚集了独立于四大法宗之外的妖魔散仙、奇族异兽……在那里没有什么不能买，也没有什么不能卖，虽然充满危险，但也处处机缘，只因‘轮回集’是天地间唯一贯通三界的异域之地，不受任何天规法道的禁忌约束，那里只有一个生存的法则——弱肉强食!”

倚弦与耀阳哪曾晓得天地间竟有这等匪夷所思的地方，不由瞠目结舌，面面相觑。

老者哂然一笑，并不惊异兄弟俩的表现，右掌虚空一划，凝集的元能一触即发，掌心处凭空多出一样物事，然后随手抛向耀阳与倚弦，道：“拿着这样信物，去‘轮回集’找一个姓有炎氏的人，他一定会帮你们达成目的!”

看着被无形之力缓缓托住如一条直线般送至眼前的异物，兄弟俩再次被老者精湛的法力所慑服，倚弦伸手接住异物，触手温凉适宜，甚是舒服。两人仔细一看，原来是一块掌心大小、似玉非玉的方形饰物。

倚弦小心翼翼地将异物收入怀中，眼神中分外流露出感激之情，道：“前辈与我们兄弟素不相识，却肯如此帮助我们，真不知道该如何才能报答前辈才好?”耀阳也是随声附和，连连点头称是。

老者有模有样地淡然一笑，道：“老夫独居于此，素来孤独惯了，今日无端多出两位小友陪我稍解寂寞，说来说去也算有缘之人，区区小事何足道哉！若是你们今日受我恩惠，觉得心中过意不去，日后只需多加修德行善，便是对我最大的报答了!”

“不过有一点，你们必须谨记，今日之事万万不得与任何人说起，哪怕是将来带你们去结界秘境的人问起此事，你们也不得透露老夫任何的行踪消息。一则你们体内魔能之秘惹得太多人窥觑，二来老夫喜欢清净，不想被人打扰!”

耀阳与倚弦闻言之下，顿时对老者又敬又佩，齐声答道：“小子谨记前辈教诲!”

老者仰头再观虚空，道：“阴阳交替的时辰到了，老夫再送你们一程吧！”语罢，一声闷喝，浩大的元能劲力透体而出，将悬浮在九龙柱台上空的耀阳与倚弦二人托得往上疾升。果然不到片刻工夫，两股莫名的劲流罡风从二人身下席卷而至，顺势将他们冲向最高点。

兄弟俩感受到罡风的凛冽，惊呼一声，相互抓持住对方，感叹天地造化何其殊异难测，一切也只能任其摆布了。

望着兄弟俩被循环往复的阴阳罡流飞卷远去，负手傲立在九龙柱台上的老者终忍不住仰天长笑，凄厉凛冽的怪笑声中夹杂着一种强烈的报复快意——

“……轩辕老儿，你即便留下那‘轩辕图录’警醒后世又能如何？九天诸神，你们万万想不到，我就算被你们永世囚困于此，也一样能将三界六道玩弄于股掌之间！你们等着瞧吧，颠覆三界六道已然指日可待……桀……桀……”

过不了几刻工夫，耀阳与倚弦两人被罡风重又卷回生死河的源头处，罡风顺流而出化为红黑水雾，将兄弟俩冲出雾流风口，倾入腾腾水流瀑布之中，两人拼命挣扎才扣住两岸的磐石缝隙，爬了上来。

好在灵体不着水迹，两人上得岸来，终于轻松地舒了一口气，仔细看了一下周遭的环境，不由自主同时惊呼出声，两人顿时沉迷在眼前的景色当中。

他们正置身在轮转山的山腰之上，贴近山壁朝远处望去，只见夕阳西下，漫天晚霞映在远方一个幽静的湖面上，耀起一片金黄光波，微波荡漾之下，遥遥数十里尽是金光闪耀。晚风煦暖，吹拂在他们的脸庞上，恍然间有了一种尚在人间的感觉。

耀阳揉了揉眼睛，难以置信地问道：“小倚，我们现在究竟在什么地方？”

倚弦回过神来，转身再看一路蜿蜒直下的生死河，面对想象与现实的反差，他终于想起当初人儿说过的话，若有所悟地叹了一口气，道：“难怪人儿当时断言我们会看到更惊讶的景象！”

说到人儿，耀阳一时来了兴致，道："你还别说，那个小丫头真是蛮有意思，天幸咱们出门遇贵人，否则就算不被妲己抓走，也难逃被牛脸怪人折磨的结局！"说着感慨备至，左顾右盼道，"不知道她还会不会忽然出现在我们面前呢？"

倚弦有些担心地说道："希望她不要误会我们偷跑失约才好！"然后又促狭地一笑，道："看来咱们耀阳大少爷对这位小公主又动了心，算起来，是不是只要是公主你都感兴趣呢？还是因为你想飞黄腾达、建功立业都快想疯了！"

"去你的，竟敢诬蔑本少爷的远大理想！"耀阳啼笑皆非，抬起一脚便向倚弦踹去，哪知倚弦早有防备，蓄意的取笑声中，他的身形雀跃而起，避开耀阳含"恨"而出的一腿，径直往山下急奔行去。

"有胆别跑！"耀阳哪里受得了倚弦如此嚣张的气焰，哇哇怪叫着紧随其后追了上去，而且一路不停大声叫嚷着，竟忘了他们现在尴尬的身份与危险的处境，令人不由得要为兄弟俩捏上一把冷汗。

两人玩闹着直奔下山，朝西面行去，自是准备去寻那老者所说的"轮回集"。

只见身边的溪水哗哗流过，汇成一股股激流，延伸至一块凸出有若龙角的山岩上，倾泻直下形成一道水帘瀑布，洒落在山脚的一口幽深小潭之中，又由于溪流水势甚小，倾落到半山腰就被和风吹得散了，如飞花碎玉般散落飘飞。

赏心悦目的景色当前，耀阳与倚弦的心情愈觉畅快，一路疾赶翻过好几个山头，再次登高远望，月光如烟，交织在淡淡的夜雾中，树影横斜，花香凄迷，树林中声声鸟啼，伴着潺潺水声，宛若幻梦一场。

远方山下，一处集市果然坐落于幽湖旁侧，此时望去，集市虽已近夜，但依旧人潮鼎沸，时有歌舞喧闹声顺风飘来，其繁华热闹可见一斑。整个集市一面是树林环围，几条蜿蜒的羊肠小路从集市主街口盘旋而起，曲曲折折穿林而出。另外一边则悬浮于湖面之上，四周各式画舫集聚，花灯高盏，似乎静待着浮华黑暗的夜晚降临。

两人看到目标在望，更是心情一片大好，一鼓作气下了山，寻着那片异木丛林，沿着唯一的一条羊肠小路向轮回集行去。不知为何，倚弦与耀阳两人甫一踏入树林之中，便仿佛踏进另外一个世界似的，所有声音在刹那间完全消失，两人心中虽有诧异，但脚下却丝毫没有停顿，依照方才的记忆，觅路向轮回集进发。

几经折返，两人终于进了屋舍林立的集镇之中，怀着异常激动的心情，他们踏足在陌生的地方。

面前丈许高的古铭石碑上书“轮回集”三字，不用任何怀疑，他们终于进入被老者称之为“古往今来闻名三界”的异域地界——

轮回集！

耀阳与倚弦两人漫步市集内，抑止不住好奇的心情四下张望。

偌大的集市内，房舍林立道路宽敞，但多数破旧不堪，似已经久未居人，不知是否夜晚临近的缘故，四下不时有幽绿的磷光闪现，飘荡在街上或居屋中，凄厉的嚎吟也总是断断续续地传来，予人一种阴森可怖的强烈感觉。

好在兄弟俩毕竟已经死过两次，早已习惯将自己当作诸鬼同族，所以也不甚惧怕那些毛骨悚然的东西。一路走来，两人愈来愈觉得这里果然稀奇古怪，却在他们拐过一处十字路口时，眼前景象豁然一亮。

看着张灯结彩的拥挤街道、琳琅满目的店铺摊点、川流不息的过往行人，倚弦与耀阳的心情也随着熙熙攘攘的气氛活跃起来，再没有受人控制而提心吊胆的感觉，也没有颓废无奈的诸般心境。

行走在热闹繁华的街头，他们仿佛已经回到了朝歌城，想起了那段混迹市井无忧无虑的时光。心情好极的兄弟俩浑然忘记了来此的目的，沿街把臂而行，心花怒放只差没有引颈高歌了。

当兄弟俩一路行至一处名曰“冥月楼”的青楼妓寨前，忽听远处天际传来一阵悠扬的丝竹乐声，虽然隔得距离似乎极远，曲调高亢却声声清晰入耳，引得街上众人纷纷仰头循声望去，只见南面天空中，一辆华丽的白金飞车在八架巨翼异兽的牵引下，闪电般穿过缭绕夜雾，向这冥月楼方向徐徐飞驶而来。

转眼之间，八兽飞车已落于楼前，只见那飞车长九丈，宽三丈，高约两丈，形若一轮弯月侧卧，车身雕金镂花极尽奢华，纹刻成炫目之极的奇兽图案，更有无数宝石镶嵌点缀其中，迷离炫目，飞车两侧各有数个水晶制成的精致轩窗和三对不知是何物锻造而成的斜长鸟翼。

车前的八只雪白异兽昂首傲立，每只均有丈余高，龙头鹿身，巨脚趾上有蹼，体外遍布鱼鳞甲，腮边更有一对鱼鳃一张一合，肩生一双肉翅，头顶一支鹿角，双睛赤红，脖颈颇长，唇上两条龙须摆舞不停，张口嘶吼时，利牙交错，威风凛凛。

车首上四名俏丽女子手持软鞭并肩架车，在她们身后是一个别致的瑶玉栏台，一名白绫长衫的俊美男子，怀抱两名二八年华、美貌非常的女子，临栏傲然而立，修长健硕的身躯上一袭白衣纤尘不染，有若泼墨般的深黑长发随意披散背后，迎风飘起，更予人洒然不羁之态，浑若玉石雕琢的脸庞上，有着一双妖邪异常的水蓝色眼眸。

只看他轻轻扫视一圈街中众人后，旋又低首与怀中二女调笑，狂傲之态尽现无遗，引得街旁行人驻足观望，议论纷纭。

“这个小子是谁啊？竟然在轮回集如此嚣张！”

“嘿……你不知道？他乃是魔宗共工族氏的新起之秀——淳于琰。”

“听说他是最有可能接替共工族系宗主之位的人选，难怪搞这么大排场！”

“那他突然跑到咱们轮回集来耀武扬威，是为了什么？”

“谁知道！只听说此人生来浪荡成性，喜欢到处拈花惹草……”

只听那一旁杂聊的路人话还没有说完，一道凌厉的魔能劲气破空而至，竟将那人咽喉处钉个洞穿，转眼间被魔能化作了一摊黏水。

顿时间，过往众人皆欲言立止，不敢再作议论，望着数丈外依然若无其事一般的淳于琰，一个个都敢怒不敢言。

淳于琰威然冷哼一声，正眼望也不望众人，便在冥月楼老鸨的引领和他的随从呼拥下，举步迈进了冥月楼的花坊正门。

倚弦与耀阳哪曾见过这等气派奢华的排场与杀人于无形的威势，不由对望一眼，口中唏嘘数声，暗忖："这淳于琰既然也是魔宗的人，不知是否也像蚩伯、闻太师一样会对我们不利。"想到其中有可能的危险，两人连忙缩头缩脑匆匆溜出人群，避到冥月楼后的一处偏僻小巷中。

耀阳探首环顾巷外，确定没有人跟来，才回头皱眉道："这小子应该不会是来找我们麻烦的，要不然他怎么会跑去青楼呢？"

倚弦想想也是，点点头道："不过，还是小心一点好！对了，小阳还记得咱们来轮回集的目的吗？"

"当然记得！"耀阳想到可以捉摸体内的元能，不由兴奋不已，道："对啊，咱们只要找到那个姓有炎氏的前辈，学会怎么控制咱们体内的力量，说不定再出来的时候，就能抢了蠢鱼小子的飞车，追着妲己那骚娘们玩了！"

倚弦听他将淳于琰的姓称为"蠢鱼"，不由哑然失笑，啐骂道："什么跟什么，还记得《玄法要诀》记载说，本身真元要靠苦修得来，才能运用自如，否则像我们现在这样，就算一身是力，靠它也不能担柴挑水！"

耀阳嫩脸一红，支吾了半晌，才厚着脸皮摆出一副长者的口吻，手捻下巴对倚弦说道："小倚啊，这就是你的不对了，虽然事实如此，但做人岂能没有信心呢？首先我们就是要学会安慰自己，然后……"

话音未落，两人便听到"轰"的一声，脚下的土层四射开来，两人倏然一惊，暴退数步，定睛望去，只见一个獐头鼠目的光头少年，趴在地上一个尺余见方的土洞口，一把抹掉额头上豆大的汗珠，惊呼道："幸亏跑得快，幸亏跑得快……"

当他抬头看到正愕然看着自己的倚弦与耀阳后，又"妈呀！"一声怪叫着钻回土洞中去，可是片刻工夫又钻了出来，高高举起双手，低头道："两位大哥饶命啊，小的绝对不是故意的，只是听说冥月楼新来了两位天香国色的姐们儿，所以才偷偷溜进去准备看个新鲜……如果小的知道淳于公子会来这里，就是借个虎心龙胆也绝对不敢去冒犯淳于公子的！”

耀阳听到这里，心中不由一乐，暗道：“嘿嘿，敢情这小光头是把我和小倚当作是那蠢鱼的手下了！”

倚弦走上前去，干咳一声道：“这位兄弟误会了，我们与你口中所说的淳于公子素不相识，没有任何关系！”

光头少年听完一下从洞中跳窜出来，瞪着一双鼠目，大声斥责两人道：“真是的，既然没有关系，怎么不早说？”说着抬头以一种鄙夷的目光多瞥了两人几眼，撇嘴不屑地说道：“看你们这副熊样，也知道肯定不是那条蠢鱼的人。”

倚弦暗自一笑，心道：“蠢鱼！看来这小光头的脾性跟小阳倒是有些像。”

耀阳也是一乐，对于这个“蠢鱼”的称呼，他似乎与这少年有了共同语言。于是与倚弦细观这光头少年，才发现他原来是一个侏儒，但细小的脖颈上，却长着一颗硕大的脑袋，稀眉小眼，长相猥琐，再加上一脸势利小人的模样，实在让人不敢恭维。

光头少年拍掉身上的泥土灰尘，一把拨开比他高上一半的倚弦与耀阳两人，嚷道：“让开！两个人游手好闲并列在这里，难道想当作一堵墙不成？”

倚弦一看他就要扬长而去，立时想到此行的目的，急忙走上前去，道：“这位大哥请留步，小弟有一件事想请教！”

光头少年应声回过身，抬头仰望面前的倚弦，丑脸上一丝怒色稍现即逝，露出参差不齐的黄齿笑道：“这位兄弟有事要请教我？”

倚弦连忙点头称是，忙道：“小弟想请教……”

不等倚弦把话说完，光头少年已经勃然大怒，跳将起来指着倚弦的鼻子，大声打断他的问话，叫喊道：“问……问……问你个大头鬼！既然是有求于我，你还这么嚣张，竟敢让我仰头跟你说话？给我蹲下！”

倚弦被他说得哭笑不得，此时耀阳走了过去，向俊脸通红的倚弦促狭地挤了挤眼睛，道：“不行！对大哥您这么英俊潇洒、短小精干，连那条蠢鱼也惧怕三分的英雄人物蹲下来说话，那绝对是最大的污辱！”

光头少年闻听这一番话后，先是左顾右盼一会儿，然后猛劲地一点头，显然非常受用，兴奋地拉住耀阳的手，挺胸抬头，做出一副浊世佳公子的模样，亲切地说道：“我叫土行孙，是这方圆数十里轮回集最出色的包打听，看你还算懂些礼貌的样子，有什么事情就尽管问吧！”

倚弦一听之下差些岔过气去，愣在一旁直摇头，就差没被耀阳的夸张言辞与土行孙的怪模怪样弄得当场晕倒在地。

耀阳大喜之下，一脸得意，正准备将他们要寻找的人名说出来，哪知土行孙抓挠了几下光头，斜着眼睛终于爆出一句很是重要的话：“话又说回来，礼貌归礼貌，生意还是生意，你们要是没有可供交易的本钱，我看还是免谈吧！”

耀阳与倚弦同时一惊，这才想到轮回集的买卖规矩，不由登时傻了眼，他们身无长物，哪里付得起什么本钱。

土行孙再次显露出一脸鄙夷的神色，颇为不屑地说道：“看样子，我们已经没有继续说下去的必要了！”

却在这时，一声轰响自虚空天际如波纹般尽散传出，声音徘徊在轮回集上空，久久不去。三人抬头望去，只见一道七彩闪耀的焰火幻出数道绚丽的轨迹，正随风慢慢消逝。

土行孙忽然一声惊呼，仿佛想起什么极为重要的事情，眼珠一转，不怀好意地笑了笑，对耀阳与倚弦说道：“看你们的样子，一定是新来的吧！反正你们缺了本钱也办不了事，不如跟我去见识见识什么叫真正的买卖，说不定还能混到一些本钱，到时候一举两得岂不更好！”

他说着看了看两人一副犹疑的模样，叹口气道：“别说我没给你们机会，这可是你们自己不珍惜，怪不得别人！”语罢也不理睬两人，自顾抽身往南面行去。

耀阳与倚弦浑然不知土行孙的意图，虽然对他多少有些戒心，但想来这土行孙只是个势利小人，他们自身也没什么可以让其谋利的，再说他们对轮回集了解得太少，如果一直茫无头绪地寻找下去浪费时间，倒还不如跟着一个熟悉此地的人来得方便。

他们相互对望一眼，毫不犹豫地跟在土行孙身后，往一个谁也无法肯定究竟是福还是祸的前方一路行去。

倚弦与耀阳跟在土行孙身后，沿着正大街向轮回集南面走去。土行孙似乎兴致极好，一路上不但对兄弟俩嘘寒问暖，而且还主动将轮回集和冥界的一些大概情况告知他们，不觉让二人有些受宠若惊。

原来，轮回集正处在天地阴阳两界之间的边缘交接地带，亘古至今，第一次神魔大战便始于此，自从天地重建之后，因战后怨灵亡魂大都不愿就此罢休，神玄二宗好长一段时间又正处在休养生息的阶段，是以年久失控，彻底沦为妖魔乱舞之地。

后来，神玄二宗终于下定决心清理轮回集，无奈妖魔二道早已借机发展势力，足以与神玄对抗，并以此为诱因，爆发了第二次神魔大战，虽然神玄二宗最终仍然取胜，但轮回集所处之地距离“轮回六道”太过接近，如若因此不小心破坏六道轮回的平衡，谁也无法估量将带来如何严重的后果。

所以，不论神魔玄妖四宗的争斗如何激烈，轮回集仍然可以历千万年而平安无事，妖魔二宗也因此始终借此赖以生存下来。

也正因为它独特地理位置的原因，这里不但聚集了三界无数能人异士与凶神恶煞，同时理所当然成为备受各方势力瞩目的地方，神魔玄妖四大法宗无不对此虎视眈眈，但也因此相互牵制，使这里的情况变得非常的微妙。

了解到轮回集的大体情况之后，耀阳与倚弦同感唏嘘不已，他们哪曾想到一个小小的集市竟会有这般复杂的因果循环关系。

耀阳抬眼望见孤悬天际的一轮残月，终于忍不住好奇地问道：“老土，为什么冥界还会有月亮与太阳呢?”

土行孙对于“老土”这个称呼似乎极为满意，随口答道：“原本冥界没有日月，但是后来魔宗防风氏十数代前宗主后羿射碎刑天九日，残余的九阳炎火尽数落到人界，引起洪荒大火，后来天帝派遣玄冥帝君前去收敛残炎，这才锻造出冥界的日月星辰，其后冥帝又全部赐予它们名字，这就是冥日、暗月与满天狱星的来由。”

倚弦听完便好奇地问道：“后羿射日的传说我们多少都还知道一些，只是不知道为什么会有‘刑天九日’，而且魔宗理应都是伤天害理之辈，那后羿既然是那个防风氏的宗主，又为什么会助天帝射日呢？”

土行孙抓耳挠腮，犹豫了好半晌，老羞成怒道：“这一路上，你们不停问东问西的，到底烦不烦？如果不想我收你们的买卖钱，从现在开始你们最好还是少作声为妙！”

兄弟俩的本来目的还未达成，自是不敢得罪土行孙，再加上土行孙方才一番关于轮回集的解说，让他们兄弟对其人又多出一些信服感，于是只能乖乖听话不再言语。

土行孙看到两人听话的模样，满意之极地点了点头，一路率先行去。

此时，三人已经来到市集外的边缘地带，抬眼望去，浩淼的月光下，一片浩然大湖横卧在眼前，无数巨大的珊瑚丛自水底伸出，延伸至湖岸两侧，为轮回集自然形成一道坚实的“壁垒”，更有两根偌大的珊瑚穿透水面巨石，靠近岸边拢成一道宽厚的珊瑚门坊，阴幽的月光下，隐约可见其上书有两个若隐若现的硕大金影字——“奇湖”。

在倚弦与耀阳诧异的眼神中，土行孙挤进岸边早已汹涌成群的人流，消失在珊瑚门坊内，等了半晌见俩兄弟还没返过神来时，土行孙又钻了出来，伸出他的大头喊道：“你们快点过来！发什么愣？”

兄弟俩这才反应过来，跟上去随土行孙一起穿过珊瑚门坊，才发现此处早已人满为患，聚满妖灵魂魄近百上千，仿佛都在等待着什么似的。

忽然间，风平浪静的奇湖碧水一阵暗流涌动，然后劲风怒啸而起，叠起层层浪涛，风劲浪高，就像是万马奔腾一般，掀起滔天巨浪，发出惊天轰响，翻卷着漫天气势冲向岸边。

倚弦与耀阳顿时大惊，光看这浊浪排天的势头，轮回集也定然会被这道巨猛浪潮淹没。但不等他们转身飞逃，却又听到人群中的欢呼声阵阵响起，此起彼伏愈见响亮，不由感到惊奇不已，回头望去，异象骤现，匪夷所思。

滔天巨浪在临近岸旁时竟然凭空停止前进，如同前方遇到一面无形屏障一般，静止在丈余外的湖面上，眨眼间便奇迹般从中一分为二，水银泻地般轰然卷落。于此同时，一道平铺如路的宽大水路霍然出现，刹那间延伸到众人脚下的石阶边。

人群顿时一阵骚动，纷纷涌向水路中央，踏起一圈圈涟漪此起彼伏，荡漾在水面之上，意料之外的是竟然不曾有任何一人落水，而是如同踏足实物一样，稳稳当当地站立在水波之上。

土行孙也兴奋不已，拉着傻愣愣的耀阳与倚弦挤下水去，踏上水面，兄弟俩只觉一股柔力轻轻荡漾在足跟附近，幻出一层绵绵结界，将他们整个灵体托得平稳如常，但见成百上千的魂灵妖怪都这样行走在水面上，两人暗自震惊，由此可见背后施展法术的是一位如何了得的高手了。

好半晌，耀阳与倚弦的头脑才稍微恢复清醒，耀阳尽量低下身子，瞪大眼睛问土行孙道："老土，你究竟带我们去见识什么？这水怎么这么邪门？是不是只要是魂灵之体，就不会掉下水去呢？"

土行孙虽然被耀阳这一串问题问得直翻白眼，但好不容易才有机会在别人面前卖弄一番，他又怎会轻易放弃，于是得意地扫视俩人后，拿足架子方道："这里叫作奇湖，除去临近轮回集的数里水域之外，其他湖面水域全在奇湖小筑的势力范围内，而且置有结界，未经许可，寻常魂灵妖魔根本不能进入。"

说到这里，土行孙又有意无意地干咳一声，才接着说道："可是在前几天，已消声匿迹数百年的奇湖小筑忽然散出消息，说是有一个事关魔门宗道生死存亡的通天秘密要出卖，所以人们好奇心大动，才会纷纷齐聚于此！

"至于这可以渡人的水纹结界，向来就是奇湖小筑的待客之道，听说是奇湖第一代主人在湖底留有某种宝物，所以才能令湖水结界有各种不可思议的效用。"

耀阳与倚弦似懂非懂地点点头，不知不觉间三人随着一众人等踏过宽敞的湖面，落足于湖心小岛结实的地面上，只见矗立眼前的是一座环岛山而建的大庄园，外形古朴精致，花草修饰也极尽雅趣，门前“奇湖小筑”的碑木牌下，衣饰华丽的男女仆人正在热情接待目的不一的一众人等。

熟悉的刺耳丝竹乐声骤然响起，淳于琰乘驾的华丽八兽飞车从众人头顶呼啸着驶过，带起一阵不大不小的飓风，惹来了众人一阵喧哗，均投去复杂的注视目光。

等飞车驶入庄园之内，土行孙这才既嫉妒又不服气地叫嚷道：“你们看到了吧，这条蠢鱼就是倚仗自己老爹淳于森是魔宗五族之一——西魑共工氏的宗主，才敢这么嚣张跋扈的，其实还不是……哼！”声音越说越小，最后干脆变成几声冷哼了。

“魔宗五族？西魑共工氏！”倚弦与耀阳俩人闻言一惊，同时想到，既然此次事关魔宗五族存亡，想必五族门人定然都会前来，那么蚩伯所属的东圣九离氏肯定也会有人来参加，到时候，自己兄弟岂不是又难逃一劫？

一想到这种可能，两人不由头皮一阵发炸，对望一眼立时想循原路回逃，但是二人扭头再看时，身后宽阔平坦的结界水路不知何时已经消逝不见。

第十六章　奇湖历险

奇湖小筑的庄园内车水马龙，灯火辉煌，歌舞喧笑之声，处处可闻。庄园内的广场上，摆满了百十张可供十人同坐的席面，现已坐满前来参加此次买卖交易的八方英豪，纷纷在大肆高谈阔论，嘈杂之极。

广场正面的高阶外堂内，主席高居于上，两旁分别有数席对列，显然是一些有身份地位的人物出场所坐之位。此时，淳于琰正高坐在左面宾客席位的首座之上，怀抱两名身罩薄纱的绝美女子，形迹放浪之极，竟毫不理会他下手席位上一名须发皓白，气度威猛的老者投来的骇人异芒。

倚弦、耀阳与土行孙是最后一批进场的宾客，所以一时半刻捞不到座位，只能随同其他后来人众一起站在一旁，倚弦与耀阳兄弟也乐得如此隐藏行迹，当下挑了外堂与广场中间一处偏僻的角落，将土行孙一并拖了过去。

三人站定身形后，耀阳惊奇地环视场内筵席上的酒菜，不解地问道：“奇怪，怎么会有酒菜呢？难道灵体也可以饮酒吃菜吗？”倚弦也正感到百思不得其解，听耀阳一问正中下怀，望向土行孙，等待他的解答。

土行孙像是看两只怪物一样看着面前的兄弟俩，大摇其头道：“你们果然够白痴！”土行孙将一脸的不屑嗤之以鼻，然后故作高深地干咳两声，低声解释道——

“肉身与灵体互为阴阳，阳间有四象五行束缚肉身体质，冥界自然也有相应的天仪地象困制灵体，所以生与死并没有什么不同，不过是存在的地域不同罢了。寻常的魂灵一下到冥界，便会被勾魂使者带往冥府转入轮回，然后洗去所有记忆投胎人间，这样反反复复永无休止，那当然痛苦了，像我们就不同，三界六道之中，已经无所谓生死、无所谓轮回，天不管地不管，我们最大，所以轮回集自然有轮回集的酒菜，适合所有的魂灵魄体享受！”

说到最后，土行孙怀疑地看了看二人，道：“竟然连这个最简单的道理也不知道？我真怀疑你们究竟是怎样来到轮回集的？”

兄弟俩听到最后的盘问，慌忙假装没有听见他问话一般，在吵嚷的人群中做出东张西望极其好奇的模样，耀阳更是趁机指了指主席列座那边，问身边的土行孙道：“蠢鱼旁边的老家伙是谁？”

土行孙本欲继续追问下去，但一听到耀阳对淳于琰的称呼，禁不住露出一脸嘚瑟，显然在为自己生造的措辞而洋洋自得，欣然答道：“那老家伙是魔门五族之一——南魁祝融氏的宗主祝蚺。”

“宗主？”倚弦与耀阳惊疑地望向仅落座淳于琰下席的老者。

土行孙看到两人吃惊的样子，笑道：“很吃惊吧，是不是觉得祝蚺既然身为堂堂魔门五大宗主之一，却为何要屈居那条蠢鱼的下席？”

土行孙看到兄弟俩好奇地点头，又接道：“其实这种情况的出现，是很正常不过的。因为现今魔门五族之中，唯独西魑共工氏锋芒毕露，宗派之势如日中天，相反南魁祝融氏就不一样了，自从他们上几代宗主及其宗族精英在屡次神魔大战中魂飞烟灭后，就一直人才凋零，萎靡不振，只余下祝蚺在苦苦独撑大局……”

说到这里，土行孙忽然停了下来，抬头望向外堂台阶，倚弦与耀阳沿着他目光望去，只见石阶之上不知何时已多出一位年轻男子，一身剪裁合体的玄衣劲服，长发束髻，白玉冠顶，虽然肩上斜挂一麾黑披风，但却掩盖不住那充盈力量的完美体形，如大理石般雕削而成的脸庞上，一双深邃神秘的眼瞳，更是散发着异样魅力的诱人魔芒。

玄衣男子数步掠上台阶，径直行至祝蚺面前，恭敬地垂首行礼道：“天放拜见祝宗主！”然后又礼貌式地向淳于琰拱手一礼，算是打了招呼。

祝蚺大大咧咧地受了这一礼，眼中异芒湛现，紧紧盯视玄衣男子，笑道："贤侄多礼了，老夫记得近数十年来一直都是你弟弟刑天抗在外奔波宗门事务，而你据说是在闭关研修本宗圣典，你父今日既然舍得放你出来，想必定然有所成就，可喜可贺！"

刑天放谦逊一笑，道："宗主谬赞了，家父与舍弟因宗门琐事缠身不能前来，万不得已的情况下才遣我来此一看究竟。"

祝蚺见他言辞态度都谦卑得体，不由投去赞赏的眼光，道："有圣功大成的贤侄替你父打理一切，他该可安心了。"随即有意无意地瞥了旁侧一眼，道，"不像有些败家子，仗着家世宗亲，成天只知游手好闲玩女人！"

淳于琰不慌不忙地反唇相讥道："刑天兄，你我现在正是此生大好时光所在，不像一些行将就土的老躯残身，所以理应及时行乐才是正理。来，小弟今晚就将蓉奴送与刑天兄吧！"说罢，就势将怀中一名美女推向刑天放。

刑天放随手轻轻一带，便将作势欲倒向他怀中的女子扶正，然后推送回淳于琰身旁，神情坦然一笑道："多谢淳于兄的美意，但碍于圣功修持的诸多不便，所以还请淳于兄见谅了！"刑天放拱手还礼，悠然落座于祝蚺下席。

淳于琰见刑天放软硬不吃，也不以为意，依然自顾与怀中美女饮酒取乐。祝蚺与刑天放相互举杯客套一番，便各自饮酒，完全视席下众人如无物一般，果然都是一副唯我独尊的魔门宗道风范。

广场中的土行孙并没有放过任何一个表现自己的机会，瞥了耀阳与倚弦一眼，得意地问道："你们可知道那个大个子是谁吗？"

倚弦与耀阳当然不知，虽说从其姓氏上足以猜出端倪，但他们生怕猜错又招土行孙蔑视，不由齐齐摇头。

土行孙贼笑道："他叫刑天放，是魔宗五族之一——北夷刑天氏宗主刑天灭的长子，也是未来最有可能成为宗主的人选。"

"最有可能？"倚弦好奇地问道，"既然他是宗主长子，而且据那个祝蚺所说，他的什么圣功似乎又很厉害，难道还有谁能跟他抢宗主之位不成？"

耀阳心思一动，道：“莫非他的弟弟……”

“聪明！”土行孙打断耀阳的推断，道，“其实魔宗一早便盛传刑天放兄弟不和的传闻，只是没有证实罢了。不过俗话说得好，空穴不来风，无风不起浪！这传闻多少都透露出北夷刑天氏族内不甚太平吧！”

听到这些秘闻佚事，耀阳好不容易来了兴致，不解问道：“刑天氏难道也跟祝融氏一样族道中落了吗？”

“开玩笑！即使是瘦死的骆驼也比马大！”土行孙哂然道：“刑天氏自从万千年前魔帝刑天死后，其亲姓族人便一直行踪不明，甚少现世，实力也随之隐藏起来。甚至千多年前由东圣九离氏引发的神魔大战，他们都没有正式参与，所以他们虽然沉寂千年，但魔宗其他族氏却从不敢轻视他们的实力。”

两人忽闻他提及东圣九离，心中均是一震，不由齐声问道：“那东圣九离呢？”

土行孙神色一顿，神情怪异地怒瞪向两人，好半晌才道：“问那么多作甚么？我劝你们还是少管闲事为好，免得惹祸上身！”

耀阳与倚弦原本想多了解一些关于蚩伯所属门族的大概，以备不时之需，哪知土行孙喜怒无常，明明刚才还在夸夸其谈，一副授之以详的模样，谁知一转眼就翻脸说什么少管闲事之类的警告，让兄弟俩捉摸不透他的用意，又因有求于他不便有所责难，所以唯有相视苦笑，无可奈何只好作罢。

耀阳见状，为了让他再次多说一些三界六道之事，便涎着脸岔开话题道：“老土，难不成三界六道除了这魔门五族外，再也没有其他高手了吗？”

土行孙这才缓过脸色，道：“哼，你们两人真是井底之蛙！三界六道，法道四宗，神玄二宗高手如云自是不必再说了，魔宗除此五族之外，尚有一向行踪飘忽不定的‘邪神’幽玄与‘龙神’应龙，他们不但身份殊异，且传闻心狠手辣，功力深厚，不但妖魔二宗对二人顾忌颇深，便连神玄二宗对他们也是避让三分！”

土行孙顿了顿，看着耀阳二人全神贯注倾听的神情，得意洋洋道：

“而且，妖宗虽是依附魔宗之下，但也有不少独立于四宗之外，不听命于任何人的高手，比如以魅艺舞道闻名三界的‘妖师’元中邪，自称‘万妖之君’的厉煞，以及号称‘妖尊’的雪赤极……”

耀阳与倚弦听土行孙谈起这三界诸多异人，正听得心痒难忍，猛听一阵震天的号角伴随着密集的锣鼓盛乐响起。

顿时间，广场上所有的喧哗声立即沉寂下来，众皆向台阶主席后的内堂出口望去，倚弦、耀阳与土行孙三人也不例外，均知今晚的主要人物，也即已沉寂百余年的奇湖小筑的主人即将出现，都打住话题，看向台上。

果然，乐声一停，只见一个身形高大、虎步龙行的假面黑衫男子在众多贴身护卫的簇拥下，已然走出内堂来到外堂主席之上。其人身后的侍卫快步下席，都一字排开并肩傲立在客席众人身后。

透过七彩斑斓的狰狞面具，黑衫男子一双邪芒劲射的眼睛将席下众人扫视一圈，然后对着上席的魔宗代表人物一一行注目礼，才用其独特的嘶厉嗓音扬声道：

“本人兀官脔，欢迎各位赏脸关临奇湖小筑！”

看见主席上黑衣假面的男子，土行孙忽然变得异常兴奋起来，低声怪叫道：“嘿！兀官脔这老家伙终于出来了！”

倚弦与耀阳被眼前奇湖小筑主人方才一番语带异能的话所震，激得体内元能力量不由为之一荡，不知是何缘故，他们骤然间对这位奇湖小筑的主人产生了一种怪异的熟悉感觉，兄弟俩均自一愣，愣是琢磨不透其中缘由。

倚弦忍不住向土行孙问道：“老土可知道这奇湖小筑的详情？”

“哼！想来这天下间还有我土行孙不知道的事情么？”土行孙白了他一眼，略一沉吟，道，“三界自从有了轮回集，便有了这奇湖小筑，据说它的创始人，也是轮回集的创始人之一，所以一直以来奇湖小筑在三界之中都有超然的地位，却不知为何在千年前的神魔大战后五百年，忽然间销声匿迹，从此不问世事，直到前几日兀官脔突然重现轮回集，才传出那则买卖的消息。至于其他事情嘛……没有一定数目的交易，我是不会再多说半句的！”

倚弦与耀阳在一旁恨得直咬牙，每到一些关键时候，土行孙这个浑小子就开始插科打诨，次次都让他们空着急一场，偏偏又拿他没有一点办法。

此时，兀官脔已经走到席下的台阶边上，负手傲立其上，自有一派睥睨群雄之态，道：“本人前些日子广发函帖，邀请八方英杰齐聚于此，实乃有一件非常重要的消息想要与诸位交易！”

话音甫落，阶下席间顿时议论纷纷，嘈杂之极。众人虽然已知奇湖小筑邀请他们来此的用意，但现下还是耐不住性子都在猜想会是什么消息，竟然事关魔门宗道的生死存亡，让沉寂百千年的天地三界变得如此沸沸扬扬。

兀官脔满意地看着众人的反应，环视广场，接着说道：“这则重要的消息，是十日前老夫一位同门旧友无意中透露出来的，由于事关重大，所以不得不请来圣门五族的代表与列位豪杰来作个见证，以确保我奇湖小筑不被牵连，同时碍于轮回集千百年来的规矩，本人唯有象征性地收取一定交换条件！”

就在这时，庄门处响起一个美妙绝伦、无比动听的女子声音，带着一丝令人闻之魂为之销的嗔怨，远远传来道：“兀官大叔怎能厚此薄彼，难道真的不等婥婥了么？”

这声音听来虽然甜声细语，但此刻却清晰无误地传入场中每人耳中，更让人产生一种似乎说出这天籁之音的女子就在自己身旁的怪异错觉，不由争相往庄门处望去，无不想一睹芳容。

在全场众人的期待注视下，一男一女二人自空中凌身飞掠而下，在夜幕中拖出一紫一金两道残留幻影，稳稳当当地落于广场内，款款向众人走来。

只见那名女子一袭紧身的紫衫莲裙，突出她苗条修长、玲珑浮凸的傲人身段，一道银色绫带极赋灵性地飘忽缠绕于她身前，裸露的右侧藕臂上悬挂一串映射出彩虹般七彩异芒的臂环，莲步轻移间，臂环相互撞击发出声声清脆的丁当响音，衬以裙下一双莹玉般的雪白小脚，真有若失足凡尘的天界仙子。

与她并肩而行的是一位身形伟岸的年轻男子，剑眉星目，气宇轩昂，双目精芒灼灼，步履稳健，加上一身黄金龙麟战甲的烘托，举手投足间隐现的霸者气势油然而生，加上有身旁的丽人相衬，更显其卓然不凡的风采。

二人甫一现身，便让广场内外的男男女女无不倾心仰慕或心生嫉妒。

倚弦与耀阳两人惊异地对望一眼，呼地一下将头缩在人堆当中，心中大呼要命，原来这年轻男子正是当日被太师闻仲称为“戬儿”的弟子，试问他们怎能不惊？

土行孙一双三角形的小眼几乎眯成一条小缝，射出前所未有的芒光，失神落魄地喃喃道：“难道这就是防风氏风月双娇之一的风魔女婥婥吗？果然跟传闻一样令人按耐不住，哎……如果能和她春风一度，就算此生再也不碰其他女人我也甘心！”

此时，一男一女闲庭信步般行至众席之间，两人不时交头私语，态度极其暧昧，惹得席上的淳于琰脸色一阵难看，一把推开身前二女，嫉妒之色尽现。

当他们二人行至席前，风魔女婥婥霍然止步，若有所思地扭转俏颜，一双秋波掠过身旁男子，向人群中的倚弦与耀阳处投去，美目中一道异芒一闪即逝。

耀阳似是浑然无觉，只是低头尽量避免被闻仲的徒弟看到。然而倚弦虽然也是低头不敢往上观望，却仍然感应到一双灼热的目光紧紧锁住自己一般，心中忽然升起一种欢悦、悲伤、酸楚、兴奋相互交融的百感交集的感觉。

“哈……”一阵长笑从兀官脔口中蓦然响起，立时将全场所有目光集中在他身上，道，“杨公子与婥婥姑娘姗姗来迟，还要怪老夫招呼不周，实在该罚！”

年轻男子闻言故作严肃道：“好！杨戬认罚，不如就罚我代兀官大叔招待美丽的婥婥小姐吧。”借机恰到好处的大献殷勤，顿时引起席间一众好事之徒呼哨叫好不断。

婥婥一声娇笑，接口道：“既然是兀官大叔的面子，婥婥也只有认罚，就罚我接受杨公子在席间的招待好了。”

这下倒好，惹得全场一阵雷鸣般的哄堂叫好声，淳于琰虽也趁机起哄，不过眼中妒色更胜。就连神情潇洒不羁的刑天放见到杨戬与婥婥二人一唱一和风头如此之劲，也不由笑得不甚自然起来。

杨戬与婥婥在众人注目下各自入席，虽然二人为首席之位客套一阵，最终仍然因杨戬代表东圣九离居于右列上席，婥婥代表防风氏屈居下席，兀官脔刚一回到自己主席位坐定，淳于琰便厚着脸皮从左列首席移到婥婥下席，大咧咧地坐了下来，毫不理会众人不屑的眼光，厚着脸皮向婥婥大献殷勤。

祝蚺鄙夷地啐了一声，转首面向正席道：“请兀官兄进入正题吧！”此言一出，整个奇湖小筑都立时间静了下来，目光集中望向高坐主席上的兀官脔。

兀官脔抬臂举杯，面对席间诸位魔门代表人物，做了一个敬酒的动作，然后一口饮尽盏内美酒，问道：“列位可知当年‘魔帝’刑天在寂灭之时，曾经留下了一个暗藏天地无极力量之秘的圣物？”

兀官脔话毕，堂下广场内的议论声又自杂然响起，席间众人也是神情各异，震惊非常。就连一直沉迷于美色当前的淳于琰也神色骤变。

倚弦与耀阳都不由心中一动，隐隐觉得事情似乎跟他们有关，正准备继续往下听之际，身边的土行孙忽然扯动两人衣角，打了一个快走的手势，然后率先向人群边缘处移去，兄弟俩虽不明究竟，但苦于人生地不熟，何况现在随时随地都可能遇到危险，就更需要土行孙的帮助，所以只好依言慢慢挪出人群。

兀官脔技巧地卖个关子，色彩斑斓的面具上看不到丝毫表情，道：“相信在席上的各位圣门贵宾心中已然有数。不错，那圣物就是传说中的‘归元圣璧’！老夫此次准备揭晓的秘密，便是‘归元圣璧’的最后落处！”

一石激起千重浪，哄然而起的喧哗声顿时此起彼伏，耀阳与倚弦心神巨震，此事果然牵连到他们兄弟，甫一想到妲己与闻仲恨不得将他们生吞活剥的模样，兄弟俩顿感心惊胆战，此时不走更待何时，哪里还敢再作停留，急忙紧随土行孙身后钻出了人群。

三人的离开虽然并没有惊动任何人，但倚弦与耀阳却始终生出一种怪怪的感应，只觉身后的外堂席间，正有一双眼睛穿过重重人群在目送他们离去。

三人出了庄园，土行孙带着耀阳与倚弦沿着庄外高筑的院墙，向园后行去，一路东张西望，直到发现园外的侧门所在，土行孙心中一阵狂喜，只是十指轻轻划动，门锁便应势而开，然后率先进入庄园内。

耀阳丈二金刚摸不着头脑，忍不住问道："老土，我们这是去哪里?"

"自然是好地方!"土行孙摇着大头一副神秘兮兮的模样，"不相信的话，等会儿就知道了!"

二人隐约觉得有些不妥，但又说不出个究竟，只能跟随在后踏进内园，放眼四周景色，静谧的月光下，只见宽阔的庄园内景山琼池，厢房回廊，处处布设精雅不俗，一眼看过去，人工与自然巧妙融为一体，整体观感丝毫不存在任何瑕疵，甚至摆放在每个角落的奇花异草都颇有讲究，由此可以看出主人的心思品位果然与众不同。

似乎因为前院在大布宴席的缘故，三人一路走来竟不见一名家丁奴仆。尽管如此，土行孙依然尽挑些僻静的偏径行走，左顾右盼的神情略显紧张，而耀阳与倚弦早被入眼的怡人景致所吸引，根本没有注意其人的一举一动。

转过几处路道回廊，一幢精巧细致的红木阁楼依山石巨岩而建，矗立在三人眼前。土行孙终于吁出一口气，偷望身旁兄弟俩一眼，嘴角荡起一丝难以察觉的狞笑，一个箭步窜入阁楼之上。

耀阳与倚弦愣了愣，从最初进园一直到现在，他们丝毫不知土行孙的意图，此时又见土行孙闯入木楼之上，毕竟两人曾经也是混混小偷出身，不由有些担心。

倚弦皱眉道："老土，这里怕是私人地方，我们不经别人允许就贸然闯进去，万一被人误会就说不清楚了！我看还是算了吧……"

土行孙怔了怔，下了楼将二人拉到一边，道："怕什么？其实告诉你们吧，这个奇湖小筑的兀官脔跟我向来有些生意上的往来，今日便是要跟他暗地里谈一笔交易，所以才会带你们来这里见识见识！"

"生意上的往来？"倚弦犹疑地问道，"你方才不是说，奇湖小筑已经消声匿迹有将近五百多年了，那兀官脔怎么还会跟你有什么生意上的往来呢？"

土行孙登时为之语塞，支吾片刻，才作出一脸恼怒的样子，喝道："我是说奇湖小筑消声匿迹数百年，但这并不表示兀官脔也会闭关不出呀，白痴！"语罢，土行孙快步上楼，只抛下一句话，"反正上不上来随便你们，如果待会儿有人看到你们，以为是贼或是小偷之类的，我是不会帮你们说话的！"

这一招果然奏效，尽管耀阳与倚弦拿不定主意，但总算清楚其中的厉害关系，相比之下，留在楼下等人来抓，倒还不如跟土行孙上楼，就算对他所说的半信半疑，也还有一半的机会，好在他们自认最近的运道不坏，索性跟在土行孙身后上了阁楼。

土行孙上楼便闪到当中最大一间厢房前，口中念念有词，伸手拍了几下竟自开了房门，然后站在门外，给兄弟俩打了一个进门的手势。

耀阳瞥了一眼土行孙，发觉他脸色涨红，动作姿态显得有些勉强，忙止步关切地问道："老土，你怎么了？"

土行孙勉力摇摇头，抬起似乎吃力过度而憋红的一张大脸，瞪圆眼睛道："哪那么多废话，叫你进门就进门，快点！"

耀阳与倚弦看着他如此奇怪的表情，明知当中有些古怪，却仍觉察不出什么，应了一声，踏步迈入门槛，在壁上珠灯的光线映照下环顾四周，看上去这里应该是一间书房，满屋子尽是一些简叶卷籍，陈旧不堪偏又甚少尘埃，可见主人平时极其爱惜，时常做过打扫清理。

就在兄弟俩观望感慨之际，耳边只听“吱呜”一声脆响，房门居然自动紧闭闩牢，耀阳与倚弦顿时一惊，疾步跑至门前，还未来得及拍门求救，一股大力应势而生，将他们完全挡了回去，齐齐摔了个驴打滚。

灵体受力激发出的元能反应令二人脑中一片空寂，他们此时完全感应到满布在房内的一层圈罩状结界力量，耀阳与倚弦大吃一惊，耀阳登时想起门外的土行孙，忙高声叫道：“老土，你在外面吗？我们现在困在里面出不去，这屋里好像有一层阻拦我们出去的力量……”

一阵奸笑从门外传来，土行孙得意洋洋的说话随之飘了进来：“我当然知道，而且还非常熟悉现在困住你们的那层结界力量！”

倚弦立时联想到土行孙方才进门时的怪异表现，正是施法攻破结界所出现的吃力状态，不由恍然大悟道：“你是存心陷害我们！”耀阳也已想到前因后果，顿时怒骂道：“死矮冬瓜，我们素不相识，为什么害我们？”

只听门外的土行孙并不答话，反而“嘘”了一声，显然是在示意二人噤声，兄弟俩不明其意，只得依言照做，谁知土行孙猛然放肆大吼数声：“抓贼！有贼啊！”然后门外便恢复平静，一片静寂无声。

耀阳与倚弦顿感事情大糟，心中虽然勃然大怒，但此时隔着一个门户结界，要寻他土行孙的晦气已难比登天，况且二人现在已经没有时间与他计较，因为他们已经听到人流涌来的脚步声。

俩人环顾四周大惊失色，同时记起那次在殷商皇宫中的悲惨遭遇，不由相视苦笑，想不到短短数日时间，他们竟接连被人陷害两次，而且一次比一次凶险。他们心中禁不住在想，如果灵体也会死去，那他们最终还会去到什么地方呢？

最后，兄弟俩的目光同时落在房间靠南支开的窗格外，入眼可见的是四周景山环绕的一面小湖，幽蓝的湖面静水不波，泛射出虚空明月的秀美倒影。

倚弦疾步走过去，尝试着慢慢将手伸向窗外，果然甫一接近窗格，他便感到手指触碰到一层看似无形的力量，游离在窗格附近，掠过倚弦手掌带起一阵如同针刺的麻酥感。

耀阳迫不及待地问道："小倚，怎么样？"

倚弦做了一个噤声的动作，轻轻带动手掌不停触碰那层结界，不知是否因为结界力量的刺激，体内的魔璧元能自动呈现踪迹，缓缓集中至十指尖上，两股力量触碰在一起，元能布满掌指各处，抵制住了结界力量的侵袭，而且不停回旋反复的元能交替，慢慢将原本刺痛的麻酥感转化为舒适的摩娑。

在元能护佑下，手掌顺利划开结界，伸出了窗格外。

倚弦心中的兴奋喜悦是可想而知的，他从来不曾像现在这般感触到如此细微的法能变化，而且体内那股"归元璧"的元能力量显现出的强大威力，使他真正体会到身为强者的成就感。

耀阳近身上前，恰好看到这一幕，高兴得差点跳起来，一把搂住倚弦的肩头，兴高采烈地呼道："哇，小倚，你什么时候学会破除结界的玄法？果然好生厉害！"

倚弦抑止住心中雀跃欢呼的心情，道："我记得《玄法要诀》上曾经说过，'结界'只是一种基本的禁制方法，原理类似于关门上锁，通过本身元能或借助宝物异能布成一个封闭的五行法阵，将所要护佑的东西锁在其中。"

耀阳点头应道："这个我也记得，后面还说什么相比级数高超的'封印之法'，结界的破解非常容易，只要掌握五行克伐的要理，或是施以高过对方结界力量的玄法，那么结界则不攻自破。但你刚刚究竟是怎么回事呢？"

"我也不知道！"倚弦摇摇头，道，"我刚刚只是想起这段话，同时很想体会一下所谓结界的力量，所以才会冒险尝试，谁知道竟引发体内潜藏的元能，阴错阳差之下解开了结界的禁制。"

耀阳兴奋地吹了一声口哨，道："我就说咱们的运道是越来越好了！"

此时，门外的脚步声杂乱纷至，一声低闷的兽嘶凭空响起，衣襟飘飞破空之声霍然而至，门外立时静寂下来，兀官脔的声音适时传来：

"在下兀官脔，不知是道上哪些朋友夜闯我奇湖小筑，请现身一见！"

耀阳与倚弦一听兀官脔的声音，差点骇得魂飞魄散，试想如果被此人抓住，发现他们体内藏有“归元璧”元能力量的话，或许会再开个什么买卖交易大会，跟一群魔宗五族的人将他们兄弟煮来分吃也说不定。

当前情形已不容多加考虑，兄弟俩相互对视一眼，自幼形成的默契促使他们互相抓持住对方，退后几步，然后紧咬牙关，齐齐一头冲向窗格。

孤注一掷的两人只觉头皮一麻，头部首先触碰到结界，巨大的冲力引发结界力量更大的反噬，同样的一股大力迅猛无比地涌现出来，尽数回弹至二人头顶，巨大的力度差些将他们击晕过去。

结界之力震得二人的灵体霍然一顿，救命的元能终于适时出现。

元能似乎顺应结界力量的刺激，集中汇流于兄弟俩的头顶之上，温和的包容不但化解了结界反噬的痛苦，而且禀赋殊异的元能力量立时打开了结界的禁制，两人终可破茧而出，径直落向阁楼南侧的小湖。

只听“扑通”两声，兄弟俩顺利落入小湖之中，静寂的夜里如此大的声响同时也将所有奇湖弟子吸引过来，望着两人沉入湖底，众人大呼道：“盗贼落水了！”

一时间，几乎所有人都团团围到小湖周畔，探头探脑寻找所谓盗贼的踪影。

兀官脔排众而出，望着水波荡起的圈圈涟漪，脸色因捉摸不到对方身份变得格外阴沉，他当然清楚内院小湖与奇湖里外相通，受湖底“冥冰寒蝉鱼”与“水魔符”结界的双重保护，三界众灵无有能入水生还者，即便四大法宗的高人子弟也无不忌惮三分。

不到片刻，湖面终于恢复平静，留下一众奇湖弟子空自望水呆立。

“难得有人竟敢在魔宗五族的眼皮底下捣乱，他们究竟是谁？”兀官脔揣摩其中利害关系，不由怔怔地陷入沉思当中。

却说耀阳与倚弦齐齐落入湖水之中，幽蓝深蕴的湖水冰凉刺骨，激得两人不由自主打个冷战，闭住呼吸任由湖水将他们吞没，然而安全感持续不到片刻工夫，二人便发觉情况大为不妙。

湖水明明晃荡一阵就恢复了平静，他们却似乎感到水中蕴有暗流一般，一波一波向二人挤迫过来，兄弟俩沉在水底止住呼吸，原本极是辛苦，此时更觉得周身灵体犹如被一层层铁箍慢慢束紧一般，丝毫动弹不得。

“结界?”

兄弟俩几乎同时想到土行孙曾经提及的奇湖结界，不由暗暗叫苦不迭，虽然方才有解除阁楼结界的经验，但是如今身处重围之中，即使暂时不惧结界威胁，他们又能熬到什么时候呢?

好在兄弟俩自幼养成了得过且过的混混观念，本着熬过一时是一时的想法，他们开始努力揣度破除湖底结界的法子。毕竟水中结界不同于寻常结界之法，据《玄法要诀》记载，五行法道以水火为本，尤其水更为万物之源，威力法度包容万有，一旦布成结界或封印，力量只会如同洪水猛浪般遇强愈强，直至彻底摧毁一切阻碍物为止。

耀阳与倚弦经过“阴阳劫地”中神秘老者的提醒，再加上方才破除结界的经验，他们对体内的“归元璧”元能越来越有信心，所以在一定程度上并不惧怕水中结界，而且体内的元能也确实争气，在灵体被禁锢至无力挣扎之际，顺势适时出现了。

不知从何处聚集而出的元能力量瞬时遍布周身上下，二人体会到流动在体内的超卓元能，心情变得异常亢奋起来。但是不论他们如何试图去主动调用，那股元能依然我行我素，毫不理会二位主人的意愿。

尽管二人体内的阴阳元能逐渐化解了水中结界的压力，但是随着沉浸的湖水愈深，水底渐渐产生了一些变化，一阵阵水波晃荡带起一股真正的暗流涌动，兄弟俩睁眼顺着暗流方向望去，顿时震骇非常，不由自主都吞下一口奇腥无比的湖水。

呈现在水中暗淡视线之内的是一群模糊的黑影，一路游来的速度煞是惊人，近到身旁数尺距离时，才隐约见到原来是一群体型大如斗状，扁身白鳞长有一双肉翅，头首眼粗嘴阔像极人面，尾部偏于细长极似蛇尾，最可怖的是这一群丑家伙个个尖牙利齿，参差交互，撞碰出声铿铿作响。

只见这一群怪鱼摇尾展翅，一副来势汹汹的模样，着实让兄弟俩大惊失色，只看它们磨牙霍霍的丑样，似乎已经预示出很多年尚未饱餐一顿的欲望。耀阳与倚弦哪曾想到此处竟还有如此意想不到的接待，他们虽然有把握应付结界的困扰，但却无法肯定体内元能能否抵御丑鱼的袭击。

大略一看，怪鱼成群结队竟有成百上千之多，却在靠近二人将近三尺的距离，便都停止了继续前进的势头，似乎早已有所准备一般，群鱼有秩序地游离散开，将耀阳与倚弦围了个内三层外三层。

怪鱼群布置好围攻的阵势，然后缓缓向前靠拢，无数双凶光毕露的鱼泡眼紧紧盯得他们心头直发毛，无奈身处深水湖底，受结界所困无计可施，只有任其摆布的份了。然而对于怪鱼群的谨慎小心，他们又感到好笑，其实大可不必，直接一哄而上反而省事。

危险越来越逼近，二人体内的元能已经遍行周身，自动形成一圈防护层，将逼迫灵体的结界力量尽数驱散开来，他们终可在水中获得自由。但为时已晚，两人周围的怪鱼群已将两人身旁数尺距离的水域围堵得密不透孔。

兄弟俩背贴背紧紧靠在一起，尽管灵体平时对气息呼吸所需甚少，但对于他们而言，在水中窒息太久始终是最致命的伤害。何况此时形势紧张，二人更有种被逼迫得透不过气的感觉，过度的憋闷开始让他们的神志变得恍惚。

怪鱼群好似已经看出兄弟俩的不支，依然不缓不急地游离在他们身前数尺的距离，一寸一寸向前靠近，每当耀阳与倚弦尝试上浮下潜或且进且退，都会引发它们集体阵形的连动变化，似攻非攻的可怕模样更令他们不敢轻举妄动，仿佛通灵一般的智慧令身处危险中的兄弟俩也不得不惊叹。

越来越强烈的窒息感频频席卷二人的灵体，他们明白如果再不浮上湖面，后果只能是葬身鱼腹一途，求生的欲望迫使两人铤而走险。他们相互默契地碰了碰肩，首先做了一个上浮的假动作，引得群鱼一阵骚动，齐齐向上游去。

两人趁机与身下数十条怪鱼擦身而过，一口气沉入不算太深的湖底，踏足珊瑚礁石之上，弓身略作等待，只见那百千条怪鱼的反应果然迅捷，此时尽数排成一线尾随而至，搅得水底顿时暗流涌动，群鱼张嘴咬动牙齿哧哧作响，似乎感到受骗意欲报复一般，其势威不可挡。

耀阳与倚弦憋足最后一口气，只等鱼群一窝蜂袭至头顶上方，足尖便狠力点踏在礁石上，借着水底的浮力，弓身向另一方向一跃而起。孤注一掷的兄弟俩再一次从群鱼侧旁擦身而过，奋力游向湖面。不管湖面上等待他们的又是怎样的危险，总也好过被一群怪鱼啃个魂飞魄散。

眼看即将浮上水面，他们略感庆幸之际，身形稍显落后的耀阳只觉腿下霍然一凉，刺骨的寒气伴着一阵电流般的麻酥感席卷上身，一时间灵体浑然失去知觉，惊吓中回头一看，身后数十条怪鱼不知从何处掩袭而至，其中一条更一口咬住他的脚跟处，耀阳禁不住惊呼出声，呛了一口湖水。

倚弦惊觉不对，立时转身回游，一手及时拉住耀阳，以防他被群鱼撕咬拖走。哪知不拉还好，一拉之下顿觉一股冰寒的麻酥感自耀阳臂膀处传来，激得他周身颤抖不停，别说拉不动耀阳，连自身也是难保。

浩浩荡荡的怪鱼群瞬时回游过来，见到二人受制，哪里还管什么客不客气，立时一哄而上。但见成百上千条斗大的怪鱼将两人团团围在正中，开始你一口我一口地撕咬耀阳与倚弦的灵体。

第十七章　魔心结界

不到片刻工夫，兄弟俩已经遍体鳞伤，或许因为怪鱼本体蕴含某种冰寒之气的缘故，耀阳与倚弦被百千条怪鱼口中那股奇寒熏凝成冰人一般，不但丝毫感觉不到群鱼抢食自身的痛苦，同时也因窒息过久，神志迷钝陷入一片昏沉当中。

一群怪鱼发疯一般狂啃二人一顿，似乎只是为了泄愤，也不继续吞食二人灵体，便纷纷有秩序地四下游散，如同凯旋一般浩浩荡荡地离去。

空留下两具冰凉僵硬的灵体缓缓沉入湖底的茵茵水草之中。

耀阳与倚弦的灵台神志模糊一片，业已陷入混沌不明的状态，极其类似于道宗所指“灵元俱灭”之险——寻常修道子弟唯有置身天劫方能遇到的险厄，若非明师在旁指点扶助，稍有不慎便会沉沦于万劫不复之境。

此时的兄弟俩哪里知道自身所处是何险境，受怪鱼奇寒蕴凝成冰的灵体，加上窒息昏迷的神志，只能令他们永生永世都沉寂于奇湖水底。

就在这生灭存亡相差一线之际，或许因为他们的生机即将泯灭，息息相关的关键时刻，二人体内那股超卓的元能力量骤然萌动。

一阴一阳的元能力量缓缓涌动，不知不觉地充斥于二人灵体内，穿梭在他们各自本体最强的魂魄间隙之间。“归元璧”所藏元能的魔极力量之强，曾几度令神玄二大法宗无计可施，由此可见，两股元能的真正实力远非常理可以推断。

三魂七魄之间的元能异动果然激起兄弟俩灵台神志的回应，灵光般乍闪即逝的神思令二人的心神恢复一线清明。恍恍惚惚中，兄弟俩所有的灵识只能忆起印象最为深刻的事物。

而此刻出现在耀阳与倚弦灵识之中的赫然便是九幅“轩辕图录”。

映射在二人灵识中的首先是一片混沌之象，然后缥缈虚无的至深处豁然从中裂开，一道光亮照虚无化有形，再接下来便是清浊二分，摧化三元生成四仪四象，中统五气六合之道，映天地七星之兆，而成八法九宫之形，最后万象归一，重灭虚无。

随着他们灵识中的图录一一演变衍化，灵体元能似乎也顺应这种变化开始循行周身，在经过几个大周天循行圆满之后，元能流转的速度越来越快，而且每每循行一圈，元能便自行积聚三分，久而久之，充沛的元能力量将二人灵体堵得涨满难舒，无处宣泄。

当整整九九八十一个周天循行完毕，饱满的元能因为没有气息调度转化，致使无法疏通为本体所用，就像一个封闭的囊球还在不断充气一般，终于撑不住，只听“砰”的两声闷响，激起湖底一股潜流翻涌，波及数里范围之内。

耀阳与倚弦身上那层奇寒凝冰应声而解，禀性超卓的一阴一阳两股真能甫一触及对方，便自动相互交织在一起，幻化成一个恰到好处的光影结界，将二人包裹其中，浮浮沉沉地随着水流漂游在湖水之中。

过不了多少时候，兄弟俩终于悠悠醒来。

他们浑然不知刚才所发生的一切，只是意外地发现一个巨大的光影水泡将他们包裹其中，水泡外是幽蓝深邃的湖水，内里却是一块自由的小空间，尤其奇异的是此时灵体如同被改造过一般，竟能自主交换气息，丝毫不需要鼻息也能呼吸自如。

“这是怎么回事?”倚弦苦思不明其中道理。

耀阳想到昏迷前的怪鱼群，不由突发奇想道：“难道被那些怪鱼咬过的都会享有这种特别优待?”

“看看吧!”倚弦指了指水泡外的湖底，笑道，“那才是你所说的特别优待!”

借着水泡散发出的紫青光影，耀阳顺着倚弦所指的地方望去，方圆数十尺的湖底范围内，零零散散到处都是奇寒凝冰的魂灵躯体，不由咋舌道："刚才我以为会被那群怪鱼吃掉，想不到它们竟还有喜欢收藏的癖好！"

两人心知肚明方才的异变应该是自身归元异能在作祟，虽说不是很明白其中的道理，但既然能再次逃过一劫，心中都禁不住暗自庆幸不已。

随着水流的助力，兄弟俩身不由已地在水底漂荡，过了良久才发现，四面水域逐渐显得广阔无边，幽邃的湖底深不可测，原来他们已经漂出最初的庄园小湖，估计应该飘至奇湖水域之中。

不知是否因为他们所处结界幻出紫青光影的缘故，吸引了大批怪鱼从他们身旁穿梭往来，甚至张开血盆大口尾随他们身后，看得两人头皮发炸，恨不得立时上岸逃之夭夭才好。

怪鱼似乎对他们周身那层结界颇为顾忌，只是在附近穿梭游离了片刻，见无机可乘，也便慢慢散去了。

望着那群怪鱼，倚弦也是心有余悸，赶忙打断耀阳的话，道："呸，呸，真是乌鸦嘴！"口中说着话，心里直打鼓，不由感叹道，"如果这水泡能和船一样划动就好了！"

"是啊，我也这样想！"耀阳连连点头，指了指右前方，道，"那边漆黑一片，不但没有水流袭来的迹象，也不见有怪鱼浮游，我估计应该可以从那里上岸。"

倚弦沿耀阳所指的方向望去，果然如同耀阳所说，心中顿时也有了迫切的上岸想法。就在两人几乎同时想着从那里上岸的时候，身周的水泡竟然蠢蠢浮动，缓缓朝着那个方向游离过去。

光影结界带动二人很快便接近目的地，只见那里礁石遍布，水势愈浅，前方果然是一处岸地，两人大喜过望，忍不住齐呼万岁，借着结界光影再看身旁虎视眈眈的怪鱼群以及迥异的水底世界，他们首次尝试着以一种欣赏的眼光观望身旁的一切。

转过几处礁石，远远可以见到几束光线从岸下的礁岩处投射出来，兄弟俩不明所以，不由齐齐怔了怔。

"莫非是什么宝贝？"耀阳脑中"灵光"一现，碰了碰倚弦的肩头。倚弦虽然不太相信宝物的说法，但受好奇心的驱使，也不约而同生出想去看看的念头。

想法一动，光影结界立时像忠实的奴仆一样，默然向光束来源处驶去。耀阳与倚弦此时才明白过来，这个水泡原来是受两人想法所左右的，尽管想不明白其中道理，但他们都感觉应该跟体内的元能有关。

距离越来越近，兄弟俩才发现那几束光线是从礁岩壁上投射而出。

光影结界缓缓在岩壁的光线处停了下来，原来透出光线的岩壁上被人凿开七处巴掌大小的圆形漏孔，恰好排成北斗七星的形状，岩壁下是一个中空的偌大石室，室内壁墙对应漏孔的位置上，悬着七颗相同大小的夜明珠，光线正是由它们投射而出。七个漏孔处似乎布有一层结界，控制着湖水无法渗入石室之中。

耀阳与倚弦透过漏孔往里看去，石室里的一切都一目了然——

在壁墙七颗夜明珠的珠光辉映下，石室亮如白昼，天花顶壁及四面石壁皆镂空如网状，其中镶嵌无数颗细小珍珠，以北斗七星的夜明珠为中心，用金缕线相互串织成形状各异的板块，使人宛若置身于漫天星辰的包围之中。

除了五口黝黑箱子，室内再无任何其他物件。

其中一口黑箱业已被人打开，各式各样的珍宝、法器被翻腾得处处可见，旁边一名矮小猥亵的人正拼命往手中布袋里塞东西，贪婪的脸庞挤出得意非常的神色，还不时贼兮兮地偷笑片刻。

只看那老鼠般尖刻无良的表情，耀阳与倚弦已经在一旁气得咬牙切齿，恨不得立时将其人拆骨分筋拿来喂狗，方能消了心头一股恶气。

不错，那人正是害得他们背负盗贼之名陷入重围，最后更差点永沉奇湖水底，相反自己却趁机混入阁楼重地窃取其中珍奇宝物的土行孙。

此时，只见土行孙骤然望向室门方向，神情一阵慌张，伸手胡乱在箱内抓摸了一把，往布袋中装了数件奇珍，然后不无留恋地环顾一眼四周其他的箱子，一个旋身竟自凭空消失不见，见好就收的模样着实让石室外的耀阳与倚弦感到诧异不已。

石室的铜门蓦地开了，奇湖小筑的筑首兀官脔虎步龙行地步入其间，冷眼扫视室内，袖袍随意一拂，便见身后的室门自行关闭。

兀官脔缓步行至北斗七星的壁墙前，略一思忖稍作犹豫，脚下不重不轻地踩踏了几下，这个举动看得兄弟俩一头雾水，再看兀官脔在不同的七星夜明珠上顺逆拧转数圈，整个石室岩壁应势微微一震。

兀官脔单掌平伸，掌心贴紧岩壁，缓缓运力向上托动，只见整面岩壁在他的提带下慢慢向上升起，兄弟俩哪曾想到这石室竟然暗藏机关，不由心生好奇，很想一睹其中究竟。

正当俩人目注岩壁缓缓升起时，却听到脚下的礁岩壁一阵松动，掉落的泥石溅起水流波动，他们凝神望去，只见松动的岩壁上蹦了一个大大的头颅出来，入眼可见的依然是那副鄙贱可憎的熟悉表情。

似乎受了某种逼迫，土行孙迫不及待将整个身子从礁岩中钻出来，当他一眼看见面前光影结界中的倚弦与耀阳后，先是一阵错愕，然后便经受不住湖底结界的禁制，当即不停挣扎起来，一双死鱼眼瞪得老大，可怜巴巴地望着兄弟俩，手舞足蹈不知在表达什么意思。

耀阳与倚弦看着土行孙此时憋成猪肝色的脸，才明白他是因为无法承受奇湖水底结界的箍制，想到俩人的光影结界中避难。俩人不由一阵大乐，这果然应了一句俗话——恶有恶报。

兄弟俩摆出一副睚眦必报的样子，不但袖手旁观视若未睹，而且还不停朝土行孙挤眉弄眼，可怜土行孙忍受不住来自湖水四周结界的异力挤压与无法呼吸的双重煎熬，只能不停向俩人拱手作揖，以期求得他们同情。

眼见土行孙挣扎得越来越痛苦，不由令他们想到方才自己所受的痛苦，二人虽然痛恨被人陷害，但毕竟本性纯善，最终还是动了恻隐之心。

“究竟怎样才能将他救入我们当中呢?”耀阳愣住了，担心地问道，“而且万一这个水泡经受不起三个人，失去保护的效力该怎么办?”

倚弦也没有想到这个问题，不由得有些犹豫。虽然他们有心想要救人，但却毫无把握，因为他们甚至搞不清楚自身是如何获救的。

土行孙还以为他们兄弟当真见死不救，偏头再一看到从远处迅速游近的怪鱼，顿时吓得面若死灰，他好歹在轮回集混过这么多年，怎会不知那些“冥冰寒蝉鱼”的厉害，眼中终于浮现出无比绝望的神色。

倚弦看得实在于心不忍，叹了一口气，尝试着向光影结界外伸出手去。

试想这结界原本是二人体内元能所化，又怎会轻易便失去护佑二人的功效呢。只见结界光影随着倚弦的手缓缓向外递升，始终护住倚弦的手不受湖水结界侵袭。

倚弦体会到光影结界的超卓，非常轻易就将土行孙拉入结界中，土行孙总算缓过一口气来，一手顺顺脖子，一手拍拍胸膛，大口喘着粗气，小心翼翼地干笑道：“嘿……小弟和两位大哥可真是有缘，这不又见面了，本人实在感到非常荣幸……”

耀阳瞧着他这副鸟样，气便不打一处来，没等他说完，一个狠劲的爆栗立时敲在他的头上，喝道：“你奶奶的，要不是看现在的环境，老子非撕了你不可！”

倚弦不忍为难他，只是不解地问道：“你明明可以凭借土遁逃出密室，为何相反躲到死路上来呢？”

土行孙被敲得头板生痛难忍，无奈心中理亏，自是不敢多言，不过好在捡回一条小命，就算再多挨几下也是划算，当听到倚弦问话，他不由苦笑一声，答道：“你以为我不想吗？方才原本已经快逃出去了，谁知被兀官脔几脚‘三昧魔元劲’震得差些魂魄移位，不得已只能出来透口气……”

兄弟俩记起方才兀官脔开启密门前确实就地跺过几脚，起初还以为是某种暗号一类的，没想到竟然是施展什么“三昧魔元劲”来探查敌人，此时不由暗自惊服兀官脔百密不疏的手段。

耀阳仔细瞄了瞄土行孙，一副存心找茬的样子，扬扬手作势诈唬道：“刚才明明见你偷了满满一袋东西，这会儿都藏哪里去了？”

“哪还有时间管得了那些，全卡在岩壁里了！”土行孙怎会不知耀阳存心报复的意图，奈何现时寄人篱下，只能忍气吞声，无可奈何道：“你想出气就尽管打吧，不过最好小声点，如果惊动了里面的兀官脔，咱们可就有得受了?”

耀阳与倚弦这才想起石室中的兀官脔，出于想一探密室玄机的好奇，哪里还有闲工夫去管他土行孙，齐齐透过岩壁漏孔往里望去。

七星夜明珠所在的岩壁早已升起，悬在壁顶之上，兀官脔负手立于密室一侧，轻蔑的目光盯视密室一个角落。耀阳与倚弦、土行孙三人顺着兀官脔的目光望去，不由同时心神大震。

原来在他们目光所及之处，竟还有一个与兀官脔一模一样的人物被大字形地钉在岩壁上，同样是五彩斑斓的面具和玄服黑衫，只是手脚处被四颗奇形法钉紧紧锢死在岩壁角落，法钉隐隐透出森森魔芒，相互交织成一个四角结界，煞是惊人。

三人对望一眼，均可看出各自心中的惊惧与疑惑。

土行孙死死盯住那四颗奇形法钉，双眼中射出难以置信的目光，惊道：“魔门十大秘宝法器之一的‘奇绝四煞钉’!”

耀阳与倚弦一愣，齐声问道：“什么‘奇绝四煞钉’?”

土行孙打个哈哈，不以为然地说道：“没什么，只是传说中的一样法器而已，据说专门用来锁制一些法道级数上乘的高手，我也只是听说但并没有见过!”

就在三人惊疑不定的时候，更让他们震惊的事情随之发生了——

只见负手而立的兀官脔缓缓掀去脸上的面具，露出本来的面目，斜长的脸上稀眉小眼，加上几撮山羊胡须，赫然便是从前蚩伯的下属，被称之为护法长老的申公豹。

耀阳与倚弦面面相觑，哪里想得到在这里竟然可以遇到宿仇冤家，心中又气又恨，无奈对方的法道能耐高过二人太多，找他寻仇实不亚于以卵击石。

土行孙哪里晓得他们之间的宿怨，只是觉得看不过瘾，忍不住道：“也不知道他们之间在说什么?”说着将耳朵附在岩壁上，作凝神倾听状。

耀阳与倚弦此时也正有欲知详情之意，立时学着土行孙的模样，将耳朵贴在岩壁上专心凝听起来。

土行孙见二人依样画葫芦，反倒抬起头不再装模作样去听，忍不住“扑嗤”一声，抿嘴暗笑两个傻小子，这岩壁少说有数尺厚度，再加上其中有结界护持，即便法道修为达至一定级数的高手，怕也无能为力。

然而，当耀阳与倚弦将耳朵贴近岩壁，柔和的光影结界也随之紧紧贴护其上，久违的心跳感觉油然而生，二人明确感应到结界渐渐与整块礁岩融为一体，乃至与整个石室互联互通，哪怕任何一点细微的震动都将引发他们本体元能的互动共振，随着元能异感的延伸，石室内的对话清晰无误地一一传来。

脚步声响起，申公豹似乎踱至兀官脔身前，道：“兀官兄，还记得你我第一次相见是在魔域的‘冰火轮回狱’，算起来也有好几百年的交情，小弟实在不忍就这样弃你而去，只要你肯答应从此臣服于我，以‘魔灵噬心本命咒’发誓效忠我的话，我自会放过你，你依然做你的‘奇湖小筑’主人，没有任何人知道今日之事！否则，就算我不动手，你也熬不过‘奇绝四煞钉’七个时辰的噬蚀封印，最终灵元俱灭、烟消云散！”

另一个嘶厉的嗓音响起，言语中咬牙切齿，满腔愤恨道：“申公豹，你我本属玄门弟子，背负师门重任卧底魔门，最后因身份暴露同时被囚‘冰火轮回狱’，结下百年交情，枉我以为你是何等忠义之人，所以顾念旧情邀你入住奇湖，想不到竟遭你无耻暗算……”

“呸！”申公豹啐了一口，打断兀官脔的说话，道，“忠义？你兀官脔难道就是忠义之人吗？亏你还敢说自己曾是玄门弟子，当年还不是跟我一样，为了炼狱重生拜服于奇湖主人门下，这难道便是你口中所说的忠义么？”

兀官脔冷哼连连，道：“虽说玄宗最终遗弃像我们这些受困魔域的弟子，但我投身独立于三界四宗之外的‘奇湖’门下，总也好过你重投魔门，与神玄二宗、乃至天下众生为敌！”

申公豹显然有些老羞成怒，道：“废话少说，我只问你，到底肯不肯听命于我？”

兀官脔忽然大笑出声，恨恨道：“只怪我有眼无珠，错信奸人才致使今日引狼入室之祸，如今要杀要剐随便你！你只要记住，奇湖的主人是一定不会放过你的！”

申公豹一时气极，道：“好硬的骨头，也不知奇湖之主到底给你吃了什么迷药，竟变得如此忠心耿耿！”

然后只听一声声惨痛的号叫传来，可见申公豹已然对兀官脔下手，耀阳与倚弦实在不忍再听下去，抬起身子无可奈何地叹气摇头，他们身旁的土行孙看得纳闷，问道：“你们听到什么了？”

兄弟俩不答话，土行孙抑止不住好奇，再次贴身岩壁听了半晌，依然毫无所获，不由有些泄气道：“原来你们两人合伙来玩我！”

语罢，土行孙实在熬不住心里的好奇，俯首往漏孔处看去，只见密室中的申公豹双掌罩定兀官脔，源源不断地催发魔能销蚀对方的躯身，只看兀官脔不停地摇头扭身，便可知其中痛苦无法形容。

土行孙看得心惊肉跳，同时被申公豹的凶残所震，生怕被其人看破行踪，于是不敢再看，缩头怯生生地问道：“我们赶紧走吧，万一被那个假兀官脔看到，一定会杀了我们来灭口！”

耀阳明知他说得对，但就是看他不顺眼，不怀好意地瞥了土行孙一眼，语带讽刺道：“你要走就快点走，省得我们看了烦心，就算死也死得安心！”

土行孙哪敢顶嘴，嘟哝了一两句，便不再说话。

倚弦辨了辨方向，道：“刚才我们走反了，现在只要以这处的礁岩为标志，向相反方向继续前进的话，一定可以上到对岸！”

“对！”耀阳点点头，但旋即又皱眉问道，“只是……怎样才能让这个水泡往相反的方向前进呢？”

兄弟俩已经知道灵身周围这层光影结界可以通过他们的想法来移动，于是逐一记忆方才遇到的某些契机，陷入沉思当中。

土行孙自从见他们顺利逃出奇湖阁楼结界，然后还用超强的光影结界救了自己一命，在心中早已不敢小窥他们，而且想到两人有可能大有来头，他即便上了岸，也不敢再有所放肆。

当下，土行孙客客气气地说道：“两位大哥以德报怨救我一命，小弟真是不知该如何感激你们！还记得最初见到两位大哥，你们说是有什么事情想吩咐小弟帮忙的，反正现在有时间，就请两位大哥吩咐吧，小弟一定竭尽所能相助！”

土行孙的态度让兄弟俩着实吃了一惊，齐齐愣了愣。

倚弦很快反应过来，从怀中掏出神秘老者给他的方形饰物，道：“一位老前辈托我们找一个姓有炎氏的前辈，这是信物！”

“有炎氏？”土行孙八字眉微皱，眼光紧盯住倚弦手中那块方形饰物，道，“从来没听说有这样一个姓，不过我可以帮你们尽量去找找看！这块信物能给我看看吗？”

倚弦若有所失地与耀阳对视苦笑，点头将信物递给土行孙，道：“那也只好这样了，你尽量帮我们找找看吧！”

土行孙接过那块信物，对着树影中透过来的碎月光芒，翻来覆去看了一遍，再递回倚弦，非常诚恳地说道：“两位大哥放心，我回去就帮你们查查看，一有消息我便通知你们，小弟这就去了！”

耀阳忙问道：“万一联系不上，我们怎样才能找到你呢？”

土行孙大头一甩，自信满满道：“只要你们在轮回集一日，我土行孙就绝对不会跟丢人！”语毕，土行孙一个旋身掠起，翻出一阵尘土，身影顿失。

倚弦收好信物，回首远望奇湖中心小岛，方才凶险的一幕幕仿佛仍在眼前，再想到寻找有炎氏的机会可能无望，不由叹了一口气，问耀阳道：“小阳，你说我们会找到那位姓有炎氏的前辈吗？”

耀阳眼中虽然也现出失望的神色，但仍然不气馁地说道：“我们的运道现在一片大好，所以我相信一定没问题的！”

“依我看，恐怕不见得吧！”一阵清脆如银铃般的格格娇笑声骤然响起，伴着柔媚的话语传入兄弟俩耳中，犹如一阵柔和的清风拂面而过，让人感觉全身酥麻舒泰，自有一种说不出的受用。

衣褛破空之声随风骤起。

耀阳与倚弦回首望去，禁不住都看呆了。

只见缕缕月光映照下，那天仙般从天而降的女子一头乌黑长发曲卷如瀑般披下，一身紫衫裙上覆了一件鹅黄色的披风，银绫彩带随身飘逸飞扬，臂环轻碰丁当作响，秀美绝伦的俏脸上，一对美眸闪烁着野性绽放的魔芒，那种娇柔皎艳与大胆含蓄，不由令人神魂皆醉，无不为之倾倒。

正是魔门防风氏“风月双娇”之一的风魔女——婥婥。

在奇湖小筑中因惧怕杨戬看破身份，他们兄弟一味躲缩在人群中，所以不曾看到婥婥的绝色美貌。耀阳此时得以近距离地审视她，顿觉头晕脑涨，有种魂飞魄散的感觉。

倚弦也被她的绝世容貌所震撼，目瞪口呆了好半响，才慢慢缓过神来，依稀听声音记得面前女子的身份，赶忙靠近耀阳狠命掐了他一把，尴尬地笑道：“想不到婥婥姑娘也来了。”

倚弦一边说话，一边四处张望，他记得很清楚，最初是杨戬陪同婥婥一道去的奇湖小筑。如果杨戬此时尾随而至，认出他们兄弟，后果便不堪设想。再则不明白婥婥忽然出现的意图，他心里始终有些忐忑不安。

婥婥一脸亲善的微笑，一双美眸紧紧盯着倚弦，眼中异芒流转，深情款款地浅然一笑，问道：“你还认识我么?”

倚弦被她灼热的目光再次锁定，如同方才在席间一样，他的心中忽然升起一种欢悦、悲伤、酸楚、兴奋相互交融的莫名感觉，仿佛心怦然悸动又夹杂着生痛难忍的复杂情绪，让他神思翩然浮想连连，但又茫然无措不知该从何开始。

耀阳见倚弦与婥婥两人四目相对，竟如同一对痴男怨女般两两相望，根本不像是初次见面的样子，仿佛两人相识已有好多好多年似的，相互之间似乎有千言万语却不知该从何说起的意味。一时间，耀阳有种丈二金刚摸不着头脑的迷茫。

婥婥见倚弦一脸茫然，俏颜仰天悲凄一笑，踉跄着退后几步，满蕴神情的美眸一片朦胧，道：“我不怪你，要怪便怪这天地无情，让你我累世重逢，偏又形同陌路……” 言语间，晶莹的泪珠悄然滴落。

顿时间，眼前这一幕黛雨梨花、娇艳欲滴的绝美情景，直看得耀阳与倚弦心神俱醉、魂为之销，再次呆立当场，连大气也喘不出一口来，虽然恨不得立时上前替她抹去泪痕，安抚她悲伤的心绪，但惧于她的身份与地位，谁都只是想象一下而已。

婥婥好半晌才缓过神来，轻抬玉手抹去俏脸上的泪花，见到二人傻呆呆的模样，禁不住“扑嗤”一笑，道：“婥婥一时失态，让你们见笑了！”

回眸一笑百媚生，让兄弟俩看得更加痴醉，齐声道：“不敢，不敢！”

“你不认识我没关系，就让一切再从头开始吧！”婥婥的目光始终停留在倚弦身上，道：“我叫婥婥，你呢？”

倚弦哪里想到会有这种艳福临门，一头雾水早已分不清东南西北，不过脑子还算清醒，毕竟对方始终是魔门中人，他想到申公豹可能已经将他们出卖，连忙抢在耀阳之前应道：“我……叫小易。”说着指了指耀阳，道，“他是我兄弟，叫小阳！”

耀阳愣了一下，但很快反应过来，对着婥婥又是点头又是哈腰，道：“小阳见过婥婥姐！”

耀阳套近乎的殷勤样子惹得婥婥又是一阵娇笑，道：“看你们小小年纪便能来到轮回集，理应是四宗门人吧！”

耀阳忙不迭地接口道：“婥婥姐误会了，我们兄弟无宗无派，来轮回集纯属机缘巧合，办点私事就走！”随即又满脸涎笑道，“只是事情暂时不太顺利罢了！”

倚弦始终不敢正视婥婥投向他的热情目光，自小到大他还从未被一名女子如此注视过，尤其是婥婥方才那番表白的语言，想来心中便有如鹿撞，但碍于对方魔门名姝的身份，也不敢过多追问，再说只看奇湖筵席中杨戬、淳于琰以及刑天放的殷勤样子，便知他们都是此女的倾慕者，其中任何一个他都招惹不起，何况他们兄弟现在还是妖魔二道的垂涎对象，稍有不慎便有万劫不复之灾。

婥婥轻咦了一声，问道：“方才我听你们说，好像是在找一位姓有炎氏的人?”

兄弟俩虽然明知婥婥方才肯定在旁偷听，但听她此时问起来，仍是感觉愣了愣。好在耀阳很快反应过来，应声反问道：“难道婥婥姐认识此人?”

婥婥摇了摇头，道：“我只是有些奇怪而已!”

“奇怪?”倚弦一怔，道：“难道世上没有姓有炎氏的人么?”

“那倒不是!”婥婥饶有兴致地看着倚弦每一个表情变化，解释道，“有炎氏乃是上古名门望族之一，千数年前更出现了一位无上智者，因品尝百草医治百病，著书《圣元本草经》流传后世，而被诸部氏族尊称为‘圣皇神农’，后来只因牵连到本族利益，不得不率众抗击轩辕黄帝的玄门大军，出于姓氏的关系，后来又被人们称之为‘炎帝’，可惜最后被我宗九离门族‘魔神蚩尤’所吞并，整个有炎氏部族从此销声匿迹，其后人更不复再现!”

耀阳与倚弦尚属首次听到关于上古神魔宗道的秘闻，禁不住兴趣大生，但是当他们听到有炎氏已经沉寂上千年之后，心中顿时生出无可奈何的失望。

耀阳不死心地继续问道：“婥婥姐难道也不清楚有炎氏的下落吗?”倚弦也不由得将所有希望放在这一问上，目光不自觉望向相隔仅几步距离的婥婥。

婥婥状似挑逗地与倚弦目光相对，朱唇轻启道：“虽然我在魔门多少有些薄面，但有炎氏怎么说曾经也是三界赫赫威名的门族，他们如果刻意隐藏自身的踪迹，再加上有势力强劲的门族做后盾，相信没人可以寻到他们，何况此事上下已间隔达千年，更是无从查证!”

婥婥心疼地看着倚弦黯然的神情，不由柳眉轻蹙，欲言又止道：“还有一件事，不知道应不应该告诉你们?”

耀阳苦笑道：“除此之外，还有什么事不能说的!”

婥婥见倚弦也是一副毫不在乎的表情，抿嘴轻笑道：“其实有炎氏的后人肯定有，只是找起来比较麻烦而已，但是如果你们用来取信于人的信物不见了，恐怕就算遇到想见的人也是白搭!”

倚弦闻言一惊，探手往怀里一摸，哪里还有什么信物，只余下一把土渣，立时被气得够呛，恍然明白过来道："难怪那个家伙急着要走，原来是因为做贼心虚!"

耀阳恨得直跺脚，骂道："枉我们好心将他从奇湖中救起，没想到最后还要遭他暗算，这忘恩负义的狗东西，就算找遍天涯海角，我也一定不会放过他的!"

倚弦无奈地叹气道："可惜我们不知道那个家伙的落脚地方，就算知道也捉不住他，他的土遁术实在比较厉害!"

婥婥展颜一笑，撒娇地向倚弦征询道："不如让婥婥来帮你们，好不好?"

"什么?"兄弟俩简直不敢相信自己的耳朵，闻名三界四宗的风魔女竟然会主动提出帮忙的请求，他们一时间不由都愣住了。

倚弦支吾了半天，脑中思绪快如轮转，最后不解风情地讷讷道："婥婥姑娘，我们素昧平生，实在不好意思接受你的恩惠，所以……就不劳烦你了!"

婥婥脸色微微一变，委屈的神色显而易见，试想她身为魔宗防风氏"风月双娇"之一，绝美的容貌与莫测的修为令她成为众多四宗弟子追逐的对象，所以平素那种呼风唤雨、受人娇宠惯了的性子，如何受得了这种委屈。

耀阳一见形势不对，忙上前打个圆场道："小倚……小易不是这个意思，他的意思是说婥婥姐风华绝代、地位尊崇，我们如果平白无故接受你的恩惠，实在不知应该如何报答才好，所以只能婉拒你的好意，还望婥婥姐千万不要见怪!"

倚弦刚刚话一出口，原本便有些后悔太过莽撞，担心因此得罪这位魔女。只听耀阳适时的一番话说得进退得体，很是感激地看了自家兄弟一眼，但再回头见婥婥面部阴晴不定的表情，心中不由直打鼓。

婥婥正是想看倚弦难堪的样子，故作冷漠地闷哼一声道："我纵横三界六道这么多年，有求于我之人多不胜数，本小姐都从未正眼瞧过他们。

今日不过因为……你颇似我从前一位朋友……”言语间目光深情凝望倚弦，眼圈微红道，“所以略觉投缘，想帮帮你们而已！”

倚弦立时想到若非得到她的提醒，自己连信物丢失都不知道，而他竟然仍在怀疑对方的意图，此时再看婥婥一脸的委屈，心中顿觉愧疚，喃喃道：“方才是我说错话，惹婥婥……姐生气，是我不对，还请你多加原谅！”

婥婥见倚弦半晌才跟耀阳一样叫了句“婥婥姐”出来，欢喜地绽放出娇媚至极的笑脸，正准备说话之际，一阵急促的钟声远远从奇湖方向传来，足足有一十八响之多，令她不由吃了一惊，忖道：“为什么奇湖小筑忽然敲起十八响紧急召唤钟，难道是出了什么大事？”

婥婥思忖片刻，对二人道：“我想，你肯定是不愿我插手你们之间的事情，既然如此，我就送你们两样秘器吧！”

语罢，婥婥朱唇微语轻吐，玉手轻摇翩翩，点点魔芒划出流光异彩，一只展翅飞舞如拇指大小的怪虫凭空现形，月光辉映下，一颗大头上三只怪眼格外引人注目。然后她又从怀中拿出一样五寸长短的金刚杵，递给倚弦道：“这只三眼蜂可以带你们找到你们想找的人，而这根金刚杵只要入地三尺，便可封印方圆十丈的土地，专破土遁鼠辈之类。你附耳过来，我教你详细用法！”

倚弦一听大喜，也顾不得许多，几步行至婥婥身边接过法器。看得一旁的耀阳大生羡慕之心，暗自嗟叹自身福薄。

倚弦甫一近到婥婥身旁，一缕淡淡的幽香立时袭入鼻际，再一近看这位魔门名姝的绝艳面容，倚弦顿觉头晕目眩，心跳加速，差些连自己的名字都忘了，哪还记得起靠近婥婥的目的是什么。

婥婥知他法道修为太嫩，根本无法抵御自身“魔心结界”的邪力，看他满眼痴迷的模样，婥婥会心一笑，也不过分为难他，于是收敛起结界的威力，附身贴到倚弦耳边，将驾御两样秘器的真言法咒一一授予他。

倚弦但闻耳边吐气如兰，兼之软玉温香近在咫尺，即便没有“魔心结界”之威，怦然乱撞的心神也无法镇定下来，勉力才记住寥寥数字的法咒真言，只听耳边的婥婥温言又道：“记住了么?”

倚弦慌忙答道：“记住……了!”

“冤家!”婥婥碎语绵绵，檀口微抿，竟在倚弦耳边轻咬一口，然后舞动身际银绫，腾身飞掠而去，瞬时踪迹顿失，只听到虚空娇媚轻笑之声久久徘徊不去。

倚弦全身有如电触，麻酥异感令他心神颤动，呆呆怔在原地，说不出一句话来。

“人都走了，我们还是快点去把玉佩找回来吧!”耀阳见倚弦仍在发呆，不由得一拍他的肩膀道。

倚弦自消魂中回过神来，想到那只三眼蜂，点头道：“我来试试吧”!

说完神色肃穆再次念动法咒，指向方才土行孙遁去时带起的一小堆尘土，三眼蜂应势飞至尘土上盘旋几圈，发出嗡嗡一阵闷响，径直向怪木林的西南方向缓缓飞去。

兄弟俩心中同时一喜，知道三眼蜂已经确定了土行孙的位置，忙随后跟去。